어슐러 르 귄 Ursula K. Le Guin

1929년 10월 21일, 저명한 인류학자 앨프리드 크로버와 대학에서 심리학과 인류학을 공부한 작가 시어도라 크로버 사이에서 태어났다. 래드클리프 컬리지에서 르네상스기 프랑스와 이탈리아 문학을 전공한 그녀는 이후 컬럼비아 대학에서 석사 학위를 취득했다. 풀브라이트 장학생으로 선발된 후 박사 과정을 밟기 위해 1953년 프랑스로 건너가던 중 역사학자 찰스 르 귄을 만나 몇 달 후 파리에서 결혼했다. 1959년, 남편의 포틀랜드 대학 교수 임용을 계기로 미국으로 돌아와 오리건 주의 포틀랜드에 정착하게 되었다.

시간여행을 다룬 로맨틱한 단편 「파리의 4월」(1962)을 잡지에 발표하면서 본격적으로 작가의 길을 걷기 시작한 르 귄은 왕성한 작품 활동을 보이며 '어스시 연대기'와 '헤인 우주 시리즈'로 대표되는 환상적이고 독특한 작품 세계를 구축해 냈다. 인류학과 심리학, 도교 사상의 영향을 받은 그녀의 작품은 단순히 외계로서 우주를 다루는 것이 아니라, 다른 환경 속에 사는 사람들의 사고방식과 문화를 깊이 있게 파고들어 일종의 사고 실험과 같은 느낌을 주며 독자와 평단의 사랑을 받았다. 휴고 상, 네뷸러 상, 로커스 상, 세계환상문학상 등 유서 깊은 문학상을 여러 차례 수상하였고 2003년에는 미국 SF 판타지 작가 협회의 그랜드마스터로 선정되었다. 또한 소설뿐 아니라 시, 평론, 수필, 동화, 각본, 번역, 편집과 강연 같은 다양한 분야에서 정력적인 활동을 펼치며 2014년에는 전미 도서상 공로상을 수상하였다.

2018년, 88세의 나이로 포틀랜드의 자택에서 영면하였다.

KB044067

그림 · 디자인 김나연

남겨둘 시간이 없답니다

남겨둘 시간이
No time
없답니다
to spare

어슐러 K. 르 귄 글

진서희 옮김

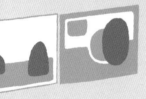

황금가지

NO TIME TO SPARE:
Thinking About What Matters
by Ursula K. Le Guin

Korean Translation Copyright © Minumin 2019

Korean translation edition is published by arrangement with

Ursula K. Le Guin Estate c/o Curtis Brown Ltd. through KCC.

본다 N. 매킨타이어에게, 사랑을 담아.

목차

시작에 부쳐

2010년 10월

　그간 영감을 받은 주제 사라마구의 놀라운 블로그는 그가 여든다섯, 여든여섯에 올린 글들이다. 올해 『노트북』이라는 제목으로 영문판이 발간되었다. 나는 그의 글을 읽으며 경이로움과 즐거움을 느꼈다.

　나는 한 번도 블로그를 하고 싶다고 생각한 적이 없다. 블로그라는 말 자체도 마음에 들지 않았다. 어쩌면 바이오-로그(bio-log)를 의미하는 것 같은데 마치 늪지의 흠뻑 젖은 나무 밑동처럼 들린다. 혹은 콧구멍을 가로막은 장애물 이름으로 그럴싸하다. (오, 저 여자는 코가 심하게 막혀서 말소리가 저래요.)

　블로그는 '쌍방향적'이어야 하며 사람들의 댓글을 일일이 읽어 답을 해주고 낯선 이들과 끝없이 대화를 이어가는 걸 당연시 여기기에 흥미를 잃었다. 나는 아주 내향적인 사람이라 그런 것은 전혀 하고 싶은 마음이 없었다. 내가 낯선 이들을 반기는 경우는 내가 쓴 이야기와 시 뒤에 숨어서 내 글이 내 대신 그들과 말하도록 할 때뿐이다.

블로그 같은 매체인 '북 뷰 카페'에 일조하기도 했으나 즐겨 이용해본 적은 없다. 결국 새롭게 단장을 하고도 단편적인 견해나 수필들만 남았고 수필을 쓰는 건 이따금씩 느끼는 보람을 제외하고는 항상 버거운 일이었다.

그러다가 사라마구가 써 놓은 형식을 보게 된 건 뜻밖의 계시였다.

오! 그렇구먼! 알았어! 나도 이렇게 해볼까?

지금까지의 나의 시도/도전/노력(수필이 원래 그렇지만)은 정치적으로나 도덕적으로나 사라마구의 글보다 훨씬 가벼우며 다소 사소하고 개인적이다. 내가 이 형식을 손에 익혀가면서 성향이 바뀔 수도 있고 그렇지 않을 수도 있다. 어쩌면 조만간 이 방식이 내게 맞지 않다는 결론에 이르러 그만둘지도 모른다. 두고 볼 일이다. 지금 이 순간 나를 흡족하게 하는 것은 자유로움이다. 사라마구는 그의 독자들과 직접 소통하지 않았다. (딱 한 번을 제외하고.) 그의 형식 외에 내가 그에게 또 하나 빌린 것이 바로 그 자유다.

1장   여든을 넘기며

당신의 여가 시간에
2010년 10월

하버드 대학교로부터 1951학년도 졸업생의 60회 동창회와 관련한 설문 하나를 받았다. 나야 물론 그 당시 하버드와 합병된 래드클리프 대학교를 다녔는데 성별 때문에 하버드 대학생 대접을 받지는 못했다. 아닌 게 아니라 하버드는 무엇이든 모른 체할 수 있는 워낙 명망 높은 자리를 차지하고서 종종 그런 사소한 부분을 간과했었다. 어쨌든 무기명 설문인 걸 보니 아마도 성별에 무관한 듯싶고 내용은 흥미로웠다.

설문 요청을 받은 사람들은 거의 다 팔십 줄에 든 사람들인데 반짝이는 눈의 젊은 대학 졸업생이었던 그들에게 60년이라는 세월은 그야말로 온갖 일들이 일어나고도 남을 시간이다. 그래서인지 고인을 대신하여 홀로 남은 배우자에게 답변을 청하는 말도 정중히 덧붙여 놓았다.

질문 1C번은 이렇게 시작했다. '만약 이혼을 했다면'. 재미있게도 체크 표시를 할 수 있도록 한 무리의 작은 사각형들이 딸려 있었다. 한 번, 두 번, 세 번, 네 번 이상, 재혼 중, 파트너와 동거 중, 해당 사항 없음. 이 마지막 선택지가 제일 난감했다. 이혼을 했다면서 해당 사항 없음에 체크할 수 있는 이들의 경우를 생각해 봤다. 어떤 경우든 보기 중의 어느 것도 1951학년도 동창회에 쓸 설문에 있을 법한 선택지는 아니었다. 백치 같은 미녀가 선전하는 여성용 담배 광고에서 누구이 말하지 않았던가. '참 오래도 걸렸지, 자기!' 라고.

질문 12: '대체적으로 당신이 기대한 바에 비해 당신의 손자 손녀들은 인생을 어떻게 살아왔습니까?' 내 손주들 중 제일 어린 녀석은 이제 막 네 살이 되었다. 그 아이가 인생을 어떻게 살아왔느냐고? 잘, 전반적으로 아주 잘. 네 살배기에게 어떤 기대를 가져야 한다는 말일까 의아했다. 앞으로도 착하게 굴고 머지않아 읽고 쓰는 걸 배우기를 기대하는 것 외에는 떠오르는 것이 없다. 아마도 그 아이가 하버드에 가기를 기대해야 마땅하다는 질문인가 보다. 아니면 적어도 그 아이의 아버지나 증조부처럼 콜롬비아 대학을 가길 원해야 한다는 것이겠지. 하지만 착하게 성장하고 읽기와 쓰기를 배우는 것만으로도 지금은 충분해 보인다.

사실 나는 기대를 품고 있지 않다. 내겐 희망과 두려움이 있다.

요 근래에는 두려움이 지배적이다. 내 자녀들이 어렸을 때만 해도 그 애들을 위해 우리가 환경을 완전히 망치지 않을 수 있을 거라는 희망이 있었다. 하지만 그래서 저지른 일이 뭔가? 고작 몇 달 뒤의 장래성만 내다보는 산업주의의 폭리를 취하느라 환경이 남아나질 않았다. 앞으로의 세대들에게 내가 품을 수 있는 기대가 있다면 삶에서 마음의 안락과 평화를 얻었으면 하는 것인데 이젠 그 기대가 얼마나 미약하고 어찌나 암흑을 향해 멀리멀리 뻗어 있는지 모른다.

질문 13: '당신 가족의 미래 세대가 누릴 삶의 질을 무엇으로 개선할 수 있겠습니까?' 이어서 1부터 10까지 사각형 안에 순위를 매길 수 있도록 보기가 있었다. 첫 번째 보기는 '더 나은 교육 기회'였다. 그럴 만도 하다. 교육산업에 몸담고 있는 하버드니까. 나는 10점을 줬다. 두 번째 보기는 '미국의 경제 안정과 성장'이다. 실망스럽기가 그지없었다. 자본주의적 사고가 아니면 생각 없는 자나 할 수 있는 참으로 놀라운 사고의 표본 아닌가. '성장'과 '안정'을 같은 것으로 여길 수 있다니! 나는 결국 그 보기의 빈 공간에 이렇게 적어 넣었다. '둘 다 가질 수는 없음.' 그리고 순위를 매기지 않았다.

나머지 보기들은 '미국의 국가 부채 감소', '해외 에너지에 대한 의존도 감소', '의료 서비스의 질과 비용 개선', '테러 척결', '효과적인 이민 정책 시행', '미국 정치의 양당제 개선', '민주주의 수출'이었다.

미래 세대의 삶을 고려해야 하는 문제 상황을 생각하면 이상한 선택지들이었다. 당면한 관심사에서 벗어나지 못하고 현 우파가 집착하는 관점에서 걸러진 '테러리즘'이나 '효과적인' 이민 정책, '민주주의'의 '수출' 따위를 늘어놓다니. (이 '민주주의의 수출'은 우리가 좋아하지 않는 국가를 침략할 때 그들의 사회, 문화, 그리고 종교를 파괴하는 방식의 완곡한 표현일 것이다.) 아홉 개나 되는 보기 중에 기후 불안정이나 국제 정치, 인구 증가는커녕 산업 오염, 심지어 민간 기업에 의한 정부 통제나 인권, 혹은 불평등, 빈곤 등에 대한 내용은 하나도 없었다.

질문 14: '은밀한 소망을 이루며 살고 있습니까?' 나는 또 한 번 할 말을 잃었다. 나는 '네'도 '아니오'도 체크하지 않고 '내겐 은밀한 소망이 없고 내 소망은 명백함.'이라고 썼다.

하지만 나를 정말 좌절하게 만든 질문은 18번이었다. '**여가 시간에 무엇을 합니까?**' (있는 대로 모두 고르시오.) 그리고 '골프'로 시작하는 보기가 이어졌다.

스물일곱 개 중에 일곱 번째로, '라켓 스포츠' 보다는 뒤에, '쇼핑', 'TV', 그리고 '브리지 게임' 보다 앞에 '창의적 활동 (그림 그리기, 글쓰기, 사진 등)'이 있었다.

나는 그 지점에서 보기를 읽다 말고 가만히 앉아 잠시 생각에 잠겼다.

질문의 주제는 여가 시간이다. 이게 무슨 뜻일까?

슈퍼마켓 계산대 직원, 변호사, 고속도로 직원, 가정주부, 첼리스트, 컴퓨터 수리공, 교사, 식당 종업원 등의 노동자에게 여가 시간은 직장에서 일하지 않는 시간이다. 그게 아니라면 자신의 생존을 위해, 요리, 청소, 자동차 수리 맡기는 데에, 애들을 학교 보내는 데에 드는 시간이 될 것이다. 이런 사람들의 삶에서 여가(spare) 시간은 자유 시간이며 그만큼 소중하다.

하지만 여든이나 먹은 사람들은 어떻겠는가? 은퇴한 사람들이라면 가진 것이 '남는(spare)' 시간 외에 뭐가 있겠는가?

엄밀히 말해 나는 은퇴한 사람이 아니다. 은퇴할 수 있는 직업을 가져본 적이 없기 때문이다. 예전만큼 열심히 하지 않지만 나는 아직도 일을 하고 있다. 나는 항상 일하는 여성이었고 그걸 자랑스럽게 여겼다. 그런데 하버드 대학의 설문을 만든 사람들은 내가 평생의 업으로 삼아온 일을 '창의적 활동'이자 취미로서 사람들이 여가 시간을 메우기 위해 하는 일로 여긴다. 내가 그 일로 생계를 꾸렸음을 알았다면 좀 괜찮은 범주에 넣어줬을까 미심쩍지 않을 수 없다.

질문은 남는다.

'당신이 오롯이 여가 시간, 자유 시간만을 가지게 될 때 그 시간을 어떻게 할 것인가?'

'또, 그 시간은 당신이 50대일 때나 30대일 때, 혹은 열다섯일 때와 어떻게 다른가?'

어린아이들이 여가 시간을 아주 많이 누릴 때가 있었다. 중산층 아이들은 그랬다. 스포츠에 빠지지 않은 아이들은 대부분의 남는 시간을 학교 밖에서 보냈고 그럭저럭 용케도 할 일을 찾아내곤 했다. 나도 십 대 때 여름이면 여가 시간을 통째로 누렸다. 석 달이라는 여분의 시간. 내게 주어진 일은 아무것도 없었다. 방과 후도 마찬가지로 여가 시간이었다. 나는 읽고, 쓰고, 진과 셜리 그리고 조이스와 어울려 다녔다. 사색과 감정에 빠져 어슬렁거렸다. 오, 세상에, 그 심오한 생각과 깊은 느낌…….

여전히 그런 시간을 갖는 아이들이 있길 바란다. 나는 러닝머신에 내장된 프로그램대로 달리듯 쉴 틈 없이 스케줄에 따라 내달리는 아이들을 알고 있다. 축구 연습, 부모들끼리 잡아놓은 놀이 약속 그런 것들로 이루어진 스케줄 말이다. 부디 그들에게 틈이 있어서 그 속으로 빠져나가기를 바란다. 가족과 함께 있는 십 대가 몸은 우리 앞에 존재하고 있지만—미소를 지으며 예의 바르게 행동하고 외관상 주의를 집중하고 있는 듯 보이지만—사실은 부재중임을 눈치챌 때가 종종 있다. 그러면 나는 그 여자아이가 틈을 찾아냈기를, 스스로 여가 시간을 만들어 내고 그 안으로 빠져나갔기를, 그리고 그 내면 깊이 사유하고 느끼고 있는 중이기를 바란다.

남는 시간의 반대말은 아마도 바쁜 시간일 것이다. 나는 아직도 남는 시간이 뭔지 잘 모르겠다. 내 시간은 전부 할 일로 바쁘기 때문이다. 항상 그래왔고 지금도 마찬가지다. 내 시간은 삶에 점령되어 있다.

이 나이가 되면 인생에서 늘어나는 부분은 고작해야 신체를 유지 보수하는 성가신 일뿐이다. 그런데도 내 삶에서 시간을, 아니 시간 비슷한 것은커녕 '할 일이 없는 시간'이란 찾아낼 수가 없다. 나는 자유롭지만 내 시간은 그렇지 않다. 내 시간은 잠을 자고, 백일몽을 꾸고, 업무를 보고, 친구와 가족들에게 이메일을 쓰고, 읽고, 시를 짓고, 산문을 쓰고, 생각하고, 잊어버리고, 수를 놓고, 요리하고, 식사를 하고, 부엌을 치우고, 버질[1]의 작품을 해석하고, 친구들과 만나고, 남편과 담소를 나누고, 장을 보러 가고, 걸을 수 있을 때 걷고, 여행할 수 있을 때 여행하고, 이따금 위파사나 명상도 하고, 이따금 영화도 보고, 기공 수련도 할 수 있을 때 하고, 『크레이지 캣』[2] 한 권을 읽으며 드러누워 오후의 휴식을 취하다가 마찬가지로 살짝 정신 나간 (제 몸을 정돈하고 나면 곧장 깊은 수면에

---

1 로마 시인 베르길리우스. ― 옮긴이
2 미국 만화가 조지 해리만의 작품. ― 옮긴이

빠져드는) 우리 고양이에게 나의 허벅지와 종아리 사이의 공간을 점령당하느라 완전하고도 지극히 바쁘다. 그 무엇도 여가 시간이 아니다.

나는 시간을 남겨둘 수가 없다. 하버드 대학교는 무슨 생각을 하는 걸까? 다음 주면 여든하나가 된다.

내게는 남겨둘 시간이 없다.

나약한 이들의 반격

2010년 11월

나이를 먹고부터 '스스로 나이 들었다고 생각하는 만큼 늙는다.'는 말에 믿음을 잃게 되었다.

훌륭한 유산을 전달하고 있는 말이다. '긍정적 사고의 힘'이라는 발상을 되짚어보자면 그런 사고방식이 '상업 광고의 영향력'과 소위 아메리칸 드림이라는 '희망적 생각의 힘'에 너무나도 잘 들어맞기 때문에 미국에서 유독 강력하게 작용한다. 청교도주의의 긍정적인 면이다. '받을 자격이 있어야 받는다. (청교도주의의 어두운 면에 대해서는 잠시 덮어두도록 하자.) 좋은 사람들에게 좋은 일이 생기고 마음이 젊은 사람들에게 젊음이 영원히 머무를 것이다.'

그렇다.

긍정적인 사고는 엄청난 힘을 가지고 있다. 굉장한 플라세보 효과다. 수많은 사례에, 심지어 끔찍한 사례에도 효과가 있다. 우리처럼 나이 든 사람들은 대부분 알 것이다. 그리고 우리 중 많은 이들은 존엄성과 자아 보존 차원에서, 그리고 결국은 울먹이며 끝내지 않았으면 하는 바람으로 긍정적인 사고를 하려고 지속적으로 애쓰고 있다. 사람이 실제로 여든의 나이를 먹는다는 것이 믿기 어렵겠지만 사람들 말마따나 믿는 편이 좋을 것이다.

나는 정신이 맑고 마음이 깨끗한 90대들을 익히 알고 있다. 그들은 스스로 젊다고 생각하지 않았다. 대신 끈기 있고 명료한 정신으로 자신이 얼마나 늙었는지 잘 파악했다.

만약 내가 90세가 되어서 스스로 45세라고 믿는다면 욕조에서 나오려고 애쓰느라 고역을 치르게 될 것이다. 심지어 내가 70을 먹고도 40이라 믿으면 자신을 기만하다 십중팔구 끔찍한 멍청이가 되리라.

실은, 70 넘은 사람이 '스스로 나이 들었다고 생각하는 만큼 늙는다.'라고 말하는 걸 들어본 적은 한 번도 없다. 저 말은 더 젊은 사람들이 용기를 북돋우려고 혼잣말을 하거나 서로 주고받는 말이다. 실제로 나이 든 사람에게 저 말을 할 때면 얼마나 아둔하고 잔인한 짓인지 깨닫지 못한다. 저런 말을 포스터로 만들어 광고로 써먹지 않는 것만 봐도 알 수 있다.

반면 '노년은 나약한 자들의 것이 아니다.'라는 포스터가 있다. 아마 그 문구도 그 포스터에서 비롯했겠지 싶다. 70대 남녀의 모습이 들어간 광고인데 공군에서 독수리 형상이라고 부르던 자세로 선 채, 꽉 끼는 최소한의 의복만을 걸친 포스터 속 두 사람의 몸이 아주 탄탄했던 기억이 난다. 이제 막 마라톤을 완주하고 와선 숨도 몰아쉬지 않으면서 7킬로그램이 넘는 역기를 들어가며 휴식을 취하는 모양새다. '우리를 봐.'고 그들은 말한다. '노년은 나약한 자들의 것이 아니다.'

날 봐라. 나는 그들에게 호통을 친다. 난 뛰지도 못하고, 역기도 못 들고, 꽉 끼는 천 조각을 걸친 내 모습이라면 상상만 해도 여러모로 질겁한다. 나는 나약한 여자다. 항상 그랬다. 당신네 운동선수들이 뭔데 노년이 내 것이 아니라고 하는가?

노년은 누구든 거기까지 이르는 자의 것이다. 전사들도 늙는다. 나약한 이들도 늙는다. 사실상 개연성으로 따지면 전사들보다 더 많은 나약한 이들이 늙어가게 된다. 노년은 건강하고, 강인하고, 거칠고, 용감무쌍하고, 병들고, 허약하고, 겁이 많고, 무능한 사람들 모두의 것이다. 아침 식사 전에 항상 16킬로미터를 달리는 사람들, 휠체어에 앉아 살아가는 사람들, 《런던 타임스》 십자말풀이를 10분 내에 푸는 사람들, 현 대통령이 누군지 잘 기억해내지 못하는 사람들 모두의. 노년은 신체 단련이나 용기의 문제라기보다 장수라는 운의 문제이다.

오래 살겠다고 정어리와 녹색 잎채소를 먹고 자외선 차단 지수

150의 선크림을 바르고 복근이니 뭐니 하는 근육을 기른다면 그 거 좋다. 효과가 있을지도 모른다. 단 인생이 더 길어진다는 말은 노년이 더 오래 지속된다는 뜻이다.

잎채소와 운동이 더 건강한 노년에 도움이 될 수도 있다. 하지 만 불공평하게도 나이 든 사람은 그 무엇으로도 건강을 보장받 지 못한다. 아무리 최대한 관리를 해도 신체는 일정한 세월이 흐 르면 못쓰게 되기 마련이다. 여러분이 먹는 음식과 복근을 비롯 한 온갖 근육들의 크기와 무관하게 여러분의 뼈는 여러분을 좌 절케 할 수 있다. 놀라우리만치 평생 동안 쉼 없는 임무를 수행해 온 심장도 지쳐버릴 수 있다. 심장의 전선들과 안에 든 온갖 것들 이 합선을 일으키기 시작할 수도 있지 않은가.

평생 격한 신체 노동 한 번 하지 않고 체육관에서 많은 시간을 보낼 기회가 별로 없었다면, 음식은 패스트푸드밖에 모르고 시간 도 돈도 감당을 못해서 거의 그런 것으로만 배를 채우고 살았다 면, 보험에 들지 못해서 진료도 못 받고 필요한 약도 쓰지 못한 사 람이라면, 여러분은 몸매가 망가지기 전에 노년에 먼저 접어들게 된다. 그도 아니면 운 사납게 사고를 당하거나 질병에 걸리는데 둘 다 마찬가지다. 여러분은 마라톤을 달리지도 못하고 아령을 들지도 못하게 된다. 계단을 오르는 것도 힘들어진다. 침대를 벗어 나는 것조차 어려워질 수 있다. 항상 몸이 아프니 익숙해져야 하는데 그게 힘들다. 몇 년이고 계속 살면서 당최 나아질 것 같지도 않다.

노화에 대한 보상이 있다면 결코 신체적인 기량 측면은 아니다. 때문에 그런 것을 강조하는 문구나 포스터는 나를 아주 성가시게 한다. 나약한 이들을 모욕할뿐더러 요점을 빗나가 있다.

등이 구부정하고 관절염에 걸린 손에 연륜의 더께가 쌓인 얼굴을 한 두 노인이 마주 앉아 담소를 나누는 모습, 진지하고도 속 깊은 대화를 하는 모습을 보여주는 포스터라면 좋겠다. 문구는 이렇게 써야겠지. '노년은 젊은이들의 것이 아니다.'

스러지는 것
2013년 5월

　노년에 대해서 별로 알려 들지 않는 이유는 아마도 인간의 생존 기질 때문일 것이다. 노화가 아니라 늙음 그 자체에 대해 알려 들지 않는다. 70대 후반, 80대, 그 이후까지도. 그걸 미리 알아서 어쩌겠는가? 때가 되면 적당히 알게 될 일.

　그 나이대가 되어 흔히 알게 되는 것들 중 하나가 젊은 사람들은 노년에 대해 듣고 싶어 하지 않는다는 사실이다. 그래서 노년기에 대한 진솔한 대화는 거의 노인들 사이에서만 오갈 수 있다.

　젊은 사람들이 노년에 관해 한마디 얹으면 노인들은 거기에 수긍하지 못하더라도 딱히 반박하지 않는다.

　내가 아주 조금만 반박하겠다.

　로버트 프로스트의 시 「휘파람새」가 중요한 질문을 던진 바 있다.

'스러지는 것을 어떻게 할까?'

미국인들은 긍정적 사고의 힘을 굳게 믿는다. 긍정적 사고는 아주 좋다. 현실적인 평가와 실태를 수용한다는 전제하에 최고의 효과를 발휘한다. 현실 부정의 바탕 위에서 긍정적 사고를 한다면 결과가 썩 좋지 않을 것이다.

노화를 겪는 사람이라면 누구나 하루하루가 다르게 좀처럼 개선될 줄 모르는 상황을 접하고 자신들이 뭘 할 수 있는지 파악해야 한다. 여든 넘은 사람이 "나 안 늙었어."라고 말하는 건 들어본 적도 없다. 그러고는 나름의 최선을 다한다. 이가 없으면 잇몸이라고 했지 않은가!

수많은 젊은이들이 노년의 실체를 전적으로 나쁘게만 보고 노화를 부정적으로 인식한다. 긍정적인 정신을 가진 노인들을 대하고 싶은 나머지 노인들의 현실을 부정하는 결과가 되어버린다.

선의를 가득 담아서 내게 이렇게 말하는 사람들이 있다.

"오, 선생님은 늙지 않으셨어요."

교황더러 가톨릭교가 아니라고 하는 격이다.

"나이 들었다고 생각하는 만큼 늙는 법이래요!"

솔직히 말해 팔십삼 년을 사는 일이 그저 생각하기에 달렸다고 믿고 있는 건 아니겠지.

"저희 삼촌은 아흔이신데 매일 13킬로미터씩 산책하세요."

그 양반 운도 참 좋다. 산책길에 불량배 아서 리티스[3]와 그의 교활한 아내 사이아티카[4]를 안 만나도록 조심하쇼.

"저희 할머니는 혼자 살면서 아흔아홉 연세에도 아직 차 운전을 하신답니다!"

할머니 만세다. 유전자를 잘 타고난 분이다. 아주 귀감이 되겠지만 대부분의 사람들이 따라 할 수 있는 본보기로는 틀렸다.

노년은 마음의 상태가 아니다. 노년은 존재 상태이다.

하반신이 마비된 사람에게 이렇게 말한다면 어떻겠는가.

"오, 선생님은 불구가 아닙니다! 스스로 불구라고 생각하는 만큼 불구가 되는 법이지요! 제 사촌은 척추가 부러졌었는데 금방 이겨내고 지금은 마라톤 경기에 나가려고 훈련을 받아요!"

현실 부정을 통한 격려는, 아무리 선의가 있어도, 역효과가 난다.

두려움은 현명하기 어렵고 결코 친절할 수 없다. 대체 누굴 위한 격려인가? 진심으로 노인들을 위해서 하는 말인가?

내 노년을 부정하는 말은 내 존재를 부정하는 말이다. 내 나이

---

3 관절염(arthritis)의 말장난. — 옮긴이

4 좌골 신경통(sciatica). — 옮긴이

를 지우고, 내 삶을…… 나를 지운다.

새파란 젊은이들이야 당연히 많이들 그런다. 노인과 함께 살아보지 않은 아이들은 노인이 어떤 사람들인지 모른다. 남성 노인들은 투명 인간이 되는 법을 배운다. 여성 노인들에겐 벌써 20년 혹은 30년 전부터 익숙한 일이다. 길거리를 지나가는 아이들은 나를 쳐다보지 않는다. 그들이 나를 바라봐야 할 상황이라면 종종 무관심이나, 혐오, 혹은 적의를 담은 시선이 느껴질 것이다. 그건 흡사 자신과 다른 동물 종을 바라보는 동물들의 눈빛과 같다.

동물들의 경우, 특별한 이유가 없는 공포와 적대감을 모면하거나 완화하기 위한 방편으로 본능적인 예법이 있다. 개들은 의례적으로 서로의 항문 냄새를 맡으며 고양이들은 영역의 경계를 사이에 두고 서로를 향해 울부짖는다.

인간 사회에는 그것보다 정교하고 다양한 사회적 장치가 있다. 가장 효과가 좋은 것이 '존중'이다. 여러분은 여러 종류의 낯선 사람을 만날 수 있지만 조심스럽고 공손한 여러분의 행동은 그들로 하여금 동일한 태도를 이끌어낸다. 이로써 무익한 시간적 손실과 공격 및 방어에 낭비될 출혈을 피하는 것이다.

미국보다 변화 주도적 성격이 덜한 사회에서는 행동 수칙을 포함한 문화의 유용한 정보 중 상당 부분이 연장자로부터 젊은이들에게 전수된다. 그 수칙 중 하나가 노인 공경임은 놀라울 일이 아니다.

불안정하고 미래 지향적이며 기술 주도 성향이 점점 강해져가는 우리 사회에서는 종종 젊은이들이 연장자들의 본보기가 되어 가르친다. 그러면 대체 누가 누구를 공경하며 왜 그래야 할까? 노인들더러 멍청이들에게 굽실거리라 한다면 경악을 금치 못할 것이다. 그 반대도 마찬가지다.

사회적 압력이 없는 상황에서도 개개인은 공손한 태도를 선택한다. 미국인이라면, 설사 유대-기독교의 도덕적 행동을 말로만 신실하게 떠드는 부류라 해도, 원칙을 넘어서거나 때로는 법을 넘어서 도덕적 행동을 선택하는 경향이 있다.

개인의 판단이 의견과 혼동될 때 도덕적인 문제 상황이 생긴다. 판단이란 무릇 관찰력, 사실을 담은 정보, 지적이고 윤리적인 분별력을 기반으로 할 때 그 이름값을 제대로 할 수 있다. 의견은—언론과 정치가, 여론 조사의 총애를 받고는 있지만—근거할 정보가 아마도 전무할 것이다. 심지어 분별력이나 도덕적 전통의 검증도 거치지 않은 의견에는 무지와 질투, 공포만이 반영될 수도 있다.

그러므로 혹시 내가 — 만약 내 생각이 그렇다고 가정하면—장수를 그저 추하고, 나약하고, 무용해지고 남에게 방해되는 거라고 '판단'한다면 나는 노인을 공경하는 낭비 따위를 하지 않을 것이다. 마찬가지로 내가 모든 젊은이를 무섭고, 버릇없고, 신뢰할 수 없고, 배울 줄 모른다고 생각하면 나는 그들을 존중할 일이 없다.

존중은 때때로 과하게 강제되었고 일반적으로 잘못 부과되어 왔다. 가난한 이들이 부유한 이들을 존중해야 하고, 모든 여자가 모든 남자를 존중해야 하는 사례들이 그렇다. 하지만 타인에 대한 공손한 태도라는 사회적 요구를 절제와 분별력을 가지고 공격성 억제와 자기 통제력의 필요에 따라 실천한다면 이해의 여지가 생긴다. 그로써 구성원 간에 고마움과 정이 자랄 수 있는 공간이 만들어질 것이다.

의견은 하나같이 그 의견 자체 외에는 무엇에도 일말의 여지를 주지 않을 때가 너무 많다.

유년기를 존중하는 법을 가르치지 않는 사회에 사는 사람 중에 유년기를 이해하고 가치 있게 여기고 심지어 자신의 어린 시절을 좋아하는 법을 터득한 사람은 참으로 행운아이다. 노년을 공경하는 법을 배우지 않은 아이들은 늙음을 두려워하게 되고 어쩌다 운이 따라야만 노인에 대한 이해와 애정을 발견한다.

노인을 공경하는 전통 그 자체는 일견 합리적이라는 생각이 든다. 그냥 척척 해내던 일상생활, 하는 줄도 모르고 늘 해왔던 너무나 쉬운 일들이 노년이 되면서 점차 어려워지더니 결국은 그 일을 해내기 위해 진정한 용기가 필요할 때가 온다. 노년은 대개 고통과 위험, 사망이라는 불가피한 종말을 수반한다. 그걸 인정하려면 용기가 필요하다. 존경받아 마땅한 용기이다.

존경에 대해서는 여기까지 하고 스러지는 것으로 돌아가 보자.

유년기가 계속해서 뭔가를 획득하는 시기라면 노년기는 끊임없이 잃어가는 시기이다. 사람들은 노후를 황혼(The Golden Years)이라 홍보하며 우리 노인들에게 흡족한 미소를 보내지만 황금색(golden)이 들어간 이유는 해 질 녘이 황금색이기 때문이다.

물론 노화가 스러져감을 의미하지만은 않는다. 그와는 거리가 멀다. 오히려 극심한 경쟁에서 벗어나 편안함을 느끼는 상태라서 현실에 충실하고 마음의 진정한 평화를 찾을 기회가 될 수 있다.

만약 기억력이 온전해서 사고에 활력이 남아 있다면 연륜이 쌓인 지능은 보기 드문 폭과 깊이를 가진 이해력을 발휘한다. 이때의 지능은 지식을 수집할 시간도 더 많았고 비교와 비판을 통해 더 많이 단련된 지능이다. 지식의 성격이 지적인가 실제적인가 혹은 감정적인가를 막론하고, 알프스의 생태계를 논하는지 불성을 논하는지 또는 겁먹은 아이를 안심시키는 방법을 논하는지를 차치하고 그런 지식을 가진 노인을 만난다면 가령 콩나물만 한 지각을 가진 사람일지라도 단박에 자신이 흔치 않고 복제 불가능한 존재와 만났음을 깨닫게 될 것이다.

그런 지능은 오랫동안 특정한 기술이나 예술로서의 기량을 길러온 노인들에게서 볼 수 있다. 자꾸 하다 보면 완벽해진다는 말은 실로 옳다. 요령을 *깨달아* 통달했으니 애쓰지 않아도 하는 일에 멋이 흐른다.

하지만 그와 같은 장수의 모든 실존적 확장은 힘과 체력의 감소에 위협받고 있다. 기억력에 과부하가 걸려 희미해지는 와중에, 아무리 총명한 지적 대응 기제로 잘 보상해 본들, 몸의 자잘한 부위에 크고 작은 고장이 나거나 어떤 부위가 제대로 움직이지 않기 시작한다. 노년의 실존은 그런 손실과 제약에 의해 꾸준히 스러진다. 그렇지 않다고 말해봐야 소용이 없다. 정녕 그런 것을.

그렇다고 수선을 피우거나 두려워해도 부질없다. 아무도 그걸 어쩌지 못하기 때문이다.

맞다. 나도 안다. 지금의 미국에서 우리들은 더 장수할 것이다. 예컨대 요즘의 나이 90은 새로운 70이라고 한다. 그걸 다들 대체로 좋은 현상이라고 여긴다.

어째서 좋다는 걸까? 어떤 점에서?

「휘파람새」의 질문을 곰곰이 진지하게 연구해 보길 권한다.

그에 대한 답은 많다. 스러지는 것은 우리가 하려고 들면 뭐로

든 다양하게 변할 수 있다. 젊은이나 나이가 든 사람이나 수많은 사람들이 노력하고 있다.

아직 완전히 늙지 않은 사람들에게는 「휘파람새」의 질문도 생각해 보라는 부탁만을 드린다. 그래서 그들의 노년이 저절로 스러지지 않도록 노력해 달라고. 나이를 먹으면 먹는 대로 두었으면 한다. 나이 든 친척이나 친구들을 있는 그대로 내버려 두기를. 존재의 부정은 아무짝에도, 누구에게도, 어떤 소용에도 쓸모가 없다.

부디 양해를 바란다. 나는 내 생각을, 나의 괴팍한 노년을 대변하는 것이다. 어쩌면 '정정하다'거나 '혈기 왕성하다'는 말을 즐겨 듣는 성난 80대분들이 핀잔할지도 모르겠다. 나는 동화 같은 이야기를 믿는 분들을 못마땅하게 생각지 않는다. 혹여 내가 나의 바람보다 더 장수한다면 나조차도 이런 말을 듣고 싶어 하게 될지 누가 알랴.

선생님 안 늙으셨어요! 아무도 늙지 않아요. 우리는 그 후로도 모두 행복하게 살고 있답니다.

따라잡기, 하 하
2014년 10월

블로그를 놓은 지 두 달이 되었다. 여든다섯 번째 생일 전야이기도 하고 75세를 훌쩍 넘은 노인이 계속해서 눈에 띄게 활동하지 않으면 죽은 줄 여기기 십상이라 살아 있다는 티를 좀 내야겠다 싶었다. 이를테면 무덤으로부터의 손 인사랄까.

안녕하세요, 거기 여러분! 청춘의 세상은 어떻습니까?

여기 노인의 세상에서는 다소 이상한 일들이 있었다. 이상함이란 출판사들을 지원하고 작가들을 독려하며 아메리칸 드림의 활주로에 윤활유를 바르느라 헌신하는 유명한 자선 단체인 '아마존닷컴'에 내가 좀 무례하게 굴었다가 『어떻게(*How*)』의 저명한 셀프 출판인 휴 울리에게 거짓말쟁이라는 소리를 들은 것도 포함된다. 그 외에도 다채로운 이상한 일들이 작가로서의 내 삶에 벌어졌고 즐거운 일도 좀 있었다. 하지만 올 가을 내 삶에서 중요하고도 압도적으로 이상한 일은 자가용이 없어졌다는 것이다. 나 말고도 많은 이들에게 그건 악몽과 같은 일일 것이다.

우리 부부에게는 멋진 스바루가 있지만 둘 다 운전을 못 한다. 나는 아예 운전을 못 했다. 1947년에 운전을 배웠는데 면허를 따지 않았고 그건 나와 내가 아는 모든 사람들에게 감사한 일이 아닐 수 없다. 길을 건너기 시작하다 이유 없이 연석으로 뒷걸음질을 치는가 싶더니, 교차로에 막 진입한 여러분의 차 앞으로 난데없이 뛰어드는 보행자들이 있다. 그들 중 한 사람이 바로 나다. 하마터면 사고를 일으킬 뻔한 적도 여러 번이며 끔찍한 욕지거리도 제법 들었다. 그런 내가 자동차로 무장하면 무슨 짓을 했을지 생각만 해도 아찔하다.

나는 어떤 경우에도 차를 몰지 않는다. 그러다 남편 찰스가 8월부터 좌골 협착으로 인한 신경통 때문에 운전은 고사하고 아예 걷지도 못하게 되었다. 나도 그와 똑같은 신경통에 시달렸지만 다행스럽게도 훨씬 덜 심각했다. 걸을 수는 있었으나 몇 블록 못 가서 왼쪽 다리를 절뚝거렸다. 집에서 우리 동네 생협 마트까지는 비탈길로 열 블록이나 떨어진 거리다. 그렇게 우리는 필요한 물건이 있을 때마다 걷거나 차를 타고 한달음에 달려가던 자유를 잃었다.

돌연 오랫동안 잊고 살았던 경이로운 해방감이 찾아왔다. 일주일에 한 번씩 장 보러 가던 어린 시절의 일상으로 회귀한 것이다. 물 좋고 신선한 저녁거리를 찾느라 둘러보거나 1리터짜리 우유를 사겠다고 종종거리며 다닐 필요가 없었다. 필요한 건 사전에 계획을 해서 목록을 정해두었다. 화요일에 고양이 모래를 못 사면 다음 주 화요일까지 모래가 없이 지내면 된다. 고양이 입장에선 따지고 싶은 일이 생기겠지만 말이다.

그런 식으로 물건을 조달하는 데에는 전혀 어려움이 없었다. 사실, 나의 친구이자 할인 정보를 꿰차고 있는 열정 쇼핑족, 사람 좋은 '모'가 물건을 갖다 주었기 때문에 오히려 기대되는 일이었다. 그래도 그냥 직접 가서 사는 대신 항상 목록을 생각하고 있으려니 피곤했다.

Just do it!

아침마다 흙이 튄 운동화를 신고 30킬로미터를 달리는 사람들을 겨냥한 광고의 그 문구, 만족의 기쁨을 미룬 이들을 위한 신비의 주문이 문득 떠올랐다. 찰스와 나의 경우에는 *Sí, se puede.*(그래, 가능해.) 나 프랑스 철학 식으로 *On y arrive.*(우리가 간다.)가 더 어울릴 것이다.

병원 진료와 관련된 노화의 가장 고차원적 역설 중에 의사를 자주 봐야 하는 사람일수록 병원에 도착하기까지의 과정이 더 힘들다는 말이 있다. 머리를 자르러 가는 일도 그렇다! 지금의 나는 두 눈을 덮는 앞머리를 한 자그마한 개들이 보는 세상을 공유하고 있다. 눈앞이 털투성이다.

대체로 나이가 제법 많이 든 사람은, 자가용이 없으면 반드시 해야 할 일을 제외한 다른 일을 할 수 있는 시간이 전보다 훨씬 줄어든다. 편지에 답장하며 연락을 이어가거나 지하실에 책을 정리해 놓는 등의 온갖 일을 전부 가스레인지의 한가한 뒤쪽 화구로 제쳐 둬야 한다. 1960년부터 쓰던 거라 작동할지 미지수라도 말이다.

그런데 이제는 그런 가스레인지도 더 이상 안 만들지 않던가.

파드 연대기 I

고양이 고르기
2012년 1월

나는 한 번도 고양이를 골라 본 적이 없다. 오히려 내가 고양이에게 간택되거나 고양이를 주겠다는 사람이 나를 택했다. 내가 유클리드 가의 가로수 위에서 구조한 구슬피 우는 새끼 고양이가 있었다. 녀석은 6킬로그램의 회색 수컷 호랑이로 자라 우리 동네 버클리 사방 몇 블록에 걸쳐 회색 호랑이 새끼들을 번식시키기도 했다. 예쁜 노랑이 태비 어멈이 남매들 중 잘생긴 노랑이와 눈이 맞아 생긴 금둥이 새끼들 중에 로렐과 하디를 맡아 기른 적도 있다. 윌리가 무지개다리를 건넜을 때, 수의사 모건 씨에게 병원 앞에 누가 새끼 고양이를 버리고 가면 말해달라고 했더니 그녀는 '아기 고양이 대란이 날 시기는 벌써 지나서 그럴 일이 없을 거다.' 라고 했다. 그런데 바로 다음 날 아침, 현관 앞에 버려진 6개월 된 턱시도 고양이를 발견한 그녀에게서 연락이 왔고 우리는 조로를 집으로 데리고 와 13년을 살았다.

지난 봄에 조로가 고양이 별로 떠나고 나자 공허함이 밀려왔다.

결국 집에 또 한 번 식구를 들일 때가 된 것이다. 프랑스인들은 고양이를 그 집의 영혼이라고 한단다. 그 말이 맞다. 하지만 이번에는 우리를 간택하는 고양이도, 고양이를 권하는 사람도, 나무 위에서 들리는 울음소리도 전혀 없었다. 그래서 딸에게 동물 보호 단체인 '휴메인 소사이어티'로 같이 가서 고양이를 한 마리 데려올 수 있게 도와달라고 부탁했다.

예순 먹은 주인들에게 적당한 중년의 차분하고 친근한 고양이 한 마리. 수컷으로. 왠지 모르겠지만 내가 가장 사랑했던 녀석들은 하나같이 수컷들이었다. 검은 털이기를 바랐다. 내가 검은 고양이를 좋아하기도 하고 입양 선호도가 제일 낮다는 걸 읽은 적이 있어서였다.

그렇다고 해서 자잘한 것까지 유별나게 따져 고르지는 않는다. 고양이를 보러 간다니 긴장이 되었다. 사실 두려웠다.

어떻게 고양이를 고를 수 있을까? 내가 고르지 못한 고양이들은 어쩌고?

'휴메인 소사이어티' 포틀랜드 사무소는 놀라웠다. 직접 본 곳은 입구와 고양이 동(棟)뿐이었지만 어마어마한 규모에 방이면 방마다 고양이가 그득했다. 그리고 도움을 받을 수 있는 직원이나 자원봉사자가 어디든 상주했다. 단순하면서도 효율적으로 조직되어 있어서 모두가 느긋하고 친절했으며 직원들이 받는 스트레스 강도가 낮아 보였다. 사람들이 수시로 동물을 데려오거나 입양해가는 거대한 단체의 일원으로서 끊임없이 들고 나는 동물들을 보살피며 끝을 알 수 없는 접수 및 처치의 과정에 필요한 엄청난 일들을 해내는 직원들의 모습, 그토록 느긋한 분위기에서 그걸 이루어 내는 모습을 보니 너무나 놀라웠고 전적으로 존경할 만하다고 생각했다.

인간과 동물 간 조화는 요즘 가장 곤란한 문젯거리다. 어떤 의미에서 '휴메인 소사이어티'는 그 문제의 가장 급박한 상황을 대변한다. 그럼에도 불구하고 내가 본 것은 인간의 마음과 정신이 투사되어 가능한 한 최선을 다해 운영되는 현장이었다.

우선 고양이 동으로 들어가 약간 둘러보았는데 당시 입양 가능한 중년의 고양이는 몇 마리 되지 않았다. 거의 다 같은 곳, 나도 최근에 신문에서 읽은 90마리 고양이를 키우던 한 여성의 집에서 온 개체들이었다. 그녀는 자신이 고양이들을 사랑하며 잘 돌보고 있고 모두 괜찮다고 생각했지만……. 다들 들어서 알 것이다. 슬픈 일이다. '휴메인 소사이어티'가 그 중에 60마리를 데려왔다. 우리를 데리고 고양이 동을 둘러봐 준 친절한 직원의 말에 따르면 고양이들이 처했던 상황에 비해 몸 상태는 예상만큼 나쁘지 않고 사회화도 제법 잘 되어 있다고 했다. 그렇다고 아주 양호한 상태 는 아니라서 이곳에 오기 전에 특별히 치료를 받아야 했단다. 내 게는 벅찬 일인 것처럼 들렸다.

그 고양이들을 제외하면 대부분이 새끼 고양이들이다. 올해는 새끼 고양이 철이 많이 늦었다고 한다. 마치 토마토 철이 늦었다 는 이야기를 하는 것과 흡사하다는 생각이 들었다. 방 하나에 여 섯 마리 내지는 일곱 마리의 새끼 고양이가 있었다. 캐롤라인이 최소 두 마리가 들어가 활개 치느라 마구 들썩대는 비닐 터널을 찾아냈다. 검은 고양이 한 마리와 흰 고양이 한 마리였다. 그리고 마침내 작은 고양이 하나가 내 눈에 띄었다. 짙은 흑백 무늬의 혼 자 놀고 있는 녀석이었다. 안내하던 분은 녀석이 여기 있는 고양 이들 중 가장 연장자 축에 든다고 했다. 한 살이 더 많단다. 우리 는 한번 보고 싶다고 말했고 인터뷰 방으로 가서 기다렸다. 그 작 은 턱시도 친구를 데리고 아까의 여자 직원이 방으로 들어왔다.

한 살치고는 덩치가 너무 왜소해 보였다. 몸무게가 3킬로그램이 라고 했다. 녀석은 공중을 향해 꼬리를 쭉 뻗고 굉장히 가르랑대 며 제법 높은 목청으로 울었다. 이따금 장난스럽고 유화적인 자 세로 발라당 몸을 뒤집기도 했다. 당연하겠지만 불안해하는 눈치가 확연히 보였다. 직원은 줄곧 자신에게만 매달리던 녀석을 남겨 두고 자리를 비켜주었다. 낯을 심하게 가리는 녀석은 아니었다. 들고 안고 다독여도 개의치 않았지만, 무릎 위에 가만히 앉아 있기는 싫어했다. 반짝이는 두 눈, 부드럽고 윤기 나는 털, 곧게 뻗은 검은 꼬리, 왼쪽 뒷다리에 난 검은 점무늬는 귀여움 종결자였다.

직원이 방으로 돌아오자 내가 말했다.

"좋아요."

직원은 물론 딸도 약간 놀란 눈치였다. 나 스스로도 조금 놀라웠다.

"다른 고양이들을 더 안 보시고요?" 직원이 물었다.

아니, 다른 고양이를 볼 마음은 없었다. 그 녀석을 돌려보내고 다른 고양이를 구경하다가 그 중에 하나를 고른다니. 이 녀석 말고? 그럴 수 없었다. 운명인지 동물의 왕이 점지하신 건지 어쨌든 내 눈에 고양이 하나가 들어왔다. 됐다.

녀석의 전 주인은 '휴메인 소사이어티'의 설문에 정성껏 답을 해놓았다. 그 여자 분의 답변은 유용하면서도 마음이 아팠다. 그걸 통해 녀석의 어미가 녀석과 또 다른 새끼를 데리고 1년간 한 가정에서 살았음을 알게 되었다. 집에는 세 살 이하의 아이, 세 살에서 아홉 살 사이의 아이, 그리고 아홉 살에서 열네 살 사이의 아이가 있었다. 성인 남자는 없었다.

세 마리 고양이가 모두 입양을 위해 이곳으로 보내진 이유는 냉혹했다.

'기를 형편이 안 됨.'

녀석이 '휴메인 소사이어티'에서 지낸 기간은 고작 나흘밖에 되지 않았다. 이곳에서 곧장 중성화 수술을 시켰고 빠른 속도로 회복 중이었다. 그간 잘 먹고 치료도 잘 받아 완벽하리만치 건강해진, 사람 좋아하고 살갑고 재롱 많고 명랑한 새끼 고양이였다. 나는 그 가족을 애석하게 생각하지 않기로 했다.

오늘로 한 달이 되었다. 예전 주인이 남긴 답변에서처럼 녀석은 성인 남자를 다소 어려워하지만 심하지는 않다. 아이들에 대해서는 두려워하는 수준은 아니더라도 조심하는 센스가 있다.

낯을 가리고 경계심이 심해서 딸 캐롤라인을 비롯해 세상에 무서운 것들이 너무 많았던 조로는 우리와 13년을 살았다. 캐롤라인이 크고 드센 개를 두 마리 데리고 우리 집에 머문 적이 있었는데 조로는 10년 동안이나 그 일을 마음에 담아두고 캐롤라인을 용서치 않았다.

반면 이 녀석은 소심하지 않다. 사실 너무 겁이 없어서 탈일지도 모르겠다. 집안에서나 밖에서나 두루 잘 지내며 자랐다는데 우리 집에선 날이 풀리기 전까지는 밖에 내보내지 않을 것이다. 그래도 나갈 때가 되면 뭘 조심해야 할지 녀석이 잘 알고 있기를 바라야지.

어린 고양이들이 대개 그렇듯이 녀석도 매일 한두 번은 미친 듯이 날뛰며 논다. 방을 날아다니고, 바닥에서 90센티미터 높이로 점프를 하고, 물건을 뛰어넘거나 넘어뜨리며 온갖 일을 저지른다. 안 된다고 소리를 쳐도 소용이 없고 궁둥이를 살짝 때리면 조금 효과가 있다. '안 돼!' 소리와 자기 코앞에 손을 내미는 행동이 무슨 뜻인지 알아듣고 기억을 하는 것이다. 그런데 이따금 내가 위협적으로 손을 들어 올릴 때면 매 맞는 개처럼 움찔해서 몸을 웅크리는 모습이 보기에 괴롭다. 왜 그런 생각이 들었는지는 몰라도 차마 볼 수가 없다. 그래서 그냥 궁둥이만 철썩 때리고 '안 돼!' 하고 소리만 친다.

본다[5]가 작은 탱탱볼을 한 양동이 가득 보냈다. 혼자 공놀이를 하거나 넘치는 힘을 발산하기에 안성맞춤이다. 녀석은 끈으로 하는 온갖 놀이를 다 잘한다. 낚시 장난감을 낚아채면 그걸 물고 덜거덕 부딪히는 소리를 내며 아래층으로 끌고 내려간다. 문틈으로 발 내밀기도 제법 하는데 난간이 없는 집에서 자란 탓인지 난간

---

5 본다 N. 매킨타이어, SF 소설가이자 어슐러 르 귄의 친구. ─옮긴이

사이로 발 내밀기는 아직 요령을 터득하지 못했다. 처음 며칠간 계단을 탐색하는 걸 보고 그런 확신이 들었다. 그런 지형은 생소했던 것이다. 우리 두 고대인들에겐 녀석의 학습 과정이 무척 재미있고도 위험천만해 보인다. 녀석이 어리둥절한 얼굴로 다음 층계에 불쑥 끼어들거나 우리가 내딛는 발밑을 쏜살같이 가로질러 달리지 않아도 우리는 이미 휘청거리며 계단을 오르내리고 있었기 때문이다. 어쨌든 녀석은 어느새 계단을 완전히 파악했고 이제는 우리보다 앞서서 층계를 오르내릴 줄 알게 되었다. 부유한 상류층 가정의 사람들이 하듯이 계단을 거의 딛지도 않고 다닐 정도다.

'휴메인 소사이어티'는 구조된 고양이들 사이에 고양이 감기가 유행이라 녀석도 옮았을 것이라고, 자기들로선 대처할 방법이 아무것도 없다고 내게 주의를 주었다. 감기를 달고 집에 온 녀석은 2주 동안 코를 많이 훌쩍거렸다. 그래도 자꾸 안기려 들고 잠도 많이 자는 바람에 우리는 조용히 서로를 알아갈 수 있었으니 아주 나쁜 시작은 아니었다. 다행히 열도 없고 입맛을 잃은 적도 없어서 나는 크게 걱정하지 않았다. 코 고는 소리가 섞인 숨을 쉬면서도 녀석이 먹고, 먹고, 또 먹은 것이…… 사료였다.

오! 사료! 오, 신난다! 먹는 즐거움이여! 참치와 초밥, 닭 간과 캐비어가 모두 들어 있지!

녀석은 평생 사료만 먹었을 것이다. 사료가 음식인 셈이다. 녀석은 음식을 좋아한다. 좋아서 어쩔 줄을 모른다. 식성이 까다롭지도 않고 음식 타박을 해서 신경 쓰이게 만들지도 않았다. 다만 달덩이 같은 고양이가 되지 않으려면 (우리의) 자제력이 필요할 것같다. 우리가 애써 봐야지.

예쁜 녀석인데 가까이 들여다보면 눈이 매우 특이하게 아름답다. 크고 검은 동공이 초록빛으로 둘러싸여 있고 그 바깥을 불그스름한 노란빛이 감쌌다. 준보석에서 그런 색의 변화를 본 적이 있다. 크리소베릴[6]의 눈을 가진 고양이라니. 위키피디아에는 크리소베릴이나 알렉산드라이트가 3색성 보석이라고 나와 있다. 에메랄드에 가까운 초록색인데 빛의 각도에 따라 빨강 혹은 주황과 노랑이 섞여 빛이 난다.

녀석이 감기에 걸려 같이 누워 지낼 동안 녀석의 이름을 고민해 보았다. 알렉산더는 너무 황제 같고 크리소베릴은 과히 장엄했다. 피코가 제법 잘 어울린다 싶었다. 아니면 파코도 좋고. 하지만 내가 소리내어 부를 때마다 녀석이 고개를 두리번거렸던 이름은 파드였다. 처음에는 가토파르도였다. 표범이라는 뜻으로 파브리지오 왕자가 나오는 람페두사의 작품 제목이다. 그런데 덩치에 비해

---

6 금록석. — 옮긴이

이름이 너무 길어서 파르도라고 줄여버렸고 그게 파트너의 파드
가 되었다.

어이, 꼬마 파드. 오래 머물러 주길 바라마.

고양이의 간택을 받다
2012년 4월

파드가 집에 왔다는 소식을 쓴 이후로 넉 달이 지났고 '꼬마 파드'는 장성하여 '거대하진 않지만 제법 튼실한 파드'가 되었다. 코비에 속하는 고양이 종인데 다리는 길지 않다. 꼿꼿이 앉아 있는 모습을 뒤에서 보노라면 기분 좋은 대칭의 달덩이 같은 구가 검게 빛난다. 거기에 머리와 꼬리가 붙어 있다. 뚱뚱하진 않다. 하지만 살찌려는 의지가 부족한 고양이도 아니다. 여전히 사료를 너무나 좋아한다.

오, 사료! 오 사랑스런 사료! 오도독, 오도독, 오도독!

마지막 부스러기를 먹어 치우자마자 눈에 무한의 비통함을 실어 나를 올려다본다.

배고파. 죽을 것 같아. 몇 주 동안 먹지를 못했어.

녀석은 기꺼이 뚱뚱보 파르도가 될 것이다.

우리도 인정이 없었다. 수의사가 시킨 대로 하루에 반 컵을 엄격하게 지켜서 줬다. 일곱 시에 4분의 1컵을, 나머지를 다섯 시에 급여했다. 그리고 점심으로는 고양이 캔을 6분의 1만 따뜻한 물을 부어 먹였다. 물을 많이 먹게 하려는 차원이었다. 그런데 파드는 종종 사료가 나오는 다섯 시까지 그걸 먹지 않고 내버려뒀다. 녀석에겐 사료만이 진정한 음식이다. 그릇을 둘 다 비우고 나면 거실로 가서 대소동을 벌이며 돌아다니거나 보통은 흡족하게 가만히 앉아서 소화를 시킨다.

파드는 발랄한 작은 생명체다. 너무나 극적인 어린 시절이여! 파드의 턱시도는 완전히 하야면서도 완전히 새까맣다. 파드는 아주 달콤하면서도 아주 고소한 향이 난다. 야생마처럼 드세면서도 나무늘보처럼 꼼짝하지 않는다. 한순간 하늘을 날고 있나 싶으면 그 다음 순간 순식간에 잠들어버린다.

예측 불가능한 파드도 엄격한 일과를 지킨다. 아침마다 아래층으로 내려오는 찰스를 반기러 달려가 거실 깔개 위에 넘어져서 경배하는 자세로 발바닥을 들어 흔든다. 하지만 무릎 위에 올라와 앉지는 않는다. 앞으로도 그럴 것 같다. 파드는 무릎이라는 장소를 아예 전제로 받아들이지 않는 것 같다.

20분간 이어지는 기운차고도 한결같은 가르랑거림을 들으며 잠에서 깨면 이루 말할 수 없이 기분이 좋다. 거기에 내 목을 쿵쿵

대는 코와 머리칼을 토닥거리는 발까지 더해지면서…… 가르랑거림이 점점 우렁차지고 녀석이 덤비기 시작한다. 그쯤 되면 일어나기가 아주 수월하다. 그러면 녀석은 나보다 먼저 욕실로 들어가서 내 허리께의 높이로 이리저리 나는 듯이 욕실 물건 사이를 돌아다닌다.

내가 욕조에 물을 틀어주면 녀석은 그걸로 잠시 놀다가 뛰쳐나와서 꽃 모양의 젖은 발자국을 바닥 여기저기에 남긴다. 내가 세면대에 물이 졸졸 흐르게 해 두면 파드가 배수구를 닫아 물웅덩이가 생긴다. 흉포한 흑표범들이 도사리고 앉아 아프리카 영양과 가젤, 또는 딱정벌레를 기다리는 물웅덩이. 그러고 나서 우리 둘은 아래층으로 내려간다. 둘 중 하나는 날아서 간다.

하수구 닫는 재주쯤은 놀랄 일도 아니다. 파드는 욕실 캐비닛도 영특하게 잘 연다. 어디든 안에 들어가 있기를 좋아하기 때문에 몸을 집어넣을 수 있는 곳이면 캐비닛, 서랍장, 상자, 가방, 자루, 만들다 만 조각보, 옷소매 등 장소를 가리지 않는다.

파드는 영리하고 모험을 즐기며 고집이 세다. 우리는 녀석을 나쁜 발을 가진 착한 고양이라고 부른다. 파드를 곤경에 처하게 만드는 건 녀석의 발이다. 발 때문에 야단도 듣고 혼도 나고 물건도 뺏긴다. 파드가 착한 고양이라서 그 모든 걸 침착하게 유머로 넘겨버리는 것이다.

"뭣 때문에 다들 투덜거리지? 내가 넘어뜨린 것 아닌데. 발이 그랬어."

예전에는 선반에 깨지기 쉬운 자잘한 물건을 많이 올려 두었는데 이제는 다 치워서 없다.

찰스가 파드를 위해 작고 빨간 가슴 줄을 샀다. 놀랍게도 파드는 참을성 있게 기다렸다. 우리는 찰스가 녀석에게 손을 마구 긁혀 '피의 손 주간'을 맞게 될 거라고 생각했는데 아니었다. 파드는 가슴 줄을 채우는 동안 다소 구슬프게 가르랑거리기까지 했다. 고무 밧줄까지 걸고 나자 둘은 뒤뜰 계단을 통해 밖으로 나가 파드가 산책할 수 있는 정원으로 들어섰다. 처음 두 번은 꽤 성공적이었다. 그러다 울타리 밖에서 조깅하는 어떤 남자의 요란하게 발 구르는 소리가 파드를 놀라게 했다. 파드는 당장 집 안으로 들어가려 했다. 세상 밖의 온갖 이상한 것에 겁먹지 않기 위한 대장정의 첫발을 내디딘 셈이다.

비가 그치면 파드와 밖에 앉아 있어도 괜찮겠다 싶다. 녀석에게는 날아다닐 탁 트인 공간이 필요하다. 물론 의욕 넘치고 세상 물정 모르는 파드가 너무 대담해져서 혹시라도 야생의 뜰 혹은 언덕 아래에 있는 덤불 속으로 들어가거나, 새를 쫓아 길가로 나갔다가 집을 못 찾고 적을 맞닥뜨리지 않을까 걱정을 했다. 고양이의 적은 여러 형태가 있다. 작은 동물들과 연약한 종이긴 해도 포식자들이 있다. 파드는 길고양이도 아니고 야생의 지혜를 가진 고양이도 아니다. 하지만 영특하다. 녀석은 우리가 줄 수 있는 자유를 누릴 자격이 있다. 일단 비만 그치면.

그때까지는 낮 시간의 한창때를 나와 함께 서재에서 보낼 것이다. 내 팔꿈치 지척에 놓인 프린터 위에서 잠을 자면서. 처음부터 내게 애착이 있었고 아직도 나를 따라 계단을 오르내리며 옆에 붙어 있으려 하지만 점점 독립심을 길러가는 중이다. 좋은 현상이라고 생각한다. 내가 만약 우주의 중심과 같은 역할을 하길 원했더라면 개를 길렀을 것이다. 아마도 녀석은 생의 첫해에 작고 비좁은 집에서 살았기 때문에 혼자 있어 본 경험이 없으리라. 고독뿐만 아니라 고요함과 지루함에 익숙해질 시간, 혈기 넘치는 아이들에게 쫓기거나 짓눌릴 일이 전혀 없는 이 상황에 익숙해질 시간이 필요한 것 같다.

내가 우주의 중심이 되길 원치 않는다는 말은 고양이를 곁에 두는 것이 싫다는 말이 아니다. 아무래도 우리가 녀석의 이름을 잘 지은 모양이다. 파드는 파트너이자 진정한 동반자다. 내 베갯머리 위에 누워 수면 모자마냥 내게 붙어 잠을 자는 녀석이 정말 좋다. 녀석이 프린터 위에서 잠잘 때의 유일한 문제점은 프린터에서 15센티미터 떨어진 곳에 놓아둔 타임머신이다. 그 기계는 데이터를 저장할 때마다 낮게 윙 하고 딸깍거리는 이상한 소음을 낸다. 딱정벌레 소리와 똑같다. 그래서 파드는 안에 딱정벌레가 있는 줄 안다. 내가 어떤 말을 해도 요지부동이다. 녀석은 언젠가는 앞발을 집어넣어 그 안에 있는 딱정벌레를 모두 꺼내 먹고 말 기세다.

2장

문학 산업

제발 좀 '씹할' 그만해 줄래요?

2011년 3월

씹할(*fucking*) 아니면 씹(*fuck*), 그도 아니면 제기랄(*shit*)이라는 말 밖에 못 하는 사람들만 나오는 씹할 책과 영화를 계속 접하게 된다. 씹하고 씹 같은 처지가 되어서도 그 씹할 놈의 씹할 외에는 묘사할 형용사가 전무한 사람들 같다. 그리고 제기랄은 그들이 망했을 때 하는 말이다. 망할 일이 생기면 *제기랄*이라고 하거나 *오, 젠장* 또는 *오, 젠장 망했네*.라고 한다. 정말이지 문자 그대로 충격적인 상상력이다.

씹할 모든 등장인물의 대사마다 씹과 젠장이 나오는 것도 모자라 작가가 몸소 그 씹할 분위기에 동참하는 소설도 있었다. 어찌그런 젠장맞을 일이. 그래서 소설 전체에 제기랄 감동이 이렇게 넘친다.

'석양은 씹할 믿어지지 않을 정도로 아주 그냥 씹할 아름다

웠다.'

예전에는 과격하게 여겨지던 이 표현은 한낱 소리로 위상이 바뀌면서 하려는 말의 감정을 증폭시키는 역할을 하게 된 것 같다. 혹은 단순히 말 사이의 공백을 채우려고 사용하는 표현인데 그 과정에서 진짜 하려는 말을 씹할의 틈바구니에서 망하게 하는 역할인가?

욕설과 과격한 표현은 대부분 종교에서 유래했다. 넨장맞을(*Damn*), 넨장맞을 것(*Damn it*), 망할(*hell*), 맙소사(*God*), 빌어먹을(*God-damned*), 망할 놈의 빌어먹을(*God damn it to hell*), 세상에(*Jesus, Christ, Jesus Christ, Jesus Christ Almighty*) 등등 끝이 없다. 드물게도 몇 개는 19세기 소설에서 찾아볼 수 있다. 대개 ——로 쓰는데 좀 대담하게 *By G—!* 이나 *d—n!* 으로 쓰기도 한다. 고어나 방언에서 유래한 육시랄(*swounds*), 어허 참(*egad*), 염병할(*gorblimey*) 같은 것들은 철자가 온전히 인쇄되어 있다.

20세기로 들어서면서 신성 모독적 욕설이 생겨나더니 점차 범람하여 활자로도 찍었다. '노골적인 성적 묘사'로 여겨지는 표현에 대한 검열은 훨씬 오래전부터 있어 왔다. 전《뉴욕 트리뷴》의 도서 비평가 루이스 가넷은 『분노의 포도』가 출간되기 전에 삭제했어야 할 극비의 어휘 목록을 만든 바 있다. 어느 날, 저녁 식사를 마친 루이스가 크고 멋들어진 목소리로 자신의 가족과 우리

가족 앞에서 그 목록을 읽어주었다. 당시 내겐 별로 충격적이지 않았던지 지금은 지루한 기도문 같은 말들의 연속만이 기억나는데 보나마나 거의 다 조드 일가의 대사에서 뽑은 어휘였을 것이다. 젖퉁이 정도는 예사였다.

제2차 세계 대전 중에 휴가를 받아 집에 온 오빠들을 떠올려보면 우리들 앞에서 욕설을 내뱉은 적이 단 한 번도 없었다. 놀랄만한 업적이다. 다만 그 이후에 봄맞이 청소를 하느라 겨우내 방치된 죽은 스컹크를 치우던 오빠 칼에게서 처음으로 욕을 배웠다. 단번에 일고여덟 개의 욕을 배운 강렬하고도 잊지 못할 수업이었다.

군인들과 항해사들은 늘 입에 욕을 달고 산다. 욕을 안 하면 무슨 일이 되겠나? 노먼 메일러는 소설 『나자(裸者)와 사자(死者)(The Naked and the Dead)』에서 완곡한 표현인 씨발(fugging)을 만들어 쓰게 되었다. 그 기회를 놓칠 리 없는 도로시 파커는 "요즘 젊은 남자들은 씹도 쓸 줄 모르나?" 하고 그를 희롱했다.

60년대에 들어서는 욕을 배울 나이 많은 형제자매가 없는 사람들조차, 너무나도 많은 이들이 제기랄을 쓰기 시작했다. 오래지 않아 온갖 씹할과 제기랄이 활자화 되었다. 그리고 마침내 할리우드 유명인들도 그 말을 입 밖으로 내뱉기 시작했다.

이제는 1990년대 이전에 제작된 영화나 1970년대 이전에 출간

된 책만이 황폐함으로부터의 유일한 탈출구로 남았다. 그 황야에서 몸에 피를 흘리는 여러분에게 다가와 고작 '아, 제기랄. 어휴, 난 또 씹할 사슴인 줄 알았잖아요.'라고 말하는 사냥꾼을 만나지 않도록 조심하기 바란다.

나는 욕설이 제법 다채롭고 때로는 대단히 특색 있기까지 했던 시절을 기억한다. 물론 현대인의 기준에서 보면 지루할 것이다. 일종의 예술로서 욕을 하던 사람들이 있었는데 과도함과 돌발적 기질이 눈부시게 현란한 정점을 찍었더랬다. 그에 비해 오늘날에는 겨우 두 개의 욕설만 쓰고 있으니 참으로 이상한 일이다. 게다가 아주 쉴 새 없이 사용하다 보니 수많은 사람들이 그 두 가지 욕설을 넣지 않고서는 말을 못 하고 심지어 글도 못 쓴다.

둘 중에 하나는 배설과 관계된 말이고 나머지 하나는 보다시피 성(性)과 관련되어 있다. 둘 다 종교처럼 엄격한 한계에 따라 제재를 받는 영역으로 어떤 특정한 상황의 전제하에서만 무한의 자유가 주어진다.

그래서 어린아이들이 똥(*caca*)이나 응아(*doo-doo*)라고 외치듯, 다 큰 성인은 *제기랄*이라고 말한다.

있어선 안 될 곳에 배설물을 갖다 놓아라!

제자리에 두지 않고 제재를 벗어나는 것이 욕의 기본 법칙임은 나도 잘 이해하고 인정한다. 하지만 서른다섯이 될 때까지도 그런 말을 안 쓰고 잘 살아왔던 나는 오, 망할이나 넨장맞을 것으로의 성공적인 퇴보를 이루지도 못했고 신경이 거슬릴 때마다 오, *제기랄!*이라고 말하는 건 정말 그만두고 싶다. 첫소리 *제*와 터지는 끝소리 *랄!*, 그리고 그 찰나에 짤막하게 들어가는 *기*…… '제기랄'에는 뭔가가 있다.

반면 씹과 씹할은 어떤가? 모르겠다. 욕으로 쓰기 좋은 소리이긴 하다. 씹이라는 소리를 기분 좋고 친절하게 들리도록 말하기란 정말 어렵다. 하지만 그게 무슨 뜻인가?

무의미한 욕은 없다. 의미가 없다면 욕으로서 역할을 못 한다. 씹이 뜻하는 성(性)이란 단순히 성행위인가, 혹은 수컷의 공격적 성인가, 그도 아니면 오롯이 공격성 그 자체인가?

약 25년 내지 30년 전까지만 해도 씹할은 일방적인 성행위의 의미만을 내포하고 있었던 걸로 안다. 상대의 동의가 있든 없든 남성이 여성을 대상으로 하는 성행위였다. 이제는 남녀 공히 성관계의 의미로 사용하여 성 구분이 없어지면서 여성도 남자 친구와의 성관계를 말할 때 그 표현을 쓰게 되었다. 그리하여 강하게 내포되어 있던 삽입과 강간의 의미가 떨어져 나갔다. 하지만 어쩐지 내 귀에는 그렇게 들리지가 않는다.

씹은 공격적이고 위압적인 단어이다. 포르쉐를 탄 남자가 씹할 놈의, *새끼야!* 라고 소리친다면 저녁 먹으러 자기 집에 오라는 말은 아닐 테니까. 사람들이 오 *제기랄, 우리 좆됐네!(Oh shit, we're fucked!)* 라고 할 때도 그들이 합의하에 좋은 시간을 가진다는 뜻이 아니다. 단어 자체에 굉장한 억압과 학대, 경멸, 그리고 혐오의 뉘앙스가 함축되어 있다. 신은 죽었다. 적어도 욕설의 세계에서는. 하지만 증오와 배설물은 계속 승승장구하고 있다. 옛 왕은 죽었다. 새로운 씹할 왕 만세.

독자의 질문
2011년 10월

내 책을 좋아한다면서 엉뚱하게 들릴지 모를 질문이 하나 있다는 한 독자의 편지를 받았다. 내가 답을 줄 필요는 없지만 그는 질문의 답을 간절히 원했다. 마법사 게드의 이름인 새매에 대해서인데, 그의 질문은 이랬다.

'새매가 아메리카 대륙에 서식하는 황조롱이(*falco sparverius*)인가요, 아니면 구대륙에 널리 분포하는 황조롱이(*kestrels*)인가요?, 그리고 조롱이는 매 속(*Falco*)이 아니라 새매 속(*Accipiter*)에 해당하지 않나요?'

(주의: 이들 조류 때문에 머리가 복잡해질 수 있다. 많은 사람들이 새매와 조롱이를 섞어서 쓰지만 유라시아와 아메리카 대륙의 조롱이는 모두 매다. 반면 새매라고 해서 다 조롱이는 아니다. 그 반대도 마찬가지. 이해가 되시는지? 윈드호버[7]라는 아름다운 영국식 이름을 쓰지 못해서 아쉽

다. 하지만 우리에겐 G. M. 홉킨스의 시가 있지 않은가.)

나는 즉시 최선을 다해 답장을 썼다. 새매는 지구의 새가 아니라 어스시의 새이기 때문에 위에서 언급한 어떤 것도 될 수 없으며 분류학의 아버지 린네도 이름 보따리를 들고 거기까지 가지는 않았다고. 하지만 내가 책을 쓸 때 상상했던 새의 형상은 우리의 멋진 아메리카 황조롱이(American sparverius)였으니 팔코 파불루스 테라마리누스(*Falco parvulus terramarinus*)라고 부를 수 있을 것 같다고.

답장을 쓸 때는 작다는 뜻의 파불루스가 떠오르지 않았지만 그걸 붙여야 한다. 새매는 제법 자그마한 매다. 게드는 강경하지만 작달막한 인물이다.

나도 모르는 새에 흥이 났던지 정신을 차리고 보니 순식간에 답장이 완성되어 있었다. 좀처럼 줄어들 줄 모르고 쌓인 채 답장을 기다리는 편지 더미를 바라보며 정말 뒤로 미루고 싶다는 생각을 했다. 난해한 질문들이 너무 많을 것이고 답하기가 불가능한 것들도 있기 때문이다. 하지만 답하고 싶은 마음은 간절하다. 내 작품을 좋아하고 호응하는 사람들이 내 이야기에 의문을 갖고 수고를 들여서 보낸 편지인 데다가 편지를 써서 보낼 만큼 가

---

7 windhover, 황조롱이. — 옮긴이

치가 있는 질문이기도 해서 어떤 편지들은 답장을 쓰는 과정이 즐겁다.

작가에게 보낸 편지들은 왜 유독 답하기 어려운 내용이 많을까? 그런 편지들에는 어떤 공통점이 있을까? 전부터 그런 생각을 해봤다. 여태까지 도출해낸 결론은 이렇다:

그런 독자들은 거대하고 보편적인 의문들을 가진다. 때로는 철학이나 형이상학 또는 정보 이론 같은, 작가가 아는 수준을 훨씬 능가하는 어떤 학문적 지식을 바탕으로 질문을 한다.

도교나 페미니즘, 융 심리학, 정보 이론이 나에게 미친 영향에 대한 거대하고 보편적인 질문을 던지는 이들도 있다. 장황한 박사 학위 논문을 써서 설명할 것이 아니라면 그저 "별로 영향받지 않았어요."라고 답변해야 하는 질문들이다.

그 외에도 거대하고 보편적인 오해에 바탕을 둔, 작가들이 일하는 방식에 관한 거대하고 보편적인 의문을 가진 독자가 있다. 그들은 '당신은 어디에서 아이디어를 얻나요? 당신의 작품을 통해 전하려는 메시지는 뭔가요? 이 작품은 왜 썼나요? 당신은 왜 글을 쓰나요?' 같은 질문을 한다.

저 마지막 질문은 젊은이들로부터 종종 받는 고도의 형이상학적 질문이다. 어떤 작가들은, 심지어 글쓰기가 생계 수단이 아니더라도, '돈 때문'이라고 답할 것이다. 막다른 길 중에서도 가장 최악에 이르러 할 만한 대답이면서 그 이상의 대화가 진전되지 못하도록 차단해 버리는 대답이다. 나의 솔직한 대답은 '내가 좋아서'이다. 하지만 질문을 한 당사자들도 알겠지만 교사들도 학기말 리포트에서 그런 말을 듣고 싶어 하지 않는다. 그들은 뭔가 의미심장한 답변을 바란다.

의미……. 아마 그것이 나로서는 흔하게 받는 질문이자 내가 답해야 할 골칫거리일 것이다. 이 책이 의도한 바가 뭐죠? 이 책에서 이 사건은 어떤 의미를 가집니까? 이 이야기가 뭘 뜻하나요? 그게 무슨 뜻인지 말해주세요.

하지만 여러분, 그건 내 일이 아니다. 여러분의 몫이다.

물론 내 이야기가 어느 정도 나에게 의미 있다는 건 안다. 여러분과는 아주 다른 의미가 있을 것이다. 1970년에 내가 쓴 작품이 가졌던 의미는 1990년이나 2011년에 그 작품이 나의 삶에서 차지하는 의미와 전혀 다를지도 모른다. 마찬가지로 1955년의 사람들에게 의미 있었던 작품이 2022년의 사람들에게 의미 있는 작품과는 아주 다를 수 있다. 오리건주에서 의미 있는 작품이 이스탄불에서는 이해할 수 없는 이야기가 되거나 내가 전혀 의도치 않았던 의미로 읽힐 수도 있는 법이다.

예술이 갖는 의미는 과학적 의미와 다르다. 이해할 수 있는 언어로 썼음을 전제로 하면 열역학 제2 법칙은 독자가 누구인가에 따라, 언제 혹은 어디에서 읽히는가에 따라 의미가 달라지지 않는다. 반면 『허클베리 핀』은 의미가 달라진다.

글쓰기는 위험한 입찰이다. 무엇도 보장되지 않는다. 운에 맡겨야 한다. 나는 기꺼이 내 운을 걸었다. 그리고 그 자체를 너무 좋아한다. 내 글이 오독되고 오해받고 오역되더라도, 그게 어때서? 내가 제대로 썼다면 무시당하고 사라지거나 읽히지 않는 수난을 당하지 않는 이상 어떻게든 살아남을 것 아닌가.

여러분에게 '의미하는 바'는 여러분에게만 해당하는 의미다. 내게 의미를 물으려는 이유를 알 것도 같지만 그러지 말길 바란다. 다른 독자들, 비평가들, 블로거들 그리고 학자들의 서평도 읽어보시라. 모두들 그 책이 자신에게 어떤 의미인지를 밝히기 위해서 다른 독자들에게 유용하면서도 정당하고, 충분히 이해가 가능한 글을 쓴다. 그것이 독자들의 몫이며 어떤 이들은 놀라우리만치 훌륭하게 제 몫을 해낸다.

그건 내가 서평단으로서 하는 일이며, 즐기는 일이기도 하다, 하지만 소설가로서 나의 일은 소설을 쓰는 것이지 서평을 쓰는 것이 아니다. 예술은 해설이 아니다. 예술가는 예술을 할 뿐 설명하지 않는다. 내 생각은 그렇다. 그렇기 때문에 나는 '작품을 주목해야 할 이유'나 작품을 '감상하는 법'을 쓴 작가의 설명이 곁들여진 현대 미술이 불만스럽다.

도예가의 일은 잘된 항아리를 빚는 것이지 어떻게, 어디에서, 왜 그걸 만들었으며 무엇에 쓸 요량으로 만들었는지, 어떤 다른 도자기들에 영감을 받았는지, 그리고 그 항아리가 무슨 의미를 갖는지, 혹은 사람들이 어떻게 항아리를 사용해야 할지 설명하는 것이 아니다. 물론 도예가 스스로 그러길 원한다면 말할 수야 있지만 응당 그렇게 하길 바라야 할까? 어째서? 나는 그러길 바라지도 않거니와 아예 그러지 않기를 원한다. 잘 빚은 항아리를 어서 또 만드는 것, 솜씨 좋은 도예가에게 내가 바라는 것이 있다면 그것이 전부다.

앞서 새매에 대한 질문은 거대하거나, 보편적이거나, 형이상학적이거나, 개인적인 질문이 아니라 특정 작품의 세부사항이나 사실에 대한 (소설의 경우라면 상상 속의 사실에 대한) 제한적이고 특정한 질문이다. 대부분의 예술가들은 그런 질문에 기꺼이 답하려 한다. 또한 어떤 제한적이고 특정한 기법에 대한 질문에도 작가들은 호기심이 동해 대답하려고 할 것이다. 예를 들면 '왜 수은 유약을 썼나요?' 나 '왜 현재 시제를 썼나요/쓰지 않았나요?'하는 질문들이 그렇다.

의미나 기타 등등에 관한 거대하고 보편적인 질문들은 결국 일반론적으로 답할 수밖에 없어서 껄끄럽다. 일반화하여 말하면 솔직해지기가 매우 어렵기 때문이다. 모든 구체적인 부분을 다 건너 뛰어 버리면 자기가 솔직하게 말하는지 아닌지 어떻게 알 수 있단 말인가?

반면 제한적이고 구체적이고 특정한 질문은 얼마든지 솔직하게 답할 수 있다. 이렇게 시작하면 되니까.

"솔직히 모르겠어요. 그건 생각해 본 적이 없어요. 이제 생각을 해 봐야겠네요. 질문해 줘서 고마워요!"

나는 그런 질문은 감사히 여긴다. 그런 질문 덕분에 계속해서 생각을 하게 된다.

그럼 이제, 홉킨스의 시 「황조롱이」로 돌아가 보자.

나는 오늘 아침, 아침의 하수인, 햇빛 왕국의 황태자, 얼룩덜룩한 동틀 무렵에 그린 듯한 매를 보았다.
잔잔한 허공을 완만하게 활보하며 저 높은 곳을 날아가는…….

아, 우리는 어쩌면 저 시를 해석할 수 있고 그 의미가 어째서 그러한지에 관해 영원토록 이야기를 나눌 수도 있을 것이다. 바라건대, 우리는 그렇게 할 것이다. 시인은, 시 속의 매가 그랬듯이 그 역할을 우리의 몫으로 남긴다.

아이들의 편지

2013년 12월

내가 아이들의 팬레터를 정말 좋아한다고 말하면 놀라는 사람들이 종종 있다. 그러면 나는 그렇게 놀라는 사람들 때문에 놀란다.

대개 부모의 도움을 약간 받았을 법한, 10살 미만의 아이들로부터 받은 너무나 사랑스러운 자필 편지가 좀 있다. 종종 자신들을 '당신의 거대한 팬'이라고 묘사하는데 그 표현을 보면 엠파이어스테이트 빌딩 너머 다정하게 우뚝 솟아 있는 아이들을 상상하게 된다.

거의 대부분은 수업 중에 『날고양이들』을 읽고 학교에서 보낸 편지들이다. 이런 편지에는 최소한 아이들 이름을 일일이 대면서 고맙다는 답장을 쓰려고 노력한다. 보통 그 이상은 해주기 힘들다.

교사가 아이들의 기분이나 능력을 (혹은 나의 기분이나 능력을)

고려하지 않고 '작가에게 편지쓰기' 과제를 내준 바람에 생긴 문제가 그대로 드러난 편지도 있다. 억지로 작가에게 편지를 써야 했던 어느 10살짜리 아이의 절실한 편지에는 이렇게 쓰여 있었다.

"저는 표지를 읽었어요. 매우 좋았어요."

그 소년에게 내가 뭐라고 답할 수 있을까? 그 아이의 선생님이 그 아이와 나를 이 상황으로 몰아넣어 결국 우리 둘만 덩그러니 문제를 떠안게 되었다. 이건 아니다.

교사들은 흔히 학생들에게 자기가 가장 좋아하는 부분을 말하고 질문을 하라고 시킨다. 좋아하는 부분은 그렇다 치자. 아이들은 항상 뭔가 좋아하는 척할 수 있으니까. 하지만 질문을 하라는 것은 학생이 정말로 의문을 가지고 있지 않은 한 의미 없는 일이다. 게다가 아이들로 하여금 직업 작가가, 비록 아이들의 질문 대부분이 두 개 혹은 세 개의 주제에 대한 질문의 변주에 지나지 않는다고 하더라도, 25개나 30개씩 되는 제각기 다른 질문에 일일이 답장을 써줄 거라는 불가능한 기대를 한껏 품게 만드는 건 사려 깊지 못한 처사다.

반면, 교사가 아이들이 원하는 대로 편지를 쓰게 시킨 경우에는, 그게 무엇에 관한 것이든, 효과가 있다. 스핑크스조차 쩔쩔매게 할 어려운 질문도 있지만 어쨌든 진짜 질문다운 질문을 한다.

"왜 날고양이들은 날개가 있어요?"

"도대체 왜 책을 썼어요?"

"표지에 있는 글자들 중 기울어진 것은 어떻게 한 건지 알고 싶어요."

"저희 집 고양이 '부'는 아홉 살이에요. 저는 열 살이고요. 작가님의 고양이는 몇 살이에요? 쥐를 잡아도 된다고 생각하세요?"

흥미로운 비평도 있다. 아이들은 긍정적인 면이나 부정적인 면에 모두 솔직하다. 자신들이 좋아하는 것도 말하지만 마음에 들지 않는 것도 말한다.

"제임스는 올빼미한테서 많이 나아졌나요?"

"저는 얼룩 고양이 제인 부인이 싫어요. 아기 고양들을 지베서 멀리 내보내서요."

가장 즐겁게 받아보았던 학급의 편지는 교사가 아이들에게 이야기 속의 장면을 직접 그리거나 『날고양이들』의 속편 혹은 뒷이야기를 쓰게 만든 편지였다.

아주 오래 전 내 웹사이트에 올려두었던 『날고양이들 5』와 『날고양이들 6』은 교사의 지도하에 학생들이 협력하여 이야기를 만들고 삽화를 정하여 그리는 방식의 접근법에 대한 예시다. 예술 프로젝트로서 아이들이 협동 작업을 할 수 있는 훌륭한 활동이 되며 결과물 또한 멋지다.[8] 하지만 과격하게 제멋대로 흘러가는 이야기나 아이들 각자의 상상 속에서 곧장 나온 그림을 다듬어

줄 어른의 통제가 필요하다. 그런 그림과 이야기, 그리고 소책자들은 나에게 진정한 즐거움을 안겨준다.

이따금 불가피하게 전자오락 게임을 모방한 이야기를 만드는 아이들도 있어서 어른의 통제 필요성에 더욱 경종을 울린다. 이런 이야기의 날고양이들은 '포털'을 통해 전투를 한다는 둥 적과 괴물을 비롯 수백만을 살육한다는 둥 앞뒤가 안 맞는 일들로 이어지는 모험을 넘나든다. 분명 그 아이들은 그런 이야기밖에 모르기 때문에 그랬을 것이다.

의미도 해결도 없이 오로지 자극을 지속시키려는 목적으로 끝없이 자행되는 폭력이 있다. 그런 폭력에 중독된 정신을 목격하는 것은 무서운 일이다. 지금까지는 남자아이들에게서만 그런 반응을 보았는데 나름 희망은 있다고 생각한다.

1937년에 손위 오빠가 자신의 방에서 직접 만들고 연기한 모험 이야기가 기억이 난다. 저항하는 외침과, 쿵 하는 둔탁한 소리와, '저 놈 잡아! 저 놈 잡아!' 하고 떠드는 소리, 그리고 기관총 사격 소리. 나의 오빠는 그 전쟁통을 겪고 나서도 폭력에 점령되지 않은 어른으로 자랐다. 하지만 즉각적인 보상으로 파괴를 장려하는 게임에 등장하는 인물과 그 인물의 행동은 '액션 피규어'의 움직

8　르 귄의 웹사이트(www.ursulakleguin.com)에서 멋진 것(Neat Stuff) 메뉴에 들어가면 한 학급의 아이들이 직접 그리고 속편을 만든 『날고양이들 5』와 『날고양이들 6』을 읽을 수 있음. — 옮긴이

임에 불과하다. 유일한 목표가 '승리'인 그런 게임들은 중독을 위해서 고안된 것이라 쉽사리 벗어나거나 다른 것으로 대체할 수가 없다. 무의미한 보상의 끝없는 순환에 갇힌 인간의 상상력은 굶주림에 갇혀 회생 불가능해진다.

하지만 너무나 많은 아이들이, 고작 50개 남짓 되는 단어로 이루어진 책이지만, 기꺼이 책을 쓰려고 한다는 점에서 나는 그 이야기들과 소책자들을 매우 기쁘게 생각한다. 아이들은 자신 있게 이야기를 쓰고 삽화를 그렸으며 기쁜 마음으로 장을 나누고 목차를 쓰고 표지와 헌사를 썼다. 그리고 마지막으로 자랑스럽고도 과장된 필체로 '끝'을 써냈다. 자부심을 가질 만하다. 교사도 그들을 자랑스러워했다. 나도 그들이 대견하다. 아이들의 가족들도 그들을 자랑으로 여기면 좋겠다. 여섯 살이나 여덟 살, 열 살 아이가 책 한 권을 쓴다는 것은 정말 멋진 일이다. 그리고 그 경험은 거침없이 책을 읽는다든가 하는 또 다른 멋진 일로 이어질 수 있다. 책도 한 권 썼는데 책 한 권 읽는 것이 뭐가 두렵겠는가?

경험 많은 감정가로서 말하건대 아이들이 보낸 편지와 책 중 단연 최고는 순전히 손으로 만든 것들이다. 컴퓨터 덕분에 글쓰기가 쉬워졌을지 몰라도 그게 항상 우리에게 이롭지만은 않다. 용이함은 경솔함과 그럴싸함만 낳는다. 시각적으로 활력이 넘치는 장인의 글씨체에 비해서 인쇄물에서 볼 수 있는 표준화된 서체는 개인이 가진 온갖 특유한 개성을 생기 없는 말쑥함 속에 섞어 무던하게 만든다.

뿐만 아니라 컴퓨터가 철자를 검사하게 되면서 읽는 이에게 굉장한 즐거움을 줄 수 있는 창의적인 철자의 풍미도 앗아가고 있다. 인쇄물에서는 누구도 나에게 자기가 '재일 조아하는 브분이', '제이 좋아하는 부부니', '지일 조아아는 부븐이', 혹은 '제인 조하하는 부브니' 뭔지 말하지 않는다. 인쇄물에서는 아무도 나에게 '외 날고양이를 스기로 핸나요?'라고 묻지 않는다. 그리고 '진시를 다마'처럼 훌륭한 끝인사도 없다. 나도 처음에는 당황스러웠지만 '짐심을 다마'와 '진시물담아'를 보고 힌트를 얻어 이해할 수 있었다. '친해하는' 또한 '치내하는'으로 쓰기도 한다. 흔하게는 어린 제인 오스틴을 떠올리게 만드는 '당신의 친그'도 있다. 그리고 가끔은 '음더 프룸 데릭', '프스르웨이, 안나.' 처럼 너무나 불가사의한 인사말도 있다.

프스르웨이, 용감한 선생님들, 용감한 어린이 여러분!

따옴표 넣어줘서 고맙다.

음더 프룸 어슐러.

내 케이크 지키기
2012년 4월

속담을 이해하지 못하는 것이 어떤 질환의 징후라고 했는데……. 정신 분열증인가? 그게 아니면 편집증? 어쨌든 뭔가 아주 좋지 않은 것의 징후라고 했다. 수년 전에 그 말을 듣고 걱정을 했었다. 나는 어떤 징후라는 말만 들으면 뭐든지 걱정을 한다. 내가 걱정을 해야 하나? 그럼! 걱정을 해야지! 아이고, 세상에!

편집증인지 정신분열증인지 간에 내게는 증거도 있다. 나로서는 결코 이해를 못 할 줄 알았던 아주 흔한 속담이 여기 있다.

케이크를 가지고 있으면서 먹기도 할 수는 없다.[9]

---

9 You can't have your cake and eat it too. 한국식으로 '두 마리 토끼를 한 번에 다 잡을 수 없다' — 옮긴이

나의 논리는 이렇게 반박했다. 케이크가 있지도 않으면서 어떻게 먹는단 말이지?

그걸 따져볼 수는 없었기 때문에 나는 조용히 그 생각을 고수했고 딜레마가 남았다: 속담 자체가 말이 안 되거나 내가 정신분열(또는 편집증)이겠지. 그렇다면 현명한 사람들이 왜 그런 말을 했을까?

몇 년 후, 이따금 그 속담을 골똘히 생각하던 중에 나는 시나브로 *가지다*(have)라는 단어가 내포하는 여러 가지 의미, 그 의미의 미묘한 차이를 깨달았다. 원칙적으로는 '소유하다' 나 '소지하다'이지만 흔하지 않은 의미로 '고수하다', '지키다'가 있는 것이다.

케이크를 지키면서 먹기도 할 수는 없다.
(You can't keep your cake and eat it too.)

오!
알았다!
좋은 속담이구나!
내가 편집증에 정신분열증은 아니구나!
하지만 *가지다*의 의미로 '지키다'를 좀 더 빨리 생각해내지 못한 점이 이상했다. 한동안 그 문제를 고민했고 마침내 이런 결론에 이르렀다.

우선 내가 보기에는 속담의 순서가 잘못되었다. 결국 케이크를 먹으려면 먼저 케이크를 가져야 한다. 만약 저 속담이 다음과 같았더라면 내가 쉽게 이해할 수 있었을 것이다.

'케이크를 먹고도 가지고 있을 수는 없다.'

그리고 가지다와 관련된 또 다른 혼동의 문제가 있다. '나는 파티에서 케이크를 먹었다(ate).'는 문장을 내가 자란 서부 해안 영국식으로 말하면 '나는 파티에서 케이크를 먹었다(had).'가 된다. 그러므로 나에게는 'You can't have your cake and eat it too.'라는 말이 '내가 케이크를 먹을 수 없고 먹기도 할 수는 없다'는 뜻으로 들린다.

어린아이 시절에 그 말을 듣고 나는 엥? 하고 생각했지만 아무 말도 하지 않았다. 어린애가 엥? 하는 생각이 든다고 어른들이 하는 말마다 따져 묻기란 절대로, 도저히 불가능한 일이기 때문이다. 그래서 나는 그냥 내 힘으로 알아내려고 했다. 먹을 수 있지만 먹을 수 없는 존재라는 케이크의 비논리적인 상태에 사고가 고착되어버린 나는 '보유하고 있음 대 먹어치움의 문제' 혹은 '중도가 없을 때 선택의 불가피함에 대한 문제'일 가능성은 추호도 생각하지 못했던 것이다.

이쯤 되면 여러분이 케이크 이야기에 충분히 질렸을 것 같다.

미안하다.

하지만 보시다시피 나는 이런 것들에 대해 아주 많이 생각한다.

명사(cake), 동사(have), 단어, 단어의 사용과 오용, 단어의 의미, 단어와 그 뜻이 시간과 장소에 따라 어떻게 변하는가, 고어나 다른 언어에서 찾을 수 있는 단어의 어원들.

내 친구 파드가 단풍나무 딱정벌레에 매료되듯이 나는 말에 사로잡혔다. 파드는 지금 외출을 못 하기 때문에 실내에서 사냥을 해야 한다. 현재로서는 실내에 생쥐들이 없다. 하지만 딱정벌레는 있다. 오 그렇지 세상에. 딱정벌레가 있었지. 파드가 딱정벌레 소리를 듣거나, 냄새를 맡거나, 보기라도 한다면 그 딱정벌레가 순식간에 파드의 우주를 점령할 것이다. 파드는 그 무엇에도 개의치 않는다. 쓰레기통을 엎고, 부서지기 쉬운 작은 물건들을 망가뜨리고, 크고 무거운 사전들을 옆으로 밀어버리고, 허공이나 벽으로 마구 뛰어오르거나, 자그마한 딱정벌레의 실루엣이 안에서 움직이는 조명을 꼼짝 않고 노려본다. 그러다 늘 그렇듯 딱정벌레를 잡으면 딱정벌레를 지키면서도 먹기까지 할 순 없다는 걸 안다. 그래서 녀석은 그걸 먹는다. 지체 없이.

이런 특별한 매혹이나 강박을 공유할 사람은 그리 많지 않다는 걸, 나도 정말 알고 싶지 않지만 너무나 잘 알고 있다. 딱정벌레가 아니라 말에 대한 강박 말이다. 다소 다른 이유로 찰스 다윈도 파드 만큼이나 딱정벌레에 매료당했었다. 한번은 그가 딱정벌레 한 마리를 입 안에 넣어 보관하려 했는데 성공하지 못했던 것이 다.[10] 어쨌든 그림 같은 단어와 문구의 의미 및 역사를 즐겨 읽는 사람은 많으나 시시한 속담 속 동사 가지다의 의미심장한 표현을 두고 몇 년을 곱씹기를 즐기는 이가 많지 않은 건 사실이다.

단어나 어법을 뒤쫓는 나의 즐거움은 심지어 작가들 사이에서도 공유할 만한 것이 아니다. 내가 공개적으로 그런 생각을 하기 시작하면 그들 중 몇몇은 공포나 연민에 찬 눈빛으로 나를 바라보거나 말없이 멀찍이 떨어지려고 할 것이다. 그렇기 때문에 그런 강박이 내 작가로서의 직업과 관련 있다고는 전혀 확신할 수 없다.

하지만 내 생각에는 관련이 있는 것 같다. 일반적으로 작가가 되는 것과의 관련이 아니라 내가 작가가 되는 것, 내가 작가가 된 방식과 관련이 있다. 내가 하는 일에 대해 이야기해 달라는 요청을 받으면 나는 종종 글쓰기를 직물 짜기, 도자기 만들기, 목공

---

10 다윈의 자서전에 의하면: "나는 나의 열성을 증명하려했다: 어느 날, 오래된 나무껍질을 벗겨 희귀한 딱정벌레 두 마리를 발견한 나는 두 손에 각각 한 마리씩 쥐었다; 그러고 난 뒤에 세 번째로 새로운 종류를 찾은 나는 그걸 놓칠 수가 없어서 오른손에 쥐었던 한 마리를 입 안에 넣었다. 아아! 그 벌레가 강하게 톡 쏘는 액체를 내뿜었고 혀가 타는 느낌에 나는 그 딱정벌레를 뱉을 수밖에 없었다. 그렇게 그 딱정벌레와 세 번째로 찾은 딱정벌레를 둘 다 잃었다."

일 같은 공예에 비교한다. 말에 대한 나의 열정은 흔히 조각가, 목수, 소목장들이 오래되고 질 좋은 밤나무를 기쁜 마음으로 찾아내서 그것을 연구하고 파악한 후에 감각적 쾌락을 느끼며 다루는 과정과 매우 흡사하다. 밤나무에 어떤 일이 있었는지, 그걸 가지고 할 수 있는 일이 뭔지 파악하여 오직 물질로서 나무 그 자체, 공예의 대상인 나무를 사랑하는 일이다.

그런데도 나의 손재주를 공예와 비교하는 건 약간 주제넘은 짓이라는 느낌이 든다. 목공 일을 하는 사람, 도자기 빚는 사람, 직물 짜는 사람은 실재하는 재료를 다루며 완성된 작품은 심오하고도 훌륭한 풍채의 아름다움을 가진다.

글쓰기는 실체가 전혀 없는 순전히 정신적인 활동이 아닌가! 기원으로 거슬러 가면 고작해야 기교를 부린 연설쯤 될 것이다. 뱉은 말은 입김에 지나지 않는다. 글쓰기든 기록이든 둘 다 말을 구현하는, 말을 영구적으로 만드는 일이다. 그러므로 서예와 식자는 굉장한 아름다움을 만드는 물질적인 공예다. 감사한 일이다. 사실 그런 일은 직조나 요업, 또는 목공에 비해 내가 하는 일과의 연관성은 없다. 아름답게 인쇄된 누군가의 시를 보면 멋지긴 하겠지만 시인에게는 그저 어쨌든, 어디에든 쓰여진 시를 보는 것, 독자들이 그 시를 읽을 수 있게 되는 것이 중요하다. 그래서 마음에서 마음으로 시가 전해질 수 있도록 말이다.

나는 마음속으로 일한다. 내가 하는 일은 내 마음속에서 일어
난다. 내 손이 말을 받아 적는 행위는 베 짜는 사람의 손이 실을,
도자기 빚는 사람의 손이 점토를, 소목장의 손이 나무를 가지고
하는 행위와 완전히 똑같지는 않다. 내가 일을 해서 만드는 아름
다움은 형체가 있는 아름다움이 아니기 때문이다. 내가 만드는
아름다움은 나와 독자들의 마음속에서 일어나는 가상의 아름다
움이다.

어쩌면 내 마음속 목소리를 들으며 그 목소리를 실제로 믿는다
고 말할 수도 있겠다. (이 말대로라면 내가 정신분열이라는 뜻이지만 속
담 테스트가 증명했듯이 내 정신은 멀쩡하다. 나는 그 속담을 이해한답니
다, 의사 선생님!) 그리고 들은 말을 글로 씀으로써 나는 내 독자들
도 그 목소리가 진짜라고 믿도록 유도한다. 쓰고 보니 그다지 잘
표현한 것 같지가 않다. 그런 느낌이 아닌데. 평생 이 글 공예를 어
떻게 했는지 나도 정말 모르겠다.

그래도 나에게 말이란 거의 실체가 없으면서도 실은 실재하는,
내가 좋아하는 것임은 안다.

나는 말의 가장 물리적인 측면을 좋아한다. 마음속에서 들리
든 귀로 목소리를 듣든 들리는 소리가 좋다.

그리고 소리와 떼려야 뗄 수 없는 의미의 춤사위가 좋다. 말이
서로 관계를 맺는 의미, 가상의 세계 속 문장이나 텍스트 안에서

서로 관계를 이루며 무한의 변주를 다양하게 만들고 공유하는 말들의 춤이 좋다. 글쓰기는 말의 이러한 두 가지 양상을 통해 무궁무진한 연주로 나를 사로잡는다. 그것이 내 필생의 업이다.

말은 내 일이고 내 것이다. 말은 내 실타래이자 축축한 점토 덩어리이고 깎지 않은 목재 덩어리이다. 말은 속담에 나오는 것과 다른 나만의 마법 케이크다. 먹어도 여전히 내 수중에 있다.

아버지 H
2013년 6월

호머에 대해 생각하고 있었다. 판타지 소설의 기본이 되는 이야기가 그의 저서 두 권에 모두 들어 있다는 점이 떠올랐다. 바로 전쟁과 여행 이야기이다.

물론 다른 사람들도 그런 생각을 했을 것이다. 호머가 그렇다. 새로운 것, 오래된 것, 최초의 것, 혹은 그 전부가 끊임없이 그에게서 발견되고 계속해서 회자되고 있다. 그런 지 2~3000년이 되어 간다. 무엇이 누군가에게 어떤 의미를 가지고 영속되기에는 놀라우리만큼 오랜 시간이다.

『일리아드』가 전쟁 이야기이고,(사실 단편적이라 전쟁을 가까이서 묘사하지만 결말은 나오지 않음.) 『오디세이』가 여행 이야기이다.(빌보 배긴스가 말했듯 '가 보고 왔다' 하는 이야기.)

호머는 어느 한쪽 편을 들지 않음으로써 전쟁에 관하여 쓴 대부분의 작가들보다 한 수 앞섰던 것 같다.

트로이 전쟁은 선과 악의 전쟁이 아닐뿐더러 선악 구도로 만들 수도 없다. 트로이 전쟁은 용맹하고, 비굴하고, 고결하며, 배반하고, 팔다리를 자르고 배를 가르는 개개인의 모든 행위들로 가득한 소모적이고, 무용하고, 불필요하며, 어리석고도 오랜 기간 지속된 잔혹한 혼돈에 다름 아니다.

자신이 그리스인이라서 어쩌면 약간 그리스 편에 섰을지 모르겠으나 호머는 그리스인 특유의 정의감과 균형 감각이 있었다. 그리스 사람들도 아마 그에게서 많이 배웠을 것이다. 그의 공명정대함은 냉정함과는 매우 다르다. 그의 이야기는 열렬한 격정과 관대함, 경멸, 장엄함과 사사로움이 한데 모여 흐르는 격류라 할 수 있다. 다만 편파가 없다. 사탄 대 천사의 구도가 아니다. 거룩한 전사 대 이교도의 싸움이 아니다. 호빗족 대 오크족의 대결이 아니다. 오직 사람 대 사람이 있을 뿐이다.

물론 여러분은 편들기를 할 수 있다. 거의 모든 이들이 편을 든다. 그러지 않으려고 애쓰지만 어쩔 수 없는 것이, 나도 그리스인보다 트로이인을 더 좋아한다. 하지만 호머는 진실로 어느 한쪽을 편들지 않기 때문에 이야기가 비극이 되도록 허용한다. 비극으로 인해 우리의 마음과 영혼은 비탄에 젖고, 경계가 확장되며 고양된다.

전쟁 자체가 비극이 될 수 있는지, 영혼을 확장하고 고양할 수 있는지의 문제는 나보다 전쟁을 훨씬 더 가까이에 접했던 이들에게 맡기겠다. 어떤 이들은 그것이 가능하다고 믿으며 영웅적 행동과 비극이라는 기회가 전쟁을 정당화한다고 말할 수도 있을 것이다. 나는 모르겠다. 내가 아는 한, 전쟁에 대한 *서사시*는 그럴 가능성이 충분히 있다. 인간은 무슨 일이 있어도 전쟁을 그만두려는 행동이나 조짐을 보이지 않는다. 어쩌면 전쟁을 저지르고 합리화하기보다 전쟁 자체를 비극으로 받아들이는 능력이 더 중요할지도 모르겠다.

그러나 일단 편을 들면 그런 능력을 잃어버리게 된다.

전쟁이 선인과 악인 간의 대결이기를 바라는 건 지배적 종교의 영향일까?

선과 악의 전쟁이라면 신이나 천상의 정의는 있어도 인간의 비극은 없을 것이다. 그건 엄밀히 말해 단테의 희극(The Divine Comedy)처럼 코미디의 장르라고 정의할 수 있다. 선인들이 악인을 이긴다. 그러면 행복한 결말이 된다. 악인이 선인을 이긴다. 그러면 불행한 결말이 된다. 동전 하나를 가지고 앞으로 뒤로 뒤집듯 단순한 반전이다. 그런 작가는 공명정대하지 않다. 디스토피아라고 해서 비극이 되는 건 아니다.

기독교도인 밀턴은 한쪽 편을 들어야 할 입장이었기에 코미디를 피할 수 없었다. 그는 오직 위엄 있고, 영웅적이며 심지어 동정심 있는 루시퍼라는 인물의 내면에 악을 만드는 방법을 통해서만 비극에 접근할 수 있었다. 비극이 아닌 것을 비극인 것처럼 기만한 것이다. 밀턴은 아주 잘 해냈다.

우리는 어쩌면 단지 기독교적 사고방식 때문만이 아니라 누구나 성장하면서 봉착하는 난관 탓에 정의가 선인들의 편이라고 우기게 되어버렸을지도 모른다.

결국 '최고에게 승리를'이라는 말은 선한 자가 승리하리라는 의미가 아니다. '정정당당하고 편견이 없고, 개입도 없는 싸움이 될지니 최고의 전사가 승리하기를'이라는 뜻이다. 어느 간악한 깡패가 어느 선인을 정당하게 이기고 챔피언으로 등극했다고 치자. 정당한 일임에 분명하다. 하지만 아이들은 그런 정의를 수긍하지 못한다. 정당하지 않아요! 라며 그에 대해 분개한다.

수긍하는 법을 배우지 못한 아이들은 도덕적 우열과 무관한 그 어떤 종류의 전투나 경쟁에서도 승리와 패배를 받아들이지 못하게 될 것이다.

강하다고 해서 옳을 수는 없다. 맞는가?

따라서 옳다고 해서 강한 것도 아니다. 그런가?

하지만 우리는 옳음이 강함이 되기를 바란다.

"내가 남의 열 배나 되는 힘을 가진 까닭은 내가 순수하기 때문이오."[11]

우리가 반드시 선인만이 현실 세계 최후의 승자여야 한다고 우기면 권력을 위해 정당성을 희생시킨 셈이 된다. 대부분 전쟁 이후의 역사는 승자의 우월한 덕과 화력에 갈채를 보내면서 그러한 짓을 자행했다. 만약 선인들이 싸움에 지더라도 전쟁에서는 승리하게끔 경쟁 조건을 조작한다고 치자. 그러면 우리는 현실 세계를 떠나 환상 세계, 소망적 사고로 가득한 세계에 갇혀 살게 된다.

호머는 소망적 사고를 하지 않는다.

호머의 아킬레스는 반항적이고 부루퉁하며 자기연민에 빠진 십 대의 지휘관으로서 자신의 기분이 상했다는 이유로 아군을 위해 싸우려고도 하지 않았다. 친구 파트로클로스에 대한 그의 사랑만이 훗날 아킬레스가 철이 들 가능성을 보여주는 유일한 징조이다. 그러나 아킬레스는 자신이 강간할 목적으로 받았다가 총사령관에게 빼앗긴 한 어린 여성 때문에 크게 심통을 부렸다. 그걸로 사랑 이야기는 빛이 바랜다.

내가 보기에 아킬레스는 선인이 아니다. 하지만 그는 좋은 전사이며 훌륭한 싸움꾼이다. 트로이군 최고의 전사 헥터보다 뛰어났다. 헥터는 어느 면으로 보나 선인이다. 다정한 남편이자 자상한

---

11 알프레드 테니슨(Alfred Tennyson)의 1842년 선집에 수록된 「갈라하드 경」에서 인용함. —옮긴이

아버지로 모든 면에서 책임감 있는 좋은 사람이다. 그래도 옳음이 강함은 아니다. 아킬레스는 그를 죽이고 만다.

헬렌은 유명세에 비해 『일리아드』에서 사실 아주 미미한 역할을 한다. 그녀는 드라이로 부풀린 금발에 한 올의 흐트러짐도 없이 전쟁 내내 살아남을 것이기 때문이다. 내가 보는 그녀는 기회주의적이고 부도덕하며 쿠키 시트 두께만큼의 정서적 깊이를 가진 인물이다.

선인이 반드시 승리하며 고결한 이에게 보상이 주어져야 한다는 신념이 나에게 있었다면 그녀는 내게 운명으로부터 부당한 피해를 입고 그리스인들에게 구조된 죄 없는 미녀로 보였을 것이다.

사람들은 정말 그녀를 그렇게 본다. 호머는 우리 모두가 각자의 헬렌을 만들도록, 그래서 그녀가 불멸의 존재가 되도록 내버려 두었다.

이처럼 고결한 호머의 정신이 (공정한 '고결함'의 견지에서) 현대의 판타지 작가들에게 가능할지 모르겠다. 우리는 판타지물에서 역사를 떼어놓으려 갖은 애를 쓴 나머지 지나치게 경각심을 일깨우는 이야기나 악몽에 불과한 이야기, 그도 아니면 소망하는 바를 성취하는 이야기만 쓰게 되었다.

아마 인도의 대서사시 『마하바라다』 외에는 『일리아드』에 견줄 만한 전쟁 이야기가 없을 것이다. 거기에는 진정한 영웅인 다섯 형제 영웅들이 등장한다. 『마하바라다』는 다섯 형제의 이야기이자 그들이 상대한 적들과 영웅들의 이야기이다. 그 중에는 참으로 훌륭한 이들도 있다. 아주 광대하고 복잡하면서도 옳고 그름과 그 결과에 대한 이야기이자 그리스 신들보다 훨씬 더 직접적인 개입을 하는 신들에 대한 이야기이다. 그러면 그런 이야기의 결말은 결국 비극인가? 아니면 희극인가? 『마하바라다』는 음식이 끝없이 채워지는 솥과 같다. 솥 안에 포크를 넣은 다음 당시의 여러분에게 가장 도움이 되는 영양분을 끄집어낼 수 있다. 하지만 다음번에는 처음과 제법 다른 맛을 느끼게 될 것이다.

무엇보다 『마하바라다』의 맛은 전체적으로 『일리아드』와 현격히 다르다. 우선 『일리아드』는, 불공평한 신의 개입은 차치하더라도, 전쟁으로 인해 벌어지는 일을 끔찍하게도 현실적이고 유혈 낭자하며 무신경하게 그린다. 『마하바라다』의 전쟁은 초인적 위업에서 기막힌 무기에 이르기까지 눈부신 판타지로 도배되어 있다. 인도의 영웅들이 돌연 애달프고 냉철하게 현실적으로 그려지는 경우는 그들이 영적 고통을 받을 때뿐이다.

여행 이야기에 대해 말하자면:

『오디세이』의 실제 여행 부분은 우리가 쓴 모든 판타지 이야기와 연관이 있거나 그 원형이 된다. 바다나 육지로 여행을 떠나 놀랍고 끔찍한 사건, 유혹과 모험에 빠지는 와중에 어쩌면 성장도 하고 아마도 결국은 집에 돌아오는 식이다.

조셉 캠벨과 같은 융 심리학자들은 그런 여정을 일련의 전형적인 사건과 이미지로 일반화했다. 그런 일반화가 비평에는 유용하게 쓰일 수 있겠지만 나는 숙명적 환원주의로서의 그런 일반화를 신뢰하지 않는다.

"아, '밤바다 여정'[12]이군!"

우리는 뭔가 중요한 걸 이해했다 느끼고 그렇게 외치지만 사실은 그저 이야기를 눈치 챈 것에 불과하다. 실제로 그 여정에 오르기 전까지 우리는 아무것도 이해하지 못한 셈이다.

오디세우스의 여행은 너무나 엄청난 모험으로 이루어져 있어서 그의 아내와 아들에 관한 내용이 실제로 책의 얼마나 많은 부분을 차지하는지 잊어버릴 정도다. 그가 여행을 하는 동안 집에서 벌어지는 사건들이며 아들들이 그를 찾으러 떠난 일, 귀환에 이르기까지의 우여곡절이 모두 포함된다. 내가 톨킨의 『반지의 제왕』을 매우 좋아하는 이유 중 하나는 '영웅'이 온 세계를 통해 '천

---

12 미국의 신화학 작가 겸 교수 조셉 캠벨(Joseph J. Campbell)은 영웅들이 들어서는 시험의 길(The Road of Trials)을 형제간의 전투, 용과의 전투, 사지절단, 십자가형, 납치, 밤바다 여정, 그리고 경이로운 여정으로 분류함. —옮긴이

의 얼굴[13]을 대면하는 동안 농장에서 벌어지는 사건의 중요성을 이해하고 있기 때문이다. 하지만 톨킨은 우리가 프로도를 비롯한 다른 인물들과 함께 귀향하기 전에는 결코 우리를 집에 데려가 주지 않는다.

호머는 데려가 준다. 독자들은 10년의 여정을 통틀어 간절히 페넬로페에게 가려는 오디세우스가 되기도 하고 오디세우스를 애타게 기다리는 페넬로페가 되기도 한다. 여행자와 여행의 목적은 둘 다 시간과 공간을 엮어 이야기를 만드는 데에 크나큰 기여를 한다.

호머와 톨킨은 장거리를 여행하고 집으로 돌아가는 영웅의 어려움을 유독 여실히 보여준다. 오디세우스와 프로도 중 누구도 고향에 오래 머물지 못한다. 나는 호머가 스파르타의 왕 메넬라오스가 아내 헬렌과 함께 집으로 돌아온 사건이 왕 자신에게 어떠했나를 서술해 두었더라면 하는 바람이 있다. 그와 여타 그리스인들이 그녀를 되찾겠다고 10년의 전쟁을 치르는 동안 헬렌은 안전한 트로이의 성벽 안에서 예쁘장한 파리스 왕자와 얌전을 빼고 노닥거렸다. 이후 파리스 왕자가 죽자 그녀는 그의 동생과 결혼을 했다.

---

13 조셉 캠벨의 저서 『천의 얼굴을 가진 영웅(The Hero with a Thousand Faces)』. — 옮긴이

아마도 그녀는 비를 맞으며 해안에 주둔하고 있는 첫 번째 남편 메넬라오스에게 이메일이나, 하다못해 문자 메시지 한 통 보내야겠다는 생각이 전혀 들지 않았던 모양이다. 하기야 메넬라오스의 집안은 한두 세대 동안 굉장히 불운했다고 할까, 이를테면 해체된 상태로 보냈다.

어디 호머의 작품으로 곧장 되짚어볼 수 있는 판타지가 비단 이것뿐이랴?

너무 필요한 문학상
2013년 1월

내가 처음 사르트르 상에 대해 알게 된 건 'NB' 칼럼을 통해서였다. 런던《타임스 문학 부록》마지막 페이지의 제법 읽어봄 직한 칼럼으로 J.C.[14]의 서명이 붙어 있다. 1964년 노벨 문학상 수상을 거절한 작가의 이름을 딴 이 상의 명성은 금방 치솟았다.

2012년 11월 23일 발행본에서 J.C.는 '문학상 수상을 거부한 작가에게 수여되는 장 폴 사르트르 상의 신망이 매우 두터워져 전 유럽과 미 대륙의 작가들은 사르트르 상의 후보가 되기 위해 상을 거절하고 있다.'라고 썼다. 그는 '사르트르 상은 한 번도 거절당한 적이 없다.'라며 겸손한 자랑도 덧붙였다.

사르트르 상 수상자 명단에 새로 이름을 올린 사람은 국제 펜

---

14 《타임스 문학 부록》의 NB 칼럼을 쓰는 스코틀랜드 작가 James Campbell의 펜네임. ― 옮긴이

(PEN)클럽의 헝가리 지부에서 수여한 5만 유로 상금의 시 부문 문학상을 거절한 로런스 펄링게티이다. 억압적인 헝가리 정부가 그 상의 기금을 일부 지원했다. 때문에 펄링게티는 클럽에 '언론의 완전한 자유를 지지하는 헝가리 작가들의 출판'을 위해 그 상금을 써 달라는 정중한 제안을 했다.

모옌이 자신의 노벨상 상금을 언론의 완전한 자유를 지지하는 중국 작가들의 출판 기금으로 썼더라면 얼마나 멋졌을까 하는 생각이 절로 들었다. 하지만 그럴 리가 없지.

사르트르가 노벨상 거절과 같은 맥락에서 레종 도뇌르 훈장을 비롯한 일체의 협회 수상을 거절한 이유는 그의 끝내주는 실존주의자적 기질에 연유한 것이었다.

그는 이렇게 말했다.

"내가 '장 폴 사르트르'라고 서명하는 것과 '노벨상 수상자, 장 폴 사르트르'라고 서명하는 것은 다르다. 작가라면 스스로 유명해지기를 거절해야 한다."

물론 그는 이미 '거물'이었지만 그만큼 개인의 자율성을 중요하게 여겼던 것이다. (그런 그가 어떻게 그만한 가치를 마오이즘과 화해시킬 수 있었는지 나로서는 알 수 없는 일이다.) 사르트르는 스스로 단체에 귀속되지 않았으나 반란에는 가담했고 1968년 5월의 68혁명을 지지함으로써 시민 불복종 운동으로 체포되었다. 샤를 드골 대통령은 그를 조속히 사면하며 기품 있는 프랑스적 논평을 남겼다.

"볼테르를 체포할 수는 없지 않은가."

사르트르 상을 내가 아는 진정한 영웅들 중 한 사람인 보리스 파스테르나크[15] 상으로 명명했더라면 좋았을 것이다. 하지만 엄밀히 말해 파스테르나크가 1958년 노벨상을 자발적으로 거절하지는 않았기 때문에 적합한 인물은 아니다. 그는 어쩔 수 없이 거절해야 했다. 그가 상을 받으려 했더라면 구소련 정부는 신이 나서 즉시 그를 체포해 시베리아 강제 노동 수용소의 영원한 침묵 속으로 보내버렸을 것이다.

나도 수상을 거절한 적이 한 번 있다. 사르트르에 비하면 보잘 것 없었지만, 완전히 무관하지 않은 이유가 있었다. 가장 냉혹하고도 무모한 냉전 시대였던 그 당시에는 SF라는 세계의 작은 행성도 정치적으로 내분을 겪고 있었다. 나의 단편 『장미의 일기』가 미국 SF 판타지 작가 협회로부터 네뷸러 상을 받았는데 거의 같은 시기에 동일한 단체에서 폴란드 작가 스타니슬라프 렘의 명예 회원 자격을 박탈했던 것이다. 철의 장막 뒤에 살며 미국의 SF를 존중하지 않는 그 남자를 쥐새끼 같은 공산당원으로 보고 미국

---

15 구소련의 시인이자 『의사 지바고』의 소설가로 소설의 내용이 러시아 혁명을 비판한다는 소련의 압력을 받아 1958년 노벨상을 받지 못하였고 1989년 그의 아들이 대리 수상함. — 옮긴이

SF 판타지 작가 협회와는 아무 볼 일이 없는 인물이라 생각한 냉전주의자 회원들의 수가 상당했던 모양이다. 그들은 그의 회원 자격을 박탈하려는 목적으로 세부 조항을 들먹이며 적용하려고 우겨댔다. 렘은 까다롭고 거만하고, 때때로 견디기 힘들 정도로 싫은 사람이었지만 대담한 인물이자 일류 작가로서 소비에트 정권하의 폴란드에서는 보기 드물게 자주적인 정신을 갖고 글을 쓰는 사람이었다. 나는 협회가 그에게 저지른 무심하고 옹졸한 모욕의 부당함에 매우 분노하여 회원 자격을 내려놓았다. 또한 대놓고 정치적 불관용을 저지른 단체에게 정치적 불관용에 대한 이야기로 상을 받으면 수치스러울 것 같아서 네뷸러 상 수상자가 발표되기 직전에 후보 명단에서 빠져나왔다. 그러자 협회가 전화를 걸어와 사실은 내 작품이 수상작이니 기권하지 말아 달라고 간청했다. 나는 그럴 수가 없었다. 높은 윤리적 고지를 점하고 고상한 척하는 이를 기다렸다는 듯이 완벽한 아이러니를 만난 내 상은 그렇게 차점자인 아이작 아시모프, 냉전주의자들의 늙은 추장에게로 넘어갔다.

나의 소박한 거절과 사르트르의 담대한 거절은 단체로부터 상을 받음으로써 그 단체에 의해 선임되고 그 단체를 상징하게 된다는 인식에서 서로 부합한다. 사르트르는 일반적인 원칙의 견지에서 상을 거절한 반면 나는 특정한 항의의 목적을 가지고 행한 일이었다. 하지만 사르트르가 자신 이외의 다른 무언가로 스스로 정의되는 것을 불신했다는 점에 나는 지지를 보낸다. 당시 노벨상을 수상한 작가의 이마에 붙는 '성공'이라는 딱지는 너무나 커서 그 사람의 얼굴도 가릴 지경이었기 때문이다. '노벨상 수상자'가 되면 사르트르로서 그의 권한이 불순해지는 셈이었다.

물론 그거야말로 상업적 베스트셀러 작가들과 수상 작가들이 원하는 바이다. 상품으로서의 명성 말이다. 잘 팔리는 성공을 보장하는 각인. 노벨상 수상자 아무개. 베스트셀러 작가 누구. 30주 연속《뉴욕 타임스》베스트셀러 퓰리처상의 영예에 빛나는 여성 작가 아무개 씨……. 맥아더 천재상을 수상한 남성 작가 모 씨…….

상을 만든 사람들은 수상이 그런 역할을 하길 바란 것도 아니고 그런 의도를 가지고 설립된 재단이 아니지만 상은 그렇게 이용된다. 상의 진정한 가치는 작가에게 명예를 주는 데에 있다. 하지만 기업 자본주의의 마케팅으로 혹은 시상자의 정치적 선전 도구로 그 가치가 훼손되었다. 그렇게 상의 권위와 평가가 높아질수록 상의 가치는 더욱 떨어졌다.

나는 아직도 주제 사라마구, 사르트르보다도 거친 그 괴짜 마르크스주의자가 노벨상을 거절하지 않는 편이 합당하다고 판단한 걸 다행으로 여긴다. 그는 그 무엇도, 심지어 성공조차도 그를 타협시키지 못할 것을 알았고 어떤 단체도 그를 자신들의 일부로 만들지 못할 것을 알았기 때문이다. 그의 얼굴은 끝까지 그 자신만의 얼굴로 남았다. 또한 위원회가 수도 없이 기이한 선택과 누락을 거듭했음에도 불구하고 노벨 문학상은 파스테르나크, 심보르스카[16] 혹은 사라마구 같은 작가들과 동일시되면서 상당한 가치를 보존했다. 이 작가들이 체면을 세워준 덕분에 적어도 희미하게나마 빛이 나는 것이다.

어쨌든 사르트르 상은 소중하고도 시의적절한 상으로 인정받아야 함은 물론, 나아가 착취에 더럽혀지지 않도록 확실히 보장받는 상이어야 한다. 아주 경멸할 만한 누군가 내게 상을 좀 줘서 나도 사르트르 상 후보에 들 수 있으면 좋으련만.

---

16 비슬라바 심보르스카.(1923~) 폴란드 시인이자 비평가. 1996년 노벨상 수상자. — 옮긴이

TGAN과 분노의 포도
2011년 9월

내가 젊었을 때만 해도 서평가들이 『잠이라 부르자(*Call It Sleep*)』 같은 알려지지 않은 작품이나 『나자(裸者)와 사자(死者)』처럼 크게 성공한 작품을 두고 '위대한 미국 문학'(TGAN; The Great American Novel)이라 열렬히 찬사하는 일이 꽤 잦았다. 그런데 적어도 근래 2~30년 동안 저 문구를 들은 기억이 없다. 어쩌면 우리가 '위대함' 혹은 '위대한 미국'에 대한 기대를 버렸는가 싶다.

나는 어떤 책 한 권을 'TGAN'으로 선정하거나 위대한 미국 문학 목록을 만들어 문학적으로 훌륭하다고 선언하는 방식을 꽤 오래 전부터 반대했다. 소위 작품의 우수성 범주에서 모든 글쓰기 장르가 누락되어 있는 건 물론이고, 시상이든 추천 도서 목록 선정이든 그 기준이 의례적이고도 무조건적으로 미 대륙을 절반으로 나누어 동부에 사는 남성들이 쓴 작품만 선호하는, 나로서는 이해할 수 없는 속성 때문이었다. 하지만 보다 큰 이유를 말하자면 '무엇이 영속적으로 훌륭하다'는 판단은 무언가의 훌륭함이 실제 지속되기 전까지 우리가 가질 수 없는 신념이라는 생각 때문이었고 지금까지도 그 생각에는 변함이 없다. 나는 제법 오랫동안 이 분야에 종사했다. 무엇보다 여기서 5~60년을 보냈으니 말다 했지.

물론 어느 한순간에 구현되는 예술의 즉각적이고 실제적인 영향력은 훌륭함을 증명하는 탁월함의 면모 중 하나이다. 지금 이 순간 여러분에게 말을 거는 작품이 있을 것이다. 뭐가 어떻게 되어가는 건지 알고 싶어 하는 여러분에게 뭐가 어떻게 된 건지 말해주는 작품이 있다. 여러분 나이대의 사람들에게 말을 하거나 누구도 대변할 수 없는 특정 사회 집단을 위해서 목소리를 내는 작품이 있다. 혹은 그것이 무엇이든지 여러분이 현재 겪는 고뇌를 담고 있거나 지금 막 통과하고 있는 터널의 끝에 한 줄기 빛을 비추어주는 작품이 있다.

사실 영속적으로 훌륭한 책들은 그 당시에 주목을 받든 받지 못하든 모두 즉각적인 탁월한 면모를 갖추고 있다. 그런 특별한 성질이 그 순간보다 더 오래 지속되면서 내포하고 있는 직관과 영향력과 의미가 퇴색하지 않거나 오히려 시간이 흐를수록 강해져 애초에 작가가 의도한 독자들과 완전히 다른 사람들의 세대에까지 전해지게 된다.

위대한 미국 문학이라……. 『모비 딕』? 출간 당시에는 크게 주목받지 못했지만 20세기 들어서 명작의 반열에 오른 작품이니 말할 것도 없이 위대한 미국 문학이다. 그리고 (고전이랄 수 있는) 위대한 미국 소설의 작가라면 호손, 제임스, 트웨인, 포크너 등이 있다. 하지만 그 '등'에 속하지 못하고 자꾸만 제외되는 작품이 두 개 있는데, 나에게는 진정으로, 망설일 것도 없이, 그리고 영원히 훌륭한 작품들이다. 만약 여러분의 마음에 든다면 명작이라 불러도 좋다. 물론 그 두 작품은 뼛속까지 미국 소설이다.

비록 내가 흠모하고 찬탄하는 작품이더라도 여기에서 『톰 아저씨의 오두막집』을 거론하지는 않으려 한다. 지금은 다른 책에 대해 이야기를 하고 싶다.

어두운 골목길에서 누군가 날카로운 칼을 들고 나타나 "죽기 싫으면 위대한 미국 문학의 이름을 대!"라고 말한다면 나는 가쁜 숨을 헐떡이며 꽥 하고 소리쳐 외칠 것이다.

"『분노의 포도』!"

1년 전의 나라면 그렇게 답하지 않았겠지.

나는 그 책을 열다섯인가 열여섯 살 때 처음 읽었다. 당시 그 책은 버클리에 사는 어린 고등학생에게 완전히 이해 불가의 작품이었다. ('레이더에 감지되지 않았다'는 편이 더 적절하겠으나 1945년 당시에는 레이더에 대해 아는 바가 적었으므로.) 나는 거북이가 등장하는 소설 앞부분이 좋았다. 결말에서 샤론의 장미 로자샨과 굶주린 남자가 나오는 장면이 있는데 나의 마음을 사로잡으면서도 두렵게 만들어 너무나 어리둥절한 부분이라 나는 그 장면을 잊어버리지도 곱씹어보지도 못했다.

당시에는 책에 등장하는 모든 것들이 나의 경험을 초월했다. 내가 모르는 이들이기도 했고 내가 아는 사람들이 하는 행동을 그들은 하지 않았다. 내가 조드 가의 아이들과 버클리 고등학교에 다니고 있었다는 생각까지도 미치지 못했다. 나는 백인 중산층 도시에서 사는 사회적으로 무지한 중산층의 백인 아이에 불과했다.

그러던 내가 어렴풋이 변화를 느꼈다. 40년대에는 조선소를 비롯한 전쟁 관련 직종 때문에 남부, 특히 남부에서도 중서부 쪽에서부터 버클리로 많은 인구가 유입되고 있었다. 콕 집어 말할 것도 없고 굳이 유심히 보지 않아도 내가 자연스레 감지할 수 있었던 가장 큰 변화는 학교 구내식당의 내분이었다. 백인 아이들은 이쪽에, 흑인 아이들은 저쪽에 식당 내에서 자발적으로 분리되어 있었다.

당시에 나는 '그렇구나. 이젠 이렇게 하는가 보다.'라고 생각했다. 나보다 세 살 위의 오빠 칼이 우리 학교에 다닐 때는 버클리

출신의 흑인 아이가 학생회장으로 선출된 적도 있었는데 말이다. 그랬던 작고 인위적인 평화의 왕국은 이제 영영 사라져버린 것이다. 하지만 나는 그 와중에도 삶을 계속 이어갈 수 있었다. 구내식당의 백인 구역 안에서.

진 에인즈워스는 그 시절을 함께 보낸 나의 단짝 친구였다. 진의 어머니 베스는 존 스타인벡의 누나였다. 세 아이를 기르는 과부였던 그녀는 석유 회사 '셸 오일'에서 일했고 버클리 언덕의 더 높은 지대인 유클리드에 살며 거대한 만이 내려다보이는 집에 여러 개의 방을 세놓고 살았다. 평화로운 왕국이었다.

존 아저씨와 안면을 트게 된 건 내가 동부에 있는 대학을 다니고 진이 아저씨가 살던 뉴욕시에서 일할 때였다. 아저씨는 아름다운 빨강머리의 조카딸을 좋아했다. 하지만 진이 당신만큼 재치 있고 다정한 아이인 줄 알고 있었을까.

한 번은 아저씨와 진과 더불어 오하이오 클리블랜드의 성대한 야외 결혼식에서 커다란 덤불 속에 앉아 샴페인을 마시며 숨어 있었다. 진과 내가 때때로 새 샴페인 병을 가지러 다녀왔으며 그렇게 숨어 있자는 건 존 아저씨의 아이디어였다.

나는 그 결혼식에서 처음으로 심각한 이야기를 듣게 되었다. 사람들이 재키 로빈슨[17]에 대해 이야기를 하자 어떤 남자가 진지하고도 위협적인 목소리로 말했다.

"이런 식으로 가다간 조만간 그것들이 바로 옆집으로 이사 오게 될 거야."

그러다 셋이서 샴페인을 갖고 덤불 속에 숨어들자 존 아저씨가 말했다.

"우린 지루한 사람들한테서 멀리 떨어져서 평화롭게 술이나 마시자꾸나."

아저씨는 노후에 유독 그 두 가지로 소일했던 것 같다.

그분은 풍족한 삶을 좋아했다. 그래서 그런지 『분노의 포도』를 집필하던 시절의 궁핍한 생활을 결코 그리워하지 않았는데 명성과 부가 넘치는 마당에 그를 비난할 이는 아무도 없었다.

하지만 그 때문에 어쩌면 그분이 쓸 수도 있었던 책이 영영 세상의 빛을 보지 못하게 되었을지도 모르겠다. 혹은 그분이 쓴 책이 우리가 아는 것보다 훨씬 더 나은 작품이 될 수 있지 않았을까.

나는 스탠퍼드에서 온갖 고생을 겪지 않기로 한 그분의 선택을 존경한다. 비록 자꾸 되돌아보기를 반복하며 월러스 스테그너[18] 같은 사람한테 위대한 미국 문학은 어때야 한다는 말을 듣기는 했

---

17   Jack Roosevelt Robinson. (1919~1972) 메이저리그 최초의 흑인 야구선수. — 옮긴이

18   Wallace Earle Stegner. (1909~1993) 미국 작가이자 역사학자. 1972년에 퓰리처상 픽션 부문을 수상하고 1977년에 미국 내셔널 북 어워드를 수상함. 스탠퍼드에서 창조적 글쓰기 프로그램을 통해 많은 작가를 배출. — 옮긴이

지만 말이다. 거기에서 들은 가르침 중에 그분이 중요하게 여길 만한 것이 없었던 것 같다. 하지만 최소한 그분이 글재주를 익히는 데 도움이 되지 않았을까 싶다. 적어도 살리나스 농장의 삶에서는 배우지 못하는 작가다운 자신감을 드러내며 행동하는 법을 배우시긴 했을 것이다. 농장에서의 삶은 그분에게 그걸 제외한 많은 것을 가르쳐 주었다.

어쨌든 진과 내가 아직 고등학생이던 1945년 즈음, 나는 진의 유명한 삼촌이 쓴 유명한 소설을 읽었고 당시의 내게 그 작품은 놀랍고도 지루하고, 두렵고도 이해 불가한 책이었다.

세월이 흘러 60여 년이 지난 후, 나는 문득 '참, 스타인벡 소설을 다시 읽고 어떤지 알아봐야겠다.'하는 생각이 들었다. 그래서 포웰 서점에 가서 『분노의 포도』를 샀다.

책을 거의 다 읽어갈 때 즈음, 나는 읽기를 멈췄다. 도저히 계속 읽을 수가 없었다. 나는 이야기가 어떻게 끝나는지 잘 기억하고 있었다. 하지만 이번에는 모든 사람들과 동질감을 느꼈다. 나는 그들 사이에서 섞여 정신을 놓게 되었다. 그렇게 톰과 엄마, 샤론의 로즈와 함께 밤낮을 살며 그 위대한 여정을, 커다란 포부와 짧은 기쁨을, 그리고 끝없는 고통을 나누었다. 그들을 사랑했기에 앞으로 닥칠 일을 생각하니 견딜 수가 없었다. 그런 일을 차마 겪고 싶지 않았다. 나는 책을 덮고 달아났다.

다음 날 책을 집어 든 나는 내내 눈물을 쏟으며 끝까지 읽어 내려갔다.

요즘은 책을 읽다 우는 일이 별로 없다. 시를 읽을 때만 잠깐 울컥하며 가슴이 먹먹하고 눈물이 차오른다. 음악이나 비극이 그렇듯, 그리고 그 책이 그랬듯 소설이 내 가슴을 아프게 했던 적이 언제던가 기억도 가물가물하다.

여러분을 울게 만드는 책이 훌륭한 책이라는 뜻이 아니다. 만약 정말 그렇다면 훌륭한 기준으로 삼을 수 있겠지만 안타깝게도 효과적인 감상주의와 무릎 반사 수준의 자극만 불러일으킬 것이다.

예를 들어 우리들 대다수는 이야기 속에서 동물의 죽음을 읽고 운다. 그 자체로 흥미롭고 의미가 있다. 마치 우리 스스로 적은 양의 눈물을 흘려도 괜찮다고 허용하는 기분이다. 하지만 그건 내가 말하는 눈물과 다르며 중요도도 덜하다. 음악이나 비극처럼 나를 울게 만드는 책은 깊은 눈물, 그 세계의 번뇌를 내 것으로 받아들임으로써 샘솟는 눈물을 자아낸다. 거기에는 반드시 어떤 위대함이 수반된다.

그럼 이제, 누군가 나에게 미국의 선함과 악함을 가장 잘 말해주는 책이 무엇인지 묻는다고 치자. 가장 진실된 미국의 책, 가장 훌륭한 미국의 소설이 무엇인지 묻는다면 1년 전의 나는 작품이 가진 모든 과오에도 불구하고 『허클베리 핀』이라 답했을 것이다.

그러나 현재의 나는 작품이 가진 모든 과오에도 불구하고 『분노의 포도』라 답하리라.

나는 『분노의 포도』를 영화로도 보았다. 그렇다. 영화가 다룰수 있는 책의 모든 요소를 충실히 반영했다는 점에서 훌륭한 영화였다. 그리고 물론 헨리 폰다도 좋았다.

하지만 영화는 여러분이 볼 수 있게 만들어지고 소설은 언어로 이루어진다. 이 작품이 아름답고도 강력한 이유는 소설의 '언어' 때문이다. 작가가 본 것을 우리에게 묘사해 줄 뿐 아니라 감정을 나누듯이 그의 격정적 비탄과 분노 그리고 사랑을 직접 공유해 주기 때문이다.

또 TGAN

2013년 11월

《뉴 북엔스》에서 질문을 했다. '여성 작가가 쓴 위대한 미국 문학(The Great American Novel)은 어디에 있는가?' 하는 질문에 파키스탄의 소설가 모신 하미드가 흥미로운 대답을 내놓았다.[19]

 ……위대한 미국 문학의 사망에 대한 나의 주장을 참고 들어주길 바란다.

 그 표현 자체가 문제다. '위대한'이나 '문학'이라는 표현은 그런대로 괜찮다. 하지만 'The'는 불필요하게 배제적이다. 그리고 '미국'은 안타깝게도 지역주의를 담고 있다. 그리고 전체적으로 보자면 대문자 표기를 통해 뿌리 깊고 영구적인 불안정감을 드러내는데 아마도 식민

---

19 《뉴욕타임스》 북 리뷰 2013년 10월 15일자 모신 하미드의 '북엔스' 칼럼에서 발췌한 내용이다.

시대의 잔재인 것 같다.

호머의 『일리아드』나 루미의 『마스나비』를 '동 지중해의 위대한 시'라고 부르면 정말 이상하지 않겠는가.

정말 마음에 드는 글이다.

하지만 질문 자체가 왠지 내숭을 떨면서도 위압적인 느낌을 풍기는 통에 나는 투우장 안에 들어가 고개를 숙여 뿔을 겨누고 싶어진다.[20] 나라면 답을 해주는 대신 이런 질문으로 받아쳤을 것이다.

'누가 썼든 위대한 미국 문학이라는 것이 있긴 한가?'

그리고 자답할 것이다.

'알 게 뭐야?'

하미드 씨가 하려는 말을 더욱 정중하게 바꾸어 쓰면 그가 이전에 예술에 대해 논했던 이 글이 되지 않을까.

예술은 흑과 백, 남성과 여성, 미국인과 비 미국인이라는 관념들보다 거대하다. 인간은 불필요하게 재단된 인종, 젠더, 혹은 민족이라는 틀

---

20 1920년대 사설 투우장이 딸린 페루인 대 농장에서 우리 부모님들은 훈련 중인 투우사들의 투우를 관람했다. 소를 다치게 하는 부분을 제외한 의식 전체를 선보였고 살생으로 끝나지 않았다. 부모님들이 듣기로는 최고의 훈련이었고 용맹한 소들 의식 이후라 소들이 진정되어 있었다고 한다. 소는 화가 나면 붉은 깃발에도 덤비고 투우사에게도 덤빈다.

안에 딱 맞게 나누어지는 존재가 아님에도 우리는 종종 스스로를 경솔하게 규정짓는다. 문학이 그러한 구조를 강화하도록 요구하는 것은 오해다. 문학은 오히려 그러한 구조를 타파하는 경향을 가진다. 문학이야말로 우리가 스스로를 자유롭게 해방시켜주는 영역이다.

그의 말에 만세 삼창과 아멘을 바친다.

하지만 이것만은 덧붙이고자 한다.

나에게 '위대한 미국 문학'이라는 문구의 주춧돌은 미국이 아니라 위대한이다.

뛰어난 성취 혹은 독자적인 성취라는 견지에서 말할 때 위대함이라는 단어는 그 자체로 특정 젠더를 내포한다. 일반적인 용법과 통상의 이해에 따르면 '위대한 미국인'은 위대한 미국 남성을 뜻하고, '위대한 작가'는 '위대한 남성 작가'를 의미한다. 그 단어의 젠더를 바꾸려면 '위대한 미국 여성', '위대한 여성 작가'라는 여성 명사로 수정해야 한다. 젠더를 없애려면 '위대한 미국인들/작가들, 남녀 모두……'같은 표현을 써야 한다. 일반적으로 위대함이라는 관념 속에는 위대함이 여전히 남성의 영역이라는 사고가 남아 있다.

위대한 미국 문학을 쓰고자 하는 작가라면 반드시 스스로를 다른 작가들과 동등한 입장에 놓아야 한다. 동등한 입장에서 경쟁하며 번쩍이는 상과 유일무이한 명예를 위해 살고 죽는 분야의 자유 시민으로 보아야 한다. 그의 업은 대회요, 경쟁이며 목적은 다른 남자들을 이기고 승리하는 것이다. (그는 여성들을 그다지 경쟁자로 여기지 않는다.) 완전한 특권을 차지한 남성, 토너먼트 경기와 같은 문학, 남을 패배시키는 것을 훌륭함으로 간주하는 관점에서 작가를 보아야만 '위대한 미국 문학'에 'the'를 붙일 생각을 할 수 있다.

요즘 14세 이상의 대다수 작가들에게 얼마든지 먹혀들 법하다. '위대한 미국 문학'이라는 개념이 작가들 사이에서 차지하는 의미는 독자, 팬, 홍보 담당자들, 비평가들처럼 책은 읽지 않지만 유명인으로서 작가의 이름을 알고 있는 사람들과 블로그에 쓸 소재가 필요한 이들에게 통용되는 의미보다 나을 것이 없으리라고 장담한다.

이제부터 하려는 이야기는 경쟁력을 가치 있게 여기는 여성들, 경쟁을 피해야 하거나 해서는 안 된다고 생각하는 이들에게 불편함을 느끼는 여성들로부터 핀잔을 듣기에 딱 좋을 것 같다. 그래도 말을 해야겠다. 나는 한 번도 여성 작가가 훌륭한 미국 문학을 쓰려고 했다던가, 쓰고 싶었다고 말하는 걸 들어본 적이 없다.

솔직히 말하자면 코웃음을 치는 말이 아니고서야 여성 작가의 입에서 '훌륭한 미국 문학'이라는 구절이 나오는 일은 결코 없었다.

경쟁력의 미덕이 무엇이든 여성은 여전히 남성의 훌륭함보다 위대한 훌륭함을 가질 권리를 주장하는데 경계심을 갖도록 사회적으로 훈련돼 있다. 여러분도 아시다시피 남성들이 당연한 권리처럼 자신들의 영역이라고 믿는 분야에서 남성과 성공적으로 경쟁을 하는 여성은 그로 인한 대가를 치를 위험을 무릅쓴다.

버지니아 울프는 그 분야에서 성공적인 경쟁을 펼쳤다. 그녀는 최초이자 가장 효과적이었을 처벌을 가까스로 피한다. 그녀 사후에 문학 작품 목록에서 제외된 것이다. 하지만 8~90년이 흐른 지금도 속물근성과 병약함이라는 혐의로 여전히 그녀의 명예를 실추시키고 폄하한다.

마르셀 프루스트의 한계와 신경증은 버지니아 울프에 대해 알려진 만큼이나 유명하다. 하지만 그의 병증은 천재성의 증거로 받아들여졌다. 반면 울프에게 들렸던 그리스어로 지저귀는 새소리는 그녀가 병든 여자라는 걸 증명할 뿐이었다.

그렇다 보니 남성들이 '자신들의 본래 크기보다 두 배는 크게 부풀려 보일' 필요가 있는 한, 여성 작가는 그들과의 열린 경쟁이 위험하다는 걸 안다. 어느 여성 작가가 'the' 혹은 'a'가 붙은 훌륭한 미국 문학을 쓰고자 하더라도 그런 계획을 하고 있다거나 작품을 썼다고 (종종 남성 작가들이 하듯이) 공개적으로 말하지는 않을 것이다. 설사 여성 작가가 느끼기에 자신이 퓰리처나 부커상, 혹은 노벨상이든 뭐든 하나 받아도 괜찮겠다 싶더라도 최고의 문학상들은 가혹하리만치 남성들에게 우호적이어서, 거의 대부분의 주요 상들은 사교적으로 공을 들이고 인맥을 다지고 조심스럽게 자신을 드러내야 하니, 그처럼 엄청난 노력의 결과가 돌아올 리 만무해 보이는 것이다.

위험 부담의 회피 때문만은 아니다. 최고를 향한 경쟁, 문학의 패권을 향한 경쟁의 가능성이 남성들에게만큼 매혹적으로 여성들에게 열려 있지 않기 때문에 단 하나의 위대함이라는 개념, 무엇이 되었든 유일한 훌륭함이라는 생각 자체가 남성의 상상력을 지탱한 수준만큼 여성의 상상력을 장악하지는 못하는 것이다. 명단에 오른 기사들은 그들이 상을 수여받을 수 있으며 그 상은 받을 만한 가치가 있다고 믿어야 한다. 그러나 예선전에서 밀려난 이들은 챔피언 선발이 얼마나 임의적인지 더욱 확실히 깨닫고 찬란하게 빛나는 상의 가치에 이의를 제기한다.

위대한 미국 문학에 'the'를 붙이려는 이들이 대체 누구겠는가? 홍보 담당자들이다. 그들은 베스트셀러가 여타 다른 책보다 낫다고 믿는다. 다른 책보다 더 잘 팔 수 있으니까. 그래서 상을 받은 책이 최고의 책이다. 수상작이니까.

지친 교사들, 소극적인 교사들, 게으른 학생들은 문학을 이루고 있는 많고 많은 훌륭한 책들 중에 단 하나만 읽고자 한다.

예술은 경마가 아니다. 문학은 올림픽이 아니다. 위대한 미국 문학에 'the'라니 무슨 말인가. 우리에게는 당장 필요한 위대한 미국 문학들이 있다. 그리고 바로 이 순간 어떤 남성 혹은 여성 작가는 우리가 읽어보기 전까지 필요한 줄도 몰랐던 새로운 문학을 쓰고 있을 것이다.

서사적 재능과 도덕적 난제

2012년 5월

서사적 재능이라고 부르면 될까? 글쓰기에서 말하는 이야기꾼
의 재주를 일컫는다면.

스토리텔링은 확실히 재능이며 재주이자 특수한 능력이다. 어
떤 사람들은 그냥 자질이 없다. 서두르거나 질질 끌면서 일련의
사건을 뒤죽박죽으로 만들고 중요한 내용을 빼먹는가 하면 중요
하지도 않은 것에 연연해 하다가 이야기의 클라이맥스를 망쳐버
린다.

제발 좀 농담이나 가족사를 떠들지 말아줬으면 하고 기도하게
만드는 친척이 있을 것이다. 들어보면 지루한 이야기고 재미없는
농담이기 때문이다. 그런가 하면 한없이 바보 같고 의미 없는 사
소한 일을 카피라이터 뺨치게 기발한 스릴러로 만들어 한바탕 웃
음 바람을 일으키는 친척도 있다. 마치 베른이라는 사촌이 마이

라라는 사촌을 두고 그녀가 이야기에 일가견이 있다고 할 때처럼 말이다.

마이라가 이야기를 시작하면 자기도 모르게 이야기에 빠져드는 것이다.

하지만 그런 재주가 소설을 쓰는 작업에 얼마나 중요한 역할을 할까? 그 재능이 어느 정도로, 혹은 어떤 식으로 우수성을 완성하는 데에 필수적으로 작용할까? 그러한 서사적 재능과 문학적 작품성은 어떤 관련이 있을까?

내가 말하고자 하는 것은 플롯이 아니라 스토리다. E. M. 포스터[21]는 스토리를 낮잡아 평가했다. 그에 따르면 '여왕이 죽었다. 그러고 나서 왕이 죽었다.'를 스토리라고 할 때 '여왕이 죽었다. 그러자 왕이 상심하여 죽었다.' 는 플롯에 해당한다. 그가 볼 때, 스토리는 단지 '이런 일이 생겼고 이렇게 되었고 그다음에는 이렇게 되었다.'의 인과 없는 연쇄적 이야기이다. 반면 플롯은 인과나 개연성을 통해 이야기에 모양과 형태를 부여한다. 플롯이야말로 앞뒤가 맞는 이야기를 만든다는 평이다.

E. M. 포스터를 존경하지만 나는 그렇게 생각하지 않는다. 어린

---

21 Edward Morgan Forster (1879-1970). 『전망 좋은 방』, 『인도로 가는 길』로 유명한 영국 소설가. ─ 옮긴이

아이들은 종종 '이런 일이 생겼고 이렇게 되었어요.'라고 말한다. 소박하게 자기가 꾼 꿈이나 봤던 영화 이야기를 하는 사람들도 마찬가지다. 하지만 문학에서 포스터가 말하는 스토리는 존재하지 않는다. 돈벌이를 위해 쓴 정말 터무니없는 '액션' 소설조차도 인과 없는 사건들의 나열에만 머물지 않는다.

나는 스토리의 가치를 높이 산다. 스토리에서 서사의 필수적 궤적을 본다. 일관성, 이야기의 진전, 여기에서 저기까지 어떻게 독자를 이끄는가 하는 것들 말이다. 내가 볼 때, 플롯이란 이야기의 움직임이 보여줄 수 있는 변화나 복잡성이다.

스토리는 계속된다. 플롯은 진행에 정교함을 부여한다.

플롯은 주저하고, 잠시 멈추고, 되돌아가고(프로스트의 작품), 예측하고, 도약하며, 동시에 두 개 혹은 세 개의 궤적을 만들거나(디킨스의 작품), 스토리의 흐름에 기하학적 구조를 그려내는가 하면(하디의 작품), 아리아드네의 실을 자아내어 미궁을 빠져나오도록 이끌며(미스터리 소설) 스토리를 거미줄로, 왈츠로, 혹은 장대한 교향곡의 구조로(일반적인 소설) 만들기도 한다.

모든 소설을 통틀어 한정된 플롯만이 (셋, 다섯, 혹은 열 가지) 존재해야 한단다. 나는 그 말도 수긍하지 않는다. 플롯은 다양하고, 기발하기가 무궁무진하며, 그 관련성과 인과성, 복잡성에는 끝이 없다. 하지만 플롯이 만든 온갖 우여곡절과 관심 돌리기와 환영을 통해 스토리가 계속 진행되면서 궤적이 생겨난다. 스토리에 진전이 없으면 소설은 무너진다.

스토리가 없는 플롯이 가능하긴 하다. GPS가 있어야만 통독할 수 있는 믿을 수 없을 만큼 복잡하고 이지적인 스파이 스릴러물이 되겠지. 플롯이 없는 스토리는 문학 소설에서 이따금씩(울프의 『벽의 얼룩(The Mark on the Wall)』을 꼽을 수 있겠다.), 비소설 문학에서는 더욱 빈번하게 등장한다. 예를 들어, 전기(傳記)는 주인공이 친절하게 플롯을 제공하며 그대로 살아준다면 몰라도 플롯이 있을 수가 없다. 하지만 훌륭한 전기 작가는 독자로 하여금 그들이 읽은 삶의 이야기에서 플롯이 있는 소설에 맞먹는 심미적 완결성을 느낄 수 있게 만든다. 별 볼 일 없는 전기 작가나 회고록 집필자들은 플롯을 만들어 실화에 슬쩍 얹는데 그들도 그렇게 해서 효과가 있으리라 생각하지 않기 때문에 허황된 플롯을 만든다.

잘 쓴 스토리는 플롯이 있든 없든 그 자체로 만족감을 준다. 하지만 여기서 '잘 썼다'는 표현은 난제이자 미스터리다. 글쓰기가 서투르다 해도 진정으로 서투르지 않은 이상 좋은 서사를 변변찮거나 못쓰게 만들지 못한다. 도저히 참고 읽을 수 없는 스토리라 할지라도 글쓴이에게 재능이 있다면 지극히 평범하고, 따분한 산문이 되는데 그치는 것이다.

지난겨울에 나는 스토리텔링만큼은 아주 기막혀서 1쪽부터 책장이 절로 넘어가는 책을 한 권 읽었다. 글솜씨는 기껏해야 몇몇 대화문에서 따분함을 면할 정도였다. (작가는 현지 노동 계급의 방언을 완벽하게 이해하고 있었다.) 각각의 등장인물들을 생생하고도 동정적인 시선으로 묘사했지만 하나같이 정형화된 인물들이었다. 플롯에는 큰 허점들이 있었다. 그래도 신빙성을 손상시킨 것은 그중 단 하나뿐이었다.

스토리의 흐름은 이렇다. 1964년 미시시피 잭슨에서 야심에 찬 20대의 백인 여성이 한 무리의 흑인 가정부들을 설득해 그들의 백인 고용주에게 겪은 과거와 현재의 일들을 털어놓게 만든다. 가정부들의 경험담을 책으로 엮어 세상에 알리기 위해 '하퍼 앤 로' 출판사에 원고를 판 그녀는 뉴욕으로 진출하게 되고 부와 명성을 얻는다. 출판사는 책을 내고 그녀도 원하는 바를 이룬다. 또한 건방지고 심술궂은 백인 여성 몇이 얼굴에 계란 세례를 받은 일을 제외하고는 누구도 그로 인한 피해를 입지 않는다.

아르키메데스가 원했던 것은 세상을 들 지렛대를 놓을 단단한 바닥이었다. 스토리의 궤도도 마찬가지다. 깊고 시커먼 강에 가로놓여 흔들리는 5센티미터의 널빤지 위에서는 포환을 멀리 던질 수 없는 법. 발을 디딜 단단한 바닥이 필요하다.

정말 그런가?

이 작가는 감상적이고 감정적인 생각을 딛고 서기만 하면 됐다. 그리고 포환을 던지듯이 완벽하게 작품을 써냈다.

오롯이 스토리가 가진 힘이 이처럼 명백하게 지성, 감성, 그리고 예술성을 뛰어넘는 작품은 설사 있다 하더라도 극히 드물다.

실은 그보다 몇 달 전에 명확한 생각, 솔직한 감정, 그리고 열정의 도구로서 서사적 재능의 훌륭한 본보기가 되는 책을 한 권 읽었기 때문에 그런 생각을 하지 않을 수가 없었다. 그 책은 수십 년에 걸쳐 세속과 분리된 실험실에서 세포를 복제하는 유전학자부터 흑인 농촌 지역 판잣집에 사는 가족에 이르기까지 많은 사람들이 관련된 극도로 복잡한 스토리로 이루어져 있다. 과학적 개념과 논쟁을 아주 명쾌하게 설명하는 와중에 결코 한순간도 스토리의 추진력을 잃지 않는다. 인류를 다루면서 인간의 동정심과 한결같이 빛나는 윤리적 초점을 결부시켰다. 문체는 뛰어나면서도 과하지 않았다. 만약 그 책을 읽다가 멈출 수 있다면, '당신은 나보다 나은 사람일세, 군가 딘.'[22]

심지어 메모를 하고 색인을 달면서도 읽기를 멈출 수가 없었다. 더! 계속해! 오, 제발, 더 이야기해 줘!

꽤 읽어 볼 만한 이들 두 작품을 문학성으로 견주자면 큰 간극

---

22 조셉 러디어드 키플링(Joseph Rudyard Kipling)의 시 『군가 딘(Gunga Din)』의 마지막 행을 인용. — 옮긴이

이 있으며 이는 인내하고 정직하고 위험을 감수한다는 점을 포함한 캐릭터의 특정한 자질과 분명히 관련된다.

『헬프(The Help)』를 쓴 백인 여성 작가인 캐서린 스토킷은 흑인 여성들이 하인으로서 살면서 겪은 부당함과 시련의 세세한 내막을 털어놓도록 설득했다. 64년 미시시피에서는 정말 믿을 수 없는 일을 벌인 것이다. 백인 고용주들이 그런 고자질을 의심하기 시작하자, 그 일 만큼이나 믿을 수 없는 플롯이 흑인 가정부들을 실직으로부터 보호할 묘책으로 투입된다.[23]

가정부들이 일을 저지른 유일한 동기는 자신들의 이야기가 출판된다는 사실뿐이었다. 증언을 함으로써 그 해에 바로 그 자리에서 감내해야 했던 위험의 치명성은 단지 스토리의 긴장감을 살리는 데에 이용될 뿐 심각하게 그려지지 않고 있다.

젊은 백인 여성의 동기는 제법 고상한 야망 때문이었다. 그녀가 무릅쓴 위험은 모두 보상이 되어 돌아왔다. 사악한 친구들과 편견이 심한 남자친구를 버리고 미시시피를 뒤로한 채 멋진 대도시의 직장으로 향한다. 작가가 그 흑인 가정부들에게 연민을 갖고 있으며 그들의 일상에 대해 알고 있음은 자명하다. 하지만 내

---

23 한 흑인 가정부가 부당해고 된 데에 분개하여 자신의 배설물을 넣은 파이를 만들어 백인 고용주에게 먹였던 사건. 그 사실을 알리고 싶지 않았던 백인 고용주는 그 책이 자기 마을의 이야기임을 앞장서서 부인함. ─옮긴이

가 보기엔 발언권을 받아내는 과정 없이 발언할 권리를 상정함으로써 작품에 대한 의구심을 키웠고 소원 성취라는 가능할 성싶지 않은 스토리로 소설의 생명력을 끊어버렸다.

『헨리에타 랙스의 불멸의 삶(The Immortal Life of Henrietta Lacks)』을 쓴 백인 여성 작가인 레베카 스클루트는 과학계의 연구, 절도, 발견, 실수, 사기, 은폐, 착취, 그리고 배상이라는 광범위의 복잡한 거미줄 같은 관계들을 수년간 조사했다. 그 과정에서 동시에 대단한 인내와 선의를 가지고 모든 연구와 이익 창출의 시발점이 된 한 인간의 삶에 누구보다 직접적인 영향을 받을 사람들의 신임을 얻으려 애썼다. 헨리에타 랙스의 가족 말이다. 이 가족에게는 백인을 믿었다가는 위험해지거나 배신을 당하리라고 여길 이유가 충분했다. 작가가 그들의 신용을 얻기까지는 말 그대로 수년의 세월이 걸렸다. 그녀는 자신이 끈기 있게 듣고 배울 의지가 있으며, 철저하게 정직함을 보여줌으로써 믿을 만한 사람임을 증명했다. 또한 누가, 그리고 무엇이 진정한 위협이었고 지금도 위협이 되는지를 의식적으로 배려하는 모습을 보여주었다.

"당연히 그 작품이 뛰어나죠."

그래드그라인드 씨[24]는 그렇게 말하겠지.

"논픽션이잖아요. 사실이란 말입니다. 소설은 잡소리에 불과해요."

'오, 그래드그라인드 씨, 하지만 논픽션이 과해도 끔찍한 잡소리가 된답니다!'

"내가 노돈데에 있는 멋진 고성을 하나 사서 고급 *B&B*로 탈바꿈시키는 즐거움을 깨닫기 전만 해도 우리 어머니는 어찌나 내게 못되고 치사하게 구셨던지. 내가 그 동네 아이들에게 현대 교육의 이기를 선사하는 동안……."

'그리고 오히려 소설을 읽으면서 우리는 너무나 많은 진실을 알게 된답니다. 그래드그라인드 씨 당신이 나오는 소설도 마찬가지죠.'

아니다. 문제는 그게 아니지. 그 문제, 내가 논하려던 문제는 이야기의 재능이었지.

만약 앞서 언급한 두 작품 중 하나는 약간 때가 묻은 솜털이고 다른 하나는 순금이라고 평가한다면, 어째서 내가 그 두 작품을 단숨에 읽을 수 있었겠는가?

---

24 디킨스의 소설 『어려운 시절(Hard Times)』에 나오는 냉혹하고 계산적이며 공리주의를 신봉하는 인물.—옮긴이

꼭 그래야 할 필요는 없다
2011년 6월

요정의 나라임을 확인하는 법은 이렇다. 3이 되지 않는 2와 1을 상상할 수는 없지만 열매를 맺지 않는 나무들은 쉽게 상상할 수 있다. 그리고 그 나무에는 금 촛대가 열리거나 호랑이들이 꼬리를 감고 매달려 자라난다.

위의 G. K. 체스터턴[25]의 인용은 2011년 6월 10일 《타임스 문학 부록》에 실린 버나드 만조의 흥미로운 칼럼에서 따왔다. (체스터턴의 어느 작품인지는 그가 출처를 밝히지 않았다.)[26]

민담에서부터 판타지에 이르기까지 문학은 아주 창의적인 역

---

25 Gilbert Keith Chesterton(1874-1936) 영국의 저널리스트이자 작가. 『브라운 신부(Father Brown)』 시리즈 등의 추리소설과 판타지 소설을 다작함. — 옮긴이

26 체스터턴의 『정통(orthodoxy)』의 '요정 나라의 윤리' 중에서 인용. — 옮긴이

할을 한다는 생각이 들면서, 문학과 과학의 관계는 어떤지 자못 궁금해졌다. 하지만 그 점에 대해서는 이번 글의 끄트머리에 말할 수 있게 될 것이다.

환상적인 이야기는 물리적 법칙을 잠시 접어둘 수 있다. 카펫이 날고 고양이가 미소만을 남긴 채 투명인간처럼 사라진다. 또한 개연성으로 따지자면 삼 형제 중에서는 막내가 항상 아내를 얻고, 갓난아이를 상자에 담아 물에 띄워 보내면 다친 곳 없이 살아남는다. 게다가 현실 세계와 달리 상자 속 아이는 떠내려 보낸 곳으로 되돌아온다.

수학 규칙은 명확하다. 죽음에서 부활한 코셰이의 성에서도, 앨리스의 이상한 나라에서도 2에 1을 더하면 3이 된다. 유클리드의 기하학이나 리만의 기하학, 그 누구의 기하학이든 도형의 배치를 통제한다. 그렇지 않으면 논리적 모순이 침범하여 서사를 마비시킨다.

유치한 상상과 문학적 상상에는 주된 차이점이 있다. 어린아이는 '이야기를 말함'으로써 상상 속을 배회한다.

특정한 목적이 없이 언어의 소리와 환상적인 이야기의 순수한 유희에 만족한 채로 그 차이를 어렴풋이 이해하는 것. 그게 바로 유치한 상상의 매력이다. 하지만 판타지 소설은, 민담이든 세련된 작품이든 성숙하고 고도로 감각적인 이야기이다. 물리 법칙 몇 가지는 무시해도 되겠지만 인과관계를 무시할 수는 없다. 여기에서 시작해서 저기로 이야기가 진행되고(혹은 여기로 되돌아오거나), 여기와 저기가 몹시 이국적이고 낯선 장소일지 모른다. 그렇다 하더라도 그 세계의 지도에서 특정한 위치를 가지며 우리가 사는 세계의 지도와 관련성도 있을 것이다. 그렇지 않으면 이야기를 듣거나 읽는 사람은 일관성이 없는 모순의 바다를 표류하거나 설상가상으로 작가의 희망적 관측이라는 얕은 물웅덩이에 익사하게 된다.

꼭 그래야 할 필요는 없다.

판타지 소설이 하고자 하는 말은 바로 이것이다.

그렇다고 해서 판타지 소설이 "뭐든 상관없어."라고 말한다는 뜻이 아니다. 그건 무책임한 말이다. 그랬다가는 2와 1이 더해져 5가 되거나 47이 되고, 그것도 아니면 뭐든 다른 것이 되지 않겠는가. '앞뒤가 맞는' 이야기가 되지 않을 것이다.

판타지 소설은 "그런 건 없어."라고 하지 않는다. 그건 허무주의다. 또한 "그건 이렇게 되어야만 해."라고도 하지 않는다. 그건 공상적 이상주의다. 판타지 소설은 무엇을 개선하고자 하지도 않는다. 하지만 독자들에게 즐거움을 주는 해피엔딩이라 해도 그 해피엔딩은 오직 이야기 속 등장인물에게만 적용된다. 왜냐하면 판타지 문학은 현실의 예측도 처방도 아닌 허구의 이야기이기 때문이다.

꼭 그래야 할 필요는 없다.는 말은 허구의 맥락에서 만들어졌기 때문에 우리에게 "현실성을 가지라."고 요구하지 않는다. 이는 한편으로 체제 전복적인 표현이다.

전복이란 말은 삶을 성공적으로 통제하고 있다고 느끼며 모든 일이 있는 그대로 유지되길 바라는 사람에게 어울리지 않는다. 만사에 그리해야 마땅한 방식이 지켜지도록 공권력의 지원을 필요로 하는 사람들에게도 마찬가지다. 판타지 소설은 "모든 일이 늘 하던 식으로 진행되지 않으면 어떨까?"라고 묻는 데에 그치지 않고 평소와 다른 방식으로 일이 흘러갈 경우 펼쳐질 수 있는 결과를 보여주며, 이로써 뭐든 지금처럼 그대로 유지되어야 한다는 믿음의 기반 자체를 위태롭게 만든다.

그렇게 상상력과 원리주의가 충돌하게 되는 것이다.

순전히 창작된 상상의 세계는 종교라든가 여타 우주론과 여러모로 비슷한 일종의 정신적 구조물이라 할 수 있다. 그 유사성은 전통주의적 사고를 가진 사람들이 보기에 매우 불편할 수 있다.

사람들은 자기가 가진 근본적인 믿음이 위협당하면 분노나 경멸로 대응하기 쉬운데 어느 쪽이 되었든 '끔찍하군!' 아니면 '말도 안 돼!'로 일축한다. 판타지 소설은 엄격하고 현실적인 정신적 구조물을 신봉하는 종교적 원리주의자들에게 몸서리칠 만한 의문을 안겨줌으로써 혐오에 찬 대접을 받는다. 또한 현실을 통제함으로써 즉시 체감할 수 있는 당장의 이익을 내고자 하는 실용적 원리주의자들에게는 터무니없다는 핀잔만 듣는다. 원리주의자들은 하나같이 엄격한 한계를 그어 상상력의 사용을 제한한다. 신과 이성과 자본주의적 삶의 방식이 길을 잃은 무서운 사막, 호랑이들이 꼬리로 나무에 매달리는 밤의 숲을 기꺼워하며 광기로 가는 길을 밝히는 상상력의 타오르는 빛을 말이다.

판타지 소설을 그리 매몰차지 않게 대하는 이들은 비교적 가벼운 절대주의적 입장을 견지하며 판타지 소설에 대개 '몽상' 혹은 '현실도피'라는 이름을 붙인다.

꿈과 판타지 문학을 비교하더라도 둘은 오직 아주 심오하며 일반적으로는 접근 불가능한 수준의 정신 상태와 서로 연관이 있을 뿐이다. 꿈은 지적인 통제를 벗어난다. 서사적으로 비논리적이고 불안정하다. 꿈에 심미적 가치가 있다면 그건 우연의 결과이다. 반면 판타지 문학은 여타 언어로 된 모든 예술 작품과 마찬가지로 지적인 면과 심미적인 면 모두를 만족시켜야 한다. 판타지 소설은, 이렇게 말하면 이상하게 들리겠지만, 완전한 이성의 산물이다.

현실도피라 하니 묻겠는데, 도피가 무슨 뜻인가? 실제 삶, 책임, 규율, 의무, 신앙심으로부터의 도피라고 의도한 것 같은데, 법적으로 책임을 다하지 않거나 측은할 정도로 무능한 이들이 아닌 이상 현실에서 탈출을 하겠다고 감옥으로 달아나는 사람은 아무도 없다. 탈출의 방향성은 자유이기 때문이다. 그렇다면 '현실도피'란 무엇을 비난하고자 하는 말일까?

"그건 왜 그래야 할까? 꼭 그래야 할까? 그렇게 되지 않으면 어떨까?"

이런 질문을 통해 우리는 현실 세계에 우발적 사태가 일어날 가능성을 인정하게 된다. 아니면 적어도 우리의 현실 인식이 완벽하지 않을 수 있음을, 우리가 현실을 멋대로 해석하거나 오해하고 있을지도 모른다는 가능성을 허용하게 되는 것이다.

철학자들에게는 이 말이 유치하고 순진하게 들릴 테지만 내 사고방식으로는 이 문제를 철학적으로 논할 수도 없고 그럴 마음도 없으니 나는 순진한 채로 남아야겠다. 철학적 사고로 단련되지 않은 보통 사람이 볼 때, '만사가 꼭 그래야만 할까? 지금 여기에 존재하는 방식으로? 내가 익히 들어왔던 그대로?' 라는 질문은 중요할 수 있다. 늘 닫혀 있기만 했던 문을 여는 행위에 비견되리만큼 매우 중요하다.

정치적, 사회적, 경제적, 종교적, 혹은 문학적 현상의 지지자와 옹호자들이 판타지 문학을 여타 문학에 비해 훨씬 많이 폄하하거나 악마화하고 묵살하는 이유는 그것이 본래 체제 전복적이기 때문이다. 그 본성은 이미 압제에 저항하는 유용한 도구로서 판타지 문학이 수 세기에 걸쳐 증명해 온 바 있다.

하지만 체스터턴이 지적했듯이 판타지 소설은 온갖 법 제도를 파괴하고 배수진을 치는 허무주의적 폭력까지는 허용하지 않는다. (톨킨과 마찬가지로 체스터턴도 상상력이 풍부한 작가이자 천주교 신자였으니 아마도 이해관계에 따른 갈등과 한계를 아주 잘 알고 있었을 것이다.) 2 더하기 1은 3이다. 형제들이 과제를 완수하지 못할 때 막내는 끝까지 해낸다. 작용은 반작용을 낳는다. 운명, 운, 필연의 힘도 현실 세계의 콜로누스, 사우스 다코타와 마찬가지로 판타지 소설 속 중간계에서도 거침없이 발휘된다. 판타지 소설은 여기에서 시작해서 저기에서 끝나며 (혹은 여기로 되돌아오기도 하며) 뚜렷이 드러나지 않지만 피할 수 없는 서사적 예술로서의 의무와 책임의 지배를 받는다. 그 기반 위에서는 무엇이든 기존의 방식을 고수할 필요가 없다.

불확실성의 자유를 두려워하지 않는다면 여러분이 판타지 소설을 두려워할 이유는 전혀 없다. 나로서는 과학을 좋아하는 어떤 사람이 판타지를 좋아하지 않을 수도 있다는 상상을 쉽사리 못하는 이유가 바로 그것이다. 과학과 판타지는 둘 다 아주 지대한 부분을 불확실성에 기반하고 있으며 풀리지 않는 의문들을 기꺼이 수용하고 있다. 물론 과학자들은 만사가 다른 방식으로 이루어진다면 어떨까를 상상하지 않고 어째서 만물이 이처럼 작용하는지에 의문을 가진다. 그렇지만 그 두 가지가 서로 상반되는 작업일까, 아니면 같은 류의 작업일까? 우리가 가진 관례, 신념, 통설, 현실구조에 의문을 품는 방식만으로는 현실에 직접적인 이의를 제기할 수 없다. 갈릴레오가 했던 말, 그리고 다윈이 했던 말은 모두 '꼭 우리가 알던 방식대로일 필요는 없다.'가 아니었던가.

유토피음, 유토피양

2015년 4월

유토피아와 디스토피아에 관해 조금 생각을 해 보았다.

원래 옛날부터 천당이란 우리가 통제할 수 없었던 것을 통제하고 현세에서 당장 가질 수 없었던 것을 갖게 되는 보상의 화신으로서 질서 있고 평화로운 하늘나라, 세월의 낙원, 그림의 떡 같은 것이었다. 거기로 가는 방법은 확실하고도 극단적이다. 바로 죽음이다.

토머스 모어의 세속적이고도 이지적인 작품 『유토피아』는 오늘날에도 현세에서 결여된 무언가 — 이성적으로 통제된 인간의 삶 — 에 대한 갈망을 표현하는 말이 되었지만 그가 말하는 천당은 명백히 말하면 어디에도 없는 곳이었다. 오직 머릿속에만 존재하는 곳. 세울 부지가 없는 건물의 청사진이었던 셈이다.

그의 작품 이래로 유토피아는 내세를 벗어나 어디에도 존재하지 않는 곳으로, 이를테면 바다 건너, 산 너머, 미래에, 또 다른 행성으로, 살 만하지만 우리가 도달할 수는 없는 어딘가로 옮겨갔다.

『유토피아』가 세상에 나고부터 모든 유토피아는 명확하거나 모호하든, 실제적이거나 개연적이든, 작가나 독자의 사고 속에서 천국이자 지옥이기도 한 형태로 존재했다. 유토피아에는 항상 디스토피아가 포함되어 있고 디스토피아에도 늘 유토피아가 들어 있다.

음양 기호를 보면 각각의 절반 안에 서로를 포함하고 있는데 이는 음양의 상호 의존성과 무한한 상호 변화성을 나타낸다. 기호의 형태는 고정적이지만 각각의 절반이 변화의 씨앗을 품고 있다. 기호가 표현하고자 하는 바는 정지한 상태가 아니라 과정인 것이다.

이 오래된 중국의 기호가 유토피아를 고찰하는 데 유용하게 쓰일 수 있을 거라고 본다. 사람들이 흔히들 갖고 있는 양이 음보다 우수하다는 남성 우월주의적 추측을 포기할 의향이 있다면 말이다. 그리고 그러한 추측 대신에 음과 양이 기호의 본질적인 성질로서 독립성과 상호 변화성을 가진다고 여겨야 한다.

양은 남성, 밝음, 건조함, 딱딱함, 적극적임, 발산을 뜻한다. 음은 여성, 어두움, 축축함, 수용적임, 억누름을 뜻한다. 양이 통제라면 음은 허용이다. 둘 다 막강한 힘이다. 둘 중 어느 쪽도 홀로 존재할 수 없으며 언제나 상대의 성질로 변하는 과정에 있다.

유토피아와 디스토피아는 새뮤얼 버틀러의 『에레혼 (Erewhon)』[27], E.M. 포스터의 단편 「기계가 멈추다(The Machine Stops)」, 예브제니 자미아틴의 『우리들(We)』에서 볼 수 있듯 종종 황무지에 에워싸여 극한의 통제를 받는 고립된 장소로 그려진다.

유토피아의 선량한 시민들은 황무지를 위험하고 적대적이고 사람이 살 수 없는 곳으로 여기는 반면 모험심이 있는 시민이나 반체제·반이상향주의자에게 황무지는 변화와 자유를 의미한다. 나는 이것이 음양의 상호 변화성을 보여주는 예라고 생각한다. 밝고 안전한 곳을 감싸고 있는 어둡고 미스터리한 광야인 지옥이 나중에는 어둡고 폐쇄된 감옥과 같은 곳을 감싸는 밝고 열린 미래를 품은 천당으로 변하는…… 혹은 그 반대로 변하는 경우도 마찬가지이다.

지난 반세기 동안 이러한 작품 경향은 고갈과 변주를 거듭하며 더욱 더 예측가능해지거나 그저 제멋대로 전개되는 식으로 반복되어왔다.

그 경향성을 가장 잘 반영한 작품들이 있다. 올더스 헉슬리의

---

27 Nowhere을 거꾸로 씀. ─ 옮긴이

『멋진 신세계(Brave New World)』에서 작품 속의 황무지는 집요한 통제에 완전히 지배받는 양의 고립된 세계에 밀려난다. 그리고 황무지가 주려던 자유나 변화에 대한 희망은 환영에 불과한 것이 되어버린다. 조지 오웰의 『1984』는 음이 양에 의해 완전히 제거된 완전한 디스토피아에서 통제력을 가진 무리에 대한 순종과 조작된 망상으로서의 황무지와 자유를 그려낸다.

지배자인 양은 항상 음과의 상호의존성을 부정할 방법을 찾는다. 헉슬리와 오웰은 단호하게도 성공적인 부정의 산물을 우리에게 보여준다. 심리적이고 정치적인 통제를 통해 이들 디스토피아는 어떤 변화도 허용하지 않는 비역동적인 상태를 보전한다. 한쪽이 올라가고 다른 쪽이 내려간 부동의 형태로 균형을 잡는다. 영원히 만사가 양인 세계이다.

그렇다면 음의 디스토피아는 어디에 있을까? 어쩌면 사회적 붕괴 및 통제력의 완전한 상실이라는 혼돈 및 밤의 세계에 대한 상상으로 점차 인기를 얻어가는 홀로코스트 이후에 대한 이야기나 어기적거리는 좀비 무리의 이야기가 그에 해당할 것이다.

양은 음을 부정적이고 열등하며 나쁜 것으로 인식함은 물론 항상 최종적인 발언을 도맡았다. 하지만 사실 최종적인 말이란 건 없다.

현재로서는 우리가 디스토피아에 대해서만 쓰고 있는 것 같다.

우리가 유토피아에 대해 쓰려면 어쩌면 음의 방식으로 생각해야 하지 않을까. 나는 『귀향(*Always Coming Home*)』을 통해 그런 시도를 해본 적이 있다. 내가 성공적으로 해냈던가?

음의 유토피아라고 하면 용어상의 모순일까? 왜냐하면 우리에게 익숙한 유토피아는 모두 제대로 작동하기 위해서 통제력에 의존하는데 음은 통제하려는 성질이 아니기 때문이다. 그럼에도 불구하고 음은 강력한 힘이다. 그 힘은 어떻게 작동하는 걸까?

나로서는 추측만 해볼 뿐이다. 내 추측은 이렇다. 우리가 마침내 시작한 '인류의 지배와 무한의 성장이라는 목표를 인류의 적응과 장기적 생존으로 어떻게 바꿀 것인가' 하는 사고의 전환이 바로 양에서 음으로의 전환이다. 그 사고에는 덧없음과 불완전함에 대한 수용도 포함되며 불확실성과 임시변통에 대한 인내도 포함된다. 물과 어둠, 그리고 땅과의 우호적인 관계도 마찬가지일 것이다.

파드 연대기 Ⅱ

말썽

2013년 1월

내게 대놓고 반항하는 고양이는 처음이다. 나는 고양이에게 엄청난 순종을 바라는 편이 아니다. 개들은 서열이나 지배 체계에 기반한 관계를 맺지만 고양이는 그렇지 않은 데다가 죄책감도 전혀 없고 수치심도 거의 못 느낀다.

들켰다가는 찰싹 맞으리란 걸 완벽하게 이해하면서도 조리대에 놓인 음식을 훔쳐 먹는 것이 고양이다. 녀석의 식탐과 어쩌면 도둑질하는 재미가 그나마 가지고 있는 약간의 두려움보다 앞선다. 조리대 위에 음식을 남겨 놓은 내가 어리석은 인간이지.

고양이가 저녁 식탁에 올라가 그 위를 온통 작은 발자국 천지로 만들면 야단치거나 철썩 혼쭐을 내는 게 당연하다. 내가 식당에 없을 때는 녀석이 전혀 주저하지 않고 그런 짓을 하기 때문이다. 나중에야 증거로 찍힌 작은 발자국을 발견하지만 이미 공소

시효를 넘긴 후이다. 녀석을 이해시키기 위해서는 범법 행위에 대한 처벌이 즉각적으로 이루어져야 한다. 녀석도 나만큼이나 그걸 잘 알고 있기 때문에 나는 녀석이 내 앞에서는 일을 저지르지 않고 내가 방에 없을 때 말썽을 부릴 거라 예상한다.

녀석이 바로 내 눈 앞에서 말썽을 부리면 우리의 관계가 껄끄러워진다. 야단치고, 궁둥이를 철썩 때리고, 소리를 지르고, 도망가고, 뒤쫓는 소동이 일어난다. 일부러 문제를 일으켜 나를 도발하는 것이다. 이게 내가 그동안 함께 했던 많고도 다양한 고양이들과 파드와의 다른 점이다. 다른 고양이들은 말썽을 피하고 싶어 했다는 점에서 나와 비슷했다.

파드는 말썽을 일으키고 싶어 한다.

그렇다고 파드가 골칫거리 고양이라는 말은 아니다. 청결하기로는 흠잡을 데가 없다. 성격도 순하다. 음식을 훔쳐 먹는 법도 없다. (이건 엄밀히 말해 녀석이 굵게 간 고양이 사료밖에는 음식으로 인식할 줄 모르기 때문이다. 녀석이 저녁으로 먹을 사료 4분의 1컵을 기다리며 배를 곯고 있을 때조차 돈가스를 조리대에 올려놓을 수 있을 정도다. 심지어 냄새를 맡으러 가까이 다가가지도 않는다. 내가 베이컨 한 조각을 사료 위에 얹어 주어도 녀석은 사료만 먹고 베이컨은 남겨둘 것이다. 서대기[28] 한

---

28 넓적하게 생긴 흰살생선. — 옮긴이

토막을 녀석의 몸 위에 올려놓으면 불쾌한 듯 털어내고 멀리 달아나버릴 것이 뻔하다.)

녀석은 하면 안 되는 행동을 함으로써 나를 도발한다. 벽난로 위에 올라가거나 카치나 인형[29]을 쓰러트리는 걸 제외하면 딱히 금지시킨 것도 많이 없는데 말이다.

식탁에 올라오지 못하게 했지만 발자국을 남길 뿐이지 딱히 식탁 위에서 녀석이 할 수 있는 일이 없다. 벽난로 위 선반은 제아무리 파드라 해도 제법 점프를 해야 할 정도로 높아서 집 안에서 유일하게 자그마한 장식품을 자유롭게 전시할 수 있는 장소이다. 다른 곳에 놓여 있던 장식품들은 녀석의 발이 닿지 않는 안전한 곳에 보관해 두었다. 그러다 보니 벽난로 선반으로 뛰어오르는 게 녀석에겐 하나의 목표이자 도전이 되었다.

하지만 내가 방에 있을 때만 그런다.

하루 종일 거실에서 보내면서 벽난로는 쳐다보지도 않던 녀석이 내가 방에 들어서면 얼마 안 가서 벽난로 선반 쪽을 곁눈질하기 시작한다. 눈이 한층 동그래지고 검은빛도 짙어진다. 녀석이 벽난로 근처에 있는 소파 팔걸이(올라가도 되는 곳)나 보조 탁자 위(올라가도 되는 곳)를 조심성 없이 밟고 다닌다. 그러고는 뒷발로 서서

---

29 푸에블로 인디언이 영적 존재(kachina)를 기리는 의례에서 춤을 출 때 갖추는 분장을 형상화한 목각 인형. — 옮긴이

전등갓이나 벽난로 앞 철망의 끄트머리를 아주 꼼꼼하게 킁킁대며 지대한 관심을 보인다. 그 와중에도 항상 벽난로에 좀 더 가까이 붙어 선다. 대개 그때까지도 내가 안 보는 척 보고 있으면 녀석이 뭔가를 쓰러뜨리며 벽난로 선반 위에 날아오른다. 그리고 잔소리, 고함, 도망, 추적 등이 이어지며 결국…… 말썽 당첨! 녀석이 임무를 완수한다.

최근에는 그 난리에 한 가지가 더 추가되었다. 바로 물뿌리개다. 녀석이 벽난로 쪽을 보는 순간 내가 물뿌리개를 집어 든다. 녀석이 벽난로 선반 위로 뛰어오르는 순간 녀석에게 물을 뿌렸더니 처음 몇 번은 굉장히 놀란 것 같았다. 물세례가 물뿌리개에서 나온 줄도 몰랐다. 이제는 물뿌리개 짓이라는 걸 알고 있다. 하지만 말썽을 부리는 과정에 새로운 운치와 맛을 더할 뿐, 물뿌리개로는 녀석을 벽난로에서 떼어놓을 수 없었다.

며칠 전에는 항복의 의미로 커다란 카치나 인형 두 개와 수석 몇 개를 제외하고 작은 카치나 인형들을 피난시켰다. 그런데 오늘 아침, 내가 벽난로에 등을 돌린 채 '아래를 향한 개 자세' 요가 동작을 하고 있는데 파드가 선반 위로 뛰어올라 티베트 터키옥 덩어리를 밀어 넘어뜨렸다. 돌은 난로에 떨어져 귀퉁이가 깨졌다.

곧이어 제법 심각한 소란이 벌어졌다. 비록 녀석을 철썩 때릴 정도로 화를 내지는 않았지만 녀석도 내가 화가 난 걸 알고 있었다. 녀석은 그 일이 있은 후로 대단히 얌전하게 굴었고 쓰러지듯 몸을 발라당 뒤집어 순진하고 사랑스러운 태도로 앞발을 휘저었다.

녀석은 다 같이 거실에서 시간을 보내는 오늘 저녁 내내, 다시 말썽을 부리고픈 마음이 생기기 전까지는 계속 얌전히 굴 것이다.

요 조그만 고양이 녀석은 사람의 기대에 영향을 너무 많이 받아서 내가 지금껏 함께했던 고양이들 중 가장 잘 길들여 있으면서도 가슴 속에는 강한 야생의 불길을 품고 있는 것 같다.

녀석 입장에서는 심심할 법도 하다. 어린 고양이가 나이 든 사람들과, 그것도 실내에서 지내야 한다니……. 하지만 파드는 꼭 실내에서 지내야 할 상황이 아니다. 녀석 스스로 그러기로 선택한 것이다.

녀석이 원할 때도 있고 우리가 부추길 때도 있지만 낮에는 고양이 출입문이 항상 개방되어 있다. 이따금 파드는 밖에 나가 정원을 감상하거나 새를 관찰하며 몇 분이고 시간을 보내다가 집으로 들어온다. 녀석이 이렇게 말할지도 모르겠다.

'오, 고맙지만 사양할게요. 바깥세상은 너무 넓고 이맘때는 날이 제법 춥거든요. 그러니 이 고양이 문에 반만 몸을 걸치고 잠시서 있다가 다시 들어올래요.'

파드는 나가 있지를 않는다. 날이 풀리고 우리가 나가서 바람을 쐬면 녀석도 따라 나가긴 하지만 심드렁하다. 밖에 나가서 걷다가 먹으면 토하는 풀을 뜯어 먹고 집 안으로 들어와서 양탄자 위에 한바탕 게워 놓는다. 그런 건 말썽을 부리는 행동이 아니다. 고양이다운 행동이다.

이 이야기에는 아무런 교훈도 없고 결론도 없다. 물뿌리개를 든 나에게 행운을 빌어주길 바란다.

파드와 타임머신

2014년 5월

나를 SF 작가라고 생각하는 사람들은 내 서재에 타임머신이 있다고 해도 별로 놀라지 않을 것이다. 그 기계가 아직은 엘로이와 몰록이 사는 미래[30]나 공룡들이 사는 과거로 나를 데려다주지 않았다. 괜찮다. 고맙지만 내게 주어진 시간을 쓰면 된다. 타임머신이 하는 일은 내 컴퓨터에 있는 걸 저장하고 우리 고양이에게 흥밋거리를 제공하여 녀석을 분주하게 만드는 것뿐이다.

우리와 함께 보낸 첫해에 파드는 딱정벌레에 많은 시간을 쏟았다. 그때는 딱정벌레가 많았다. 네군도단풍나무 딱정벌레는 훨씬 수가 많은 큰 잎 단풍나무로 거처를 옮기면서 이제 포틀랜드 토

---

30 영국의 소설가 H.G. Wells(1866~1946)의 소설 『타임머신(The Time Machine)』에서 주인공은 타임머신을 이용하여 미래의 영국(802701년)으로 가 땅 위에 사는 엘로이(Eloi)와 지하에 사는 몰록 (Morlock) 두 종족으로 진화된 인류를 만남. – 옮긴이

종이 되었다. 덕분에 우리도 집의 외벽에 붙어서 살며 번식도 하고 무리 지어 느릿느릿 기어 다니는 딱정벌레들이 생겼다. 그리고 놀랍게도 이전에는 없던 창문틀의 틈새를 뚫고 집 안으로 들어와 햇볕이 드는 창문에 모여 있거나 짜증이 날 정도로 어슬렁어슬렁 돌아다닌다. 베개는 물론 종이와 발밑을 비롯해서 온갖 곳에 기어들어 가는데 찻잔 속, 심지어는 찰스의 귓속에까지 들어간다. 보통은 다들 기어 다니지만 놀라면 날기도 한다. 제법 깜찍한 이 딱정벌레들은 해를 끼치지 않으나 자기들은 좋겠지만 (인간들처럼) 수가 너무 많이 불어서 못 견디겠다.

파드도 한때는 딱정벌레가 움직이는 사료라도 되는 양 신이 나서 뒤쫓기도 하고 덮치기도 하고 오독오독 씹기도 했다. 하지만 확실히 야옹 믹스 캔이나 양치 껌만큼 맛이 없었던지 어쨌든 이제 딱정벌레는 신물이 난 모양이다. 녀석도 우리처럼 단호하게 딱정벌레를 무시하려고 노력한다.

그러나 예전에는 타임머신이 찰칵찰칵하고 곤충 같은 소음을 낼 때면 안에 딱정벌레라도 숨어 있다는 듯이 꽤 오랜 시간 벌레 사냥을 하며 보냈다. 타임머신은 가로세로 각각 20센티미터에 4센티미터 높이의 하얀 플라스틱으로 되어 있다. 다행히 매우 단단한 재질의 플라스틱에 어느 모로 보나 단단히 잘 밀봉되어 있고 크기에 비해 제법 무게가 나간다. 파드가 그렇게 애를 썼지만 표면만 긁어 놓는 데에 그쳤다. 타임머신이 끄떡도 하지 않자 딱정벌레에 대한 녀석의 관심도 식어버렸고 타임머신을 열려는 노력도 멈추게 되었다. 녀석은 타임머신의 다른 용도를 발견했다.

평소 타임머신의 온도는 손에 닿으면 제법 따뜻할 정도로 높다. (게다가 내가 보기엔 추정상의 가상현실 혹은 미지의 구름 속이든 어디에 있든 이 기계가 뭔가를 저장하느라 비밀스럽고도 불가사의하게 작동을 할 때면 더욱 뜨거워지는 것 같다.)

절반이 창문인 내 서재는 외풍이 심하고 겨울이 되면 가끔 너무 춥다. 파드가 팔랑거리는 유년기를 벗어나 서재의 내 주변에서 누워 더 많은 시간을 보내기 시작한 무렵, 녀석은 고양이답게 따뜻한 장소를 발견해 내기에 이른다.

지금도 녀석은 거기에 누워 있다. 오늘은 4월의 마지막 날이지만 실내 온도는 25도를 가리키며 올라가고 있다. 녀석은 잠에 취한 소리를 낸다. 몸의 5분의 1을 타임머신 위에 걸쳐놓고서. 발을 비롯한 몸의 나머지 부분은 책상 밖으로 삐져나와 일부가 알파카 털로 만든 뫼비우스 스카프 위에 걸쳐져 있다. 그 부드럽고 사랑스러운 선물은 어느 친절한 독자가 선견지명이 있는 다음의 쪽지와 함께 내게 보내준 것이었다.

'혹시 선생님께서 안 쓰시더라도 고양이가 마음에 들어 하면 좋겠네요.'

녀석의 또 다른 일부분은 털로 짠 곰 무늬 깔개 위에 걸쳐져 있었다. 남서부 지방에 사는 친구가 보내준 것이다.

나는 스카프를 한 번 써 보지도 못했다. 책상에 앉아 소포를 뜯었더니 파드가 다가와 말도 없이 제 것인 양 스카프를 가져가 버렸다. 녀석은 그걸 한 발자국 떨어진 곳으로 끌고 가 그 위에 앉더니 꾹꾹이를 하기 시작했다. 그러고는 잠이 들 때까지 꿈을 꾸는 듯 부드럽게 가르랑거렸다. 그건 파드의 스카프가 되었다.

그 이후, 깔개가 배달이 되자마자 녀석이 그 위에 앉아버렸다. 깔개 위에 앉은 고양이라니. 더 말할 것도 없었다. 파드의 깔개였다. 그리하여 깔개와 스카프는 따끈따끈한 타임머신의 바로 옆, 책상 위에 자리를 잡았고 녀석은 날마다 그 세 물건에 몸을 골고루 나눠 올라앉아 가르랑거리며 잠을 청한다.

녀석이 알아냈을지 모르겠으나 순전히 내 추측에 근거한 타임머신의 용도가 있다. 거기에는 비물질화도 포함된다.

파드는 나와 찰스 중 한 사람이 함께 있어 주지 않는 한 집 밖에 자주 나가거나 오래 머물지 않는다. 밖에서 잠을 자기는커녕 누워서 반쯤 긴장을 풀고 있기도 쉽지 않다. 녀석은 흥분된 상태로 주변을 경계하며 화들짝 놀라기까지 한다. 녀석은 자기가 집안을 장악했고 그 공간을 공유하는 사람들도 나름 제 발밑에 두었다고 생각하지만, 바깥세상은 자신의 지식이나 통제를 훨씬 뛰어

넘는다는 걸 잘 안다.

바깥세상에서는 편치가 않은 것이다. 영리한 작은 고양이 녀석. 그렇기 때문에 나는 언제든 녀석이 자취를 감추더라도 뒷문을 통해 밖으로 나갔을 거란 염려는 그다지 하지 않는다. 그러고 나서 보면 고양이 문이 잠겨 있는 걸 확인하게 된다. 녀석이 집안 어딘가에 있다는 뜻이다.

그런데 가끔 파드가 아주 오랫동안 사라져 바깥에서도 안에서도 녀석이 보이지 않을 때가 있다. 지하실, 어두운 다락, 옷장이나 찬장에도, 침대보 밑에서도 파드를 찾을 수 없다. 녀석이 사라져 버린다. 비물질화 되는 것이다.

나는 불안한 생각이 들어 티키-티키-티키! 하고 밥 때를 알리는 신호로 녀석을 부르며 캔으로 달가닥 달가닥 소리를 낸다. 보통은 그 유혹에 못 이겨 발소리도 내지 않고 부리나케 곧장 계단을 올라오거나 내려오는 편이다.

정적이 흐른다. 부재가 느껴진다. 녀석이 없다.

나도 스스로 조바심내지 말자고 다짐하고 찰스도 그러지 말라고 타이르기 때문에 초조해하지 않는 척도 해보고 내가 하던 일이나 하려고 노력하지만, 애를 태우며 안절부절못하게 된다.

불가사의한 기분이 계속해서 나를 압박하는 것이다.

그러다 보면 녀석이 나타난다. 파드가 내 눈앞에 '재물질화' 된다. 곡선을 그리는 꼬리를 세운 채 언제든 밥 먹을 준비가 되어 있다는 듯 부드럽고 다정한 표정을 한 녀석이 보인다.

파드, 어디 갔었어?

말이 없다. 상냥한 존재감이 느껴진다. 미스터리한 일이다.

아무래도 녀석이 타임머신을 쓰는 것 같다. 그 기계가 파드를 어딘가로 데려가는 게다. 사이버 공간은 고양이가 갈만한 곳이 못 되니 거긴 아닐 테고. 어쩌면 녀석이 시간의 작은 틈새를 여는 데에 타임머신을 이용할지도 모르겠다. 마치 네군도단풍나무 딱정벌레가 우리 집에 들어왔듯이 도저히 불가능한 창틀의 비공간을 여는 게 아닐까. 바스테트[31]와 이수[32]에게 이미 익히 알려진, 사자자리 빛의 가호를 받는 그런 비밀스러운 방법을 통해서 파드는 완벽한 안락을 누리는 집에 있으면서도 더 크나큰 바깥세상, 그 불가사의한 영역을 넘나든다.

---

31 Bastet. 고대 이집트에서 다산과 풍요를 상징하는 여신. 고양이의 형상을 하고 있음. — 옮긴이

32 Li Shou. 고대 중국 전설 속의 고양이 여신. 조물주가 세상과 소통하기 위해 보낸 대변자로 모든 생명과 신을 연결시켜줌. — 옮긴이

3장   이해하려 애쓰기

남자들의 단합, 여자들의 연대

2010년 11월

20세기 후반의 페미니즘까지 고려해도 인간사를 통틀어 남자들의 집단 결속력만큼 가히 막강한 영향력은 없다는 생각이 든다.

호르몬이 더해진 생리학적 차이에도 불구하고 남성과 여성이 대체로 얼마나 닮았는지를 보면 실로 놀라울 정도다. 전반적으로 여성은 직접적인 경쟁 욕구와 지배 욕구가 낮고 그러한 경향 때문에 역설적으로 계급적·배타적 집단 내에서 서로 단합할 필요성을 덜 느낀다는 설은 여전히 사실처럼 받아들여지고 있다.

남성 집단의 결속은 통제력과 남성 간 경쟁에 전념하는 과정, 즉 억압과 호르몬에 사로잡힌 지배욕에 몰두함으로써 파생된다.

그야말로 놀라운 반전이다. 개인 간 경쟁이라는 파괴적이고 무법적인 에너지와 남을 이기려는 야망이 집단과 지도자에 대한 충성심으로 바뀌며 다소 건설적인 사회적 사업에 힘을 기울이게 되는 것이다.

그런 집단은 폐쇄적이며 외부인들을 '타인'으로 상정한다.

그들은 제일 먼저 여성들을 배제한다. 그 다음에는 남성들 중에 연령대가 다르거나 성향이 다르거나, 계급 혹은 민족이 다르거나 성취한 업적의 수준에 차이가 나는 이들을 배제한다. 이러한 배척은 그들만의 내부적 단합과 영향력을 강화하게 된다. 어떤 위협을 감지하면 그 '형제애'로 똘똘 뭉쳐 침범할 수 없는 결속을 보여준다.

남성의 단합은 아주 오래된 대부분의 사회적 기관이 형성되는 과정에서 제일 중요한 역할을 해왔다. 정부, 군대, 교회, 대학, 어쩌면 그 모든 것들을 집어삼키고 있는 회사에 이르기까지. 이처럼 위계적이고 유기적이며 통합적이고도 영속적인 기관들이 아주 오래전부터 존재하며 권세를 누려왔고 사람들 사이에 거의 보편적으로 통용되기에 이르러 대개 '시국', '세계', '분업', '역사', '신의 뜻'이라는 말만으로 그 존재와 세력을 일컫게 되었다.

여성 집단의 결속으로 말하자면, 내가 보기에 인간 사회는 그들의 연대 없이 존속하지 못했을 것이다. 그럼에도 불구하고 그들의 결속은 남성들과 역사와 신 앞에 형체도 없이 사라져버린다.

여성의 결속력은 유동성이라고 부르는 편이 더 적합할 것이다.

158

어떤 구조물이라기보다 강물의 흐름 같은 성질을 띤다. 여성의 결속력이 그 형성에 일조했다고 명백히 확신할 수 있는 유일한 기관은 부족 집단이면서 정해진 형태가 없는 집단인 가족이다. 사회의 남성적 배열이 그들의 방식으로 여성의 결속력을 허용할 경우, 항상 여성 집단을 격의 없고 계통 없고 위계 없는 무리로 만드는 경향을 보인다. 그리하여 고정적이지 않고 임시적이며, 엄격하기보다 융통성이 있고, 경쟁보다 협력을 훨씬 중시하는 집단이 된다. 남성적 통제력에 지배받는 사회가 가진 하나의 기능으로서 대개 공공 영역보다 사적인 영역에서 운영되어 왔다는 점도 '공적인 일'과 '사적인 일'을 나누는 남성적 기준의 정의에 따른 것이다.

여성 집단이 합심하여 거대한 중심 세력을 형성할 수 있지 않을까 하는 생각을 하기란 쉽지 않다. 남성적 기관들이 집합적으로 가하는 매우 끈질긴 압력이 여성들을 방해하고 있기 때문이다. 하여간 그런 일은 생기지 않을 것이다. 남성의 단합이 권력 쟁탈의 과정에서 생긴 공격적이고 철저한 통제에 의해 만들어진 반면 여성의 결속력은 상호 협력의 바람과 필요에 의해 파생된다. 그리고 때로는 박해로부터의 자유를 찾는 과정에서 다져지기도 한다. 모호함은 유동성의 본질이다.

그리하여 여성의 상호의존성이 남성에 대한 여성의 의존성, 임신, 양육, 가족 부양, 남성 부양 등 여성에게 주어진 역할을 위협한다고 여겨질 경우에는 너무나도 쉽게 상호의존성의 존재 자체를 간단히 부인해 버린다. 여성은 충성심도 없고 우정이 뭔지도 모른다는 등의 말이 그런 맥락에서 나온다. 공포에 빠져 있을 때는 부인이 효과적인 무기가 된다. 여성의 주체성과 상호의존성이라는 아이디어는 남성 및 남성 지배의 혜택을 받는 여성들의 조롱 섞인 증오에 직면한다. 여성 혐오는 결코 남자들에게 국한된 문제가 아니다. '남자들의 세상'을 살고 있는 수많은 여성들이 남자들만큼, 혹은 남자들보다 더 강하게 스스로를 불신하고 두려워한다.

여성의 주체성과 상호의존성을 예찬하며 두려움을 이용했던 1970년대의 페미니즘은 불길처럼 일어났다. 우리는 '자매애는 강하다!'고 외쳤고 여성들은 그 말을 믿었다. 대다수 페미니스트들이 화력을 더할 성냥을 찾기도 전에 겁에 질린 여성 혐오자들은 남녀 할 것 없이 가정이 무너진다며 울부짖었다.

자매애의 본질은 그 힘이 사회를 어떻게 바꿀 것인지 예측하기 어렵다는 점에서 형제애의 권력과 완전히 다르다. 어떤 경우든, 우리가 그동안 목격한 건 그 힘이 미칠 영향력의 맛보기에 불과하다.

지난 두 세기 동안 아주 오래된 남성적 기관들에 점점 많은 여성들이 진출해 왔다는 사실은 매우 훌륭한 변화이다. 하지만 여성들이 가까스로 자신들을 배척하는 기관에 발을 들여놓게 되면

십중팔구 남성들의 뒤치다꺼리를 하면서 남성적 가치를 강화하도록 강요받는다.

바로 그런 점이 내가 군대의 일원으로 참전하는 여성을 탐탁지 않게 생각하는 이유이자 '좋은' 대학과 회사, 심지어 정부에서 출세하는 여성들을 바라보며 불안한 눈초리를 감추지 못하는 이유이다.

남성을 모방하지 않는 여성이 여성으로서 남성적 기관에서 제역할을 할 수 있을까?

만약 그게 가능했다면 남자들이 그렇게나 그 기관을 철저하게 바꾸려고 하겠는가? 그 곳을 2등급으로 낙인찍고, 임금을 깎고, 떠났겠는가? 실제로 여러 분야에서 그런 일이 벌어졌다. 교육이나 의료 같은 분야에서는 점차 여성의 비율이 늘어나고 있다. 하지만 그들 분야의 경영 및 그 분야가 추구하는 목표와 영향력은 아직도 남성의 전유물이다. 그 의문에는 많은 해답이 있을 수 있다.

20세기 후반의 페미니즘을 회상해 보면 여성 결속력의 전형이었다. 나서서 이끄는 사람이 없어도 각자 할 일을 너무 잘 알고 있었다.

계급이 없고 포괄적이며 융통성 있고 서로 협력하고 조직화되지 않은 임시적 단체를 만들려던 당시의 시도는 더 나은 균형을 가진 젠더 간의 연합을 창조해냈다.

그러한 연합을 목표로 일하고자 하는 여성들이라면, 내가 생각하기에는, 규정하기 어렵지만 소중하고도 끈질긴 자신들의 연대를 남자들 못지않게 인식하고 존중해야 할 필요가 있지 않을까 싶다.

페미니즘은 이어지고 있고, 계속해서 이어질 것이다. 그래서 여성이 그들만의 방식으로 여성들끼리 혹은 남성과 함께 일하는 곳 어디에나 자리 잡아야 한다. 페미니즘을 통해 여성과 남성이 모두 남성적 가치의 정의에 끊임없이 의문을 가지고, 특정 성에 배타적이기를 거부하며, 상호 의존성을 지지하며, 공격성의 가치에 대한 믿음을 와해시켜야 한다. 또한 항상 자유를 추구해야 할 것이다.

퇴마사

2010년 11월

　미국의 로마 가톨릭 주교들이 오늘과 내일 양일에 걸쳐 볼티모어에서 있었던 퇴마 의식에 대한 회의를 주재한다. 많은 주교들과 60명의 사제들이 악령 빙의의 증상을 배우기 위해 모였다. 그들은 초인적 능력을 가진 사람이나 자기도 모르는 언어로 말을 하는 사람, 혹은 성물이나 구마 의식에 난폭하게 반응하는 사람이라면 악령에 씌었을 가능성이 있다고 주장한다. 구마 의식이라 하면 성수를 뿌리고, 몸에 손을 얹고, 성경을 암송하고, 기도하고, 얼굴 때리기를 비롯한 행위를 말한다.

　교회에서는 1999년에 의식을 개선하면서 '퇴마가 마법이나 초자연적 현상이라는 오해를 받지 않기 위해 반드시 모든 단계를 다 거쳐야 한다.'는 조언을 덧붙였다. 그건 마치 '움직이는 차가 끌려가고 있다는 오해를 받지 않기 위해서 반드시 모든 단계를 거치도록 주의하라.'고 써 놓은 자동차 운전 안내서 같다.

역도 선수 여러분과 외국어를 배우는 분들[33]은 이번 주말에 볼티모어에 가지 않도록 주의하시라고 조언해야겠다. 성스러운 물건들을 보면 폭력적으로 반응하는 분들에게는 어떻게 조언을 할지 모르겠다. 내가 그분들을 모르는 데다가 어떤 행동을 두고 폭력적인 반응이라 했는지 알 길도 없으니 말이다. 그리고 '성스러운 물건'이라는 판단은 '신성'에 대한 개인의 인식에 따라 다르기 때문이기도 하고. 바람을 타고 함께 춤을 추는 독수리 한 쌍을 보거나 베토벤의 9번 교향곡 마지막 부분의 첫 음을 듣고서 말도 못하게 강렬한 감동을 받아 몸을 떤다면 내가 악마에 씌었단 말인가?

이해할 수 없지만 어쨌든 나는 볼티모어에서 멀찍이 떨어져 지낼 것이다.

내가 보기엔 이번 일로 허둥지둥할 사람은 미국 대법원에 있는 네 명의 남성 가톨릭 신자 판사들이다. 네 사람 모두 라칭거[34] 주교의 정책을 신봉하며 극단적 반동주의 가톨릭 단체 '오푸스 데

---

33 초인적 능력을 가진 사람과 자기도 모르는 언어로 말하는 사람 — 옮긴이

34 Joseph Aloisius Ratzinger. 제 2653대 교황(2005.02~2013.02)으로 여성 사제 서품, 낙태, 동성애 등 예민한 사안에 반대를 표명하여 보수적 교황이라는 평가를 받음. 2012년 교황청 내부 비리에 관한 기밀문서 유출로 논란을 일으킴. 역대 교황 중 598년 만에 고령을 이유로 자진 사임. — 옮긴이

이(Opus Dei)'의 회원이기도 하다. 구마 교육이 그들의 레퍼토리를 한없이 풍요롭게 만들어 주면 좋겠다. 대법원의 다섯 번째 로마 가톨릭 신자는 여성 판사이다. 그래서 이번의 '신의 일'에서 배제되었다 한다.

제복

2011년 2월

미국이 독일, 일본과 싸우기 위해 전쟁터로 나갔을 때 나는 11살 먹은 꼬마였다. 지금도 기억이 난다. 하룻밤 사이에 ― 내게는 그처럼 순식간에 일어난 일로 보였다. ― 버클리의 길거리가 온통 제복 입은 사람들로 가득 차던 광경을. 전쟁 내내 시내에서 사복을 입고 다닌 남자들은 소수에 불과했다. 제복이 도시에 일체감을 부여하지는 않았다. 그래도 언제나처럼 칙칙한 대공황의 끝자락에 조금 도움은 되었다.

육군과 육군 항공대는 갈색과 녹색을 띤 황갈색의 다채로운 색이 섞인 카키색 제복을 입었다. 멋들어진 재킷에 주름진 바지 아래로 검은 군화가 반짝거려 전체적으로 아주 단정했다. 하지만 해군 제복에는 결코 당해낼 수 없었다. 수병들은 여름이면 하얀 튜닉[35]과 바지를 입고 작고 둥근 흰색 모자를 썼다. 겨울에는 세일러 칼라가 달린 파란색 모직 튜닉에 단추가 13개나 달린 바지를 받쳐 입고 나서면 농담이 아니라 사각형의 칼라가 날아갈 듯 펄럭였다. 제복 아래로 앙증맞고 둥그스름한 엉덩이가 돋보였다. 금색 단추와 수술이 달린 빳빳한 흰색이나 남색 제복을 입은 장교들은 수병과 달리 단정하고 멋졌다. 내가 아는 한 버클리 근방에 해병대 기지는 없었다. 그래서 그런지 해병대를 직접 본 적은 많지 않지만, 뉴스 영상에서는 제법 근사해 보였다.

오빠 클리프의 배가 샌프란시스코 항구에서 진수식을 하게 되어 나도 구경을 간 적이 있다. 멋진 쇼였다. 의례를 갖춘 전통 행사에 제복을 잘 차려입은 군인들이 자리를 화려하게 수놓았다. 갑판 위에 훌륭하게 도열해 있는 남자들은 하나같이 파란색과 흰색과 황금색으로 빛났다. 사람들 앞에서 그토록 멋져 보이고 싶지 않은 소년이 어디 있으랴?

제복은 최초로 개발하기 시작한 18세기 이래로 지금껏 군대를 모집하는 데에 막강한 도구로 사용되었다.

제2차 세계 대전에 참전한 여성들도 제복 때문에 지원을 했는지는 모르겠다. 여성 군인들도 바지가 치마로 바뀌었을 뿐 남성 제복과 똑같이 입었다. 말쑥해 보이려고 과하게 재단한 부실한 디

---

35 소매가 없는 헐렁한 제복 상의 — 옮긴이

자인이다 보니 여성이 입자 몸이 꽉 조이고 뻣뻣했다. 가혹한 천 배급 상황을 감안하더라도 제복만은 지나치게 몸에 딱 맞게 재단되어 단정하면서도 어색해 보였다. 나라면 제복을 입겠다고 여군 예비부대(WAVES)나 육군 여군 부대(WAC)에 지원하지는 않았을 것이다. 내 입장에서나 여군 예비부대와 육군 여군 부대의 입장에서나 다행스럽게도 전쟁이 끝날 무렵 내 나이는 열다섯이었다.

이후 몇 번의 전쟁을 거치며 제복에 대한 개념은 통째로 진화했다. 몸에 잘 맞고 보기에 좋아야 한다는 개념에서 벗어나 공격적이고 실용적이며 정보화되는 경향을 좇아 헐렁하거나 지저분해졌다. 지금은 군인들 대부분이 모양새가 없고 진흙투성이 점무늬가 찍힌 파자마 같은 옷을 입고 있다.

이런 제복은 베트남의 정글이나 아프가니스탄의 사막에서는 실용적이고 편할 수 있다. 하지만 리노에서 신시내티까지 날아가는데 위장용 얼룩무늬 군복이 필요한가? 5번가를 걷는 데 전투화가 필요할까? 내가 보기엔 군인들 제복은 아직도 치장용인 것 같다. 해병대도 그렇다. 해병대는 다른 군인들보다 훨씬 자주 제복을 입는다. 워싱턴 D.C.에서 사진 촬영이 많아 그런가 싶다.[36] 반면 단정한 모습의 이등병을 마지막으로 길에서 봤던 때가 언제인지

---

36 워싱턴 D.C.에는 해병대 기지를 비롯한 수많은 군사 기지가 있음. —옮긴이

는 하도 오래되어 기억도 나지 않는다.

수많은 소년들과 남성들이 내가 알던 제복의 멋짐을 얼룩무늬의 매력을 통해 느끼고 있다는 걸 나도 이해한다. 내게는 기괴해 보이는 제복이 그들에게는 남자답고 좋아 보이는 것이다. 생각해 보니 제복을 입고 싶어 하고, 군인이 되어, 군인처럼 보이고 싶은 소년들을 매혹하면서 제복은 아직도 군대 모집에 보조 역할을 하고 있는 것 같다. 그리고 의심할 여지 없이 청년들은 자부심을 갖고 제복을 입는다.

하지만 대부분의 민간인이 얼룩무늬 파자마 제복을 입은 군인을 볼 때 얻을 수 있는 효과의 효용성에는 아주 큰 의문이 든다. 우리나라의 군인에게 감옥이나 정신병원에 어울리는 옷을 입힌다는 건 수치스러울 뿐만 아니라 불쾌한 일이다. 멋지고 단정하게 돋보이도록 해야 할 텐데 망한 서커스단의 광대처럼 보여서 눈에 띄게 만들고 있지 않느냔 말이다.

제복의 스타일이 전적으로 바뀐 건 전쟁 스타일 변화의 이유도 있고 그로 인해 군 복무 자세가 바뀐 탓이기도 하다. 전쟁을 보는 관점이 현실적으로 갱신되어 전쟁 미화를 거부하는 세태를 반영한 변화일지도 모른다. 더 이상 전쟁을 숭고하게 여기지 않게 되면 전사에 대한 숭배도 멈춘다. 그럴 때 멋진 제복은 행진을 위한 과시용이자 전쟁에서의 야만적 행위에 대한 겉치레로 전락한다.

그러니 '군용 작업복'이라면 외양이나 입는 사람의 자존감을 고려하지 않고 철저히 실용적일 수 있다. 어쨌든 이제는 군대 간의 싸움이 아니라 민간인 살생 무기를 강화하는 전쟁이니 '군복이 다 무슨 소용이야? 폭탄을 맞은 도시의 폐허 속에서 어린아이가 죽는다고 해도 군인이 죽는 것과 마찬가지로 나라를 위한 죽음 아닌가?' 하고 말하려나.

나는 군이 그런 생각을 한다는 걸 믿을 수가 없다. 제복을 추악한 물건으로 만들어 전쟁이 추악하다는 생각을 부추기려는 게 아니고 뭔가. 어쩌면 작업복 같은 제복을 통해 전쟁을 대하는 이 나라의 자세보다 전쟁 본질의 변화를 훨씬 더 이해 못 하고 있으며 앞으로도 받아들일 용의가 결코 없음을 보여주려는 심산일 수도 있겠다. 우리는 싸우기만 하느라 우리가 벌인 전쟁과 그에 연관된 사람들에게 전혀 관심을 기울이지 않는다.

옳든 그르든 우리는 1940년대에 우리의 군인들을 명예롭게 여겼다.

우리는 그들과 함께 전쟁을 치렀다. 대부분이 징집된 사람들이었고 어떤 이들은 마지못해 참전했지만, 모두가 우리의 군인이었고 우리의 자랑이었다. 옳든 그르든 1950년대와 특히 1970년대 이래로 우리는 당장 치르고 있는 전쟁이 뭐였든 시야에서 멀찍이 떨어뜨려 놓았고 잊어버리기 시작했다. 요즘의 군인들은 모두 자원 입대자들이다. 그럼에도 불구하고 — 아니면 그래서 그런 건가? — 우리는 그들과 완전 남남처럼 지낸다. 용감한 수호자라는 형식적인 찬사를 해놓고 우리가 싸우는 나라라면 어디로든 파견해 놓고 끊임없이 돌려보내면서 그들에 대해 생각해 보지 않는다. 그들은 우리가 아니니까. 우리가 정말로 보고 싶은 사람들이 아니니까. 감옥에 갇힌 사람들인 양, 정신병원에 들어간 사람들인 양 여긴다. 구경 갈 마음도 없는 삼류 서커스의 웃기지 않는 광대를 대하듯 한다.

그러면 이제 그 서커스를 유지하기 위해서 우리가 얼마의 대가를 치르는지, 우리의 미래가 어떻게 파산하고 있는지 이야기해야 하지 않을까?

아니다. 우리는 그런 이야기를 하지 않는다. 의회에서도 하지 않는다. 백악관에서도 하지 않는다. 아무 데서도 하지 않는다.

필사적인 비유에의 집착
2011년 9월

국민의 이익을 위하는 게 아니라면 경제적 성장은 부자들만 더 부유
하게 만든다.

— 리처드 팔크 『포스트 무바라크 혁명의 가능성』

《알 자지라》2011년 2월 22일

내가 경제에 관해 쓰는 건 대부분의 경제학자들이 '약강5보격
운율'[37]에서 행간 걸치기의 용법에 관해 쓰는 것만큼이나 실없는
짓이다. 경제학자들은 도서관에서 살 필요가 없지만 나는 경제를
살아가는 사람 아닌가. 경제학자들은 원한다면 얼마든지 완벽하

---

37   iambic pentameter. 영시 한 문장에 10개의 음절이 들어가고 두 음절로 구성된 약강(iambic)의 박
자를 가진 율격(meter)이 들어있는 /음보/(리듬을 이루는 어절의 최소 단위)가 한 문장에 5개가 들어가는
형식. 예) /So long//as men//can breathe//,or eyes//can see./ — 옮긴이

게 '시'가 없는 삶을 누릴 수 있겠지만 나는 좋든 싫든 그들이 연구하는 것들의 통제를 받으며 살아야 한다.

그러므로:
나는 어떻게 경제학자들이 긍정적인 경제적 목표로 성장을 끊임없이 주장할 수 있는지 의문을 던지려 한다.

우리가 하는 일이나 전체 경제가 하향세에 접어들 때, 혹은 정체기를 맞을 때마다 사람들이 공황 상태에 빠지는 이유:
전체 경제가 경쟁을 따라잡으려는/추월하려는 시스템에 기반을 두고 있어서다. 그 시스템을 유지하는 데에 실패하면 붕괴나 도산이라는 힘든 시기를 겪게 된다.
그런데도 왜 우리는 결코 시스템 자체에 의문을 가지지 않는가? 그래서 시스템을 극복하거나 빠져나올 수 있는 방법을 찾으면 될 텐데 말이다.

성장이란 어찌 보면 그럴싸한 비유의 일종이다. 생물은 성장해야 한다. 우선 최적의 크기로 자란다. 그런 다음 소모되는 것들을 계속해서 교체해 주어야 하는데 그 주기가 (많은 식물들이 그렇듯이) 매년 돌아올 수도 있고 (포유류의 피부처럼) 끊임없이 돌아올 수도 있다.

아기라면 어른의 몸집만큼 커지며 성장할 것이고 그 이후에는 성장이 안정감 유지와 항상성, 균형 잡기로 바뀐다. 범위를 벗어나는 성장은 비만으로 이어진다. 아기의 몸집이 끝없이 커진다면 무시무시해져서 머지않아 죽음을 초래하게 된다.

우리는 경제를 건강하게 만들겠다고, 통제력을 잃고 한계도 없어 그칠 줄 모르는 성장을 유일한 요리법으로 삼았다. 최적의 크기라는 관념도, 유기체적 균형을 유지해 주는 것도 무시했다.

중서부 전체인가 위스콘신 주인가에 광활하게 깔렸다는 거대한 망을 이루며 자란 곰팡이처럼, 최적의 크기라는 관념 자체가 없는 생물도 있다. 곰팡이가 땅속에서도 수천 제곱킬로미터로 성장한다는데 그럼 곰팡이를 가장 전도유망한 인류의 경제 모델로 써야 하는 것 아닌가 모르겠다.

어떤 경제학자들은 기계적인 용어를 즐겨 쓴다. 하지만 나는 기계도 생물처럼 최적의 크기가 있다고 믿는다. 무게나 마모 때문에 일의 효율이 떨어지니 뭐니 하는 한계를 넘어서 어쨌든 덩치가 큰 기계는 덩치가 작은 기계보다 일을 더 많이 할 수 있다. 성장이라는 것도 바로 그와 똑같은 한계에 맞서는 비유이다.

그리고 그 비유를 옹호하는 사회진화론[38]에 따라 은행가들은 시뻘건 이빨과 손톱을 드러내며 조그만 기생충이 피를 빨아먹고 살 듯 적당히 살아간다. 진화론의 엄청난 오해에 기반한 성장이라는 비유는 거의 즉각적으로 한계에 부딪힌다.

약육강식의 경쟁에서는 큰 덩치가 유리하다. 하지만 덩치를 키우는 방법 말고도 덩치를 줄이되 더 똑똑해지거나, 덩치를 줄이되 더 재빨라지거나, 아주 조그맣더라도 독성을 띠거나, 혹은 날개를 다는 등 이길 방법은 끝도 없이 많다. 심지어 먹이를 먹는 동안 그 속에 들어가 살 수도 있지 않은가.

짝을 찾는 경쟁에서도 마찬가지다. 전투만이 점수를 따는 유일한 방법이라면 거대한 몸집이 도움이 되겠지. 하지만 (전쟁에 대한 우리의 집착은 접어두고) 일반적으로 배우자를 찾는 경쟁에는 전투가 포함되지 않는다. 우아한 춤이나 눈 장식이 붙은 파랗고 푸른 꽁지깃, 신부를 향한 애정을 담아 만든 그늘, 농담하는 법만으로도 번식을 위한 경쟁에서 이길 수 있다.

삶의 터전을 두고 벌이는 경쟁이라면 남보다 훨씬 크게 자라서 이웃들을 밀어내면 되겠지. 하지만 노간주나무처럼 한 구석에 물을 가두어 놓으면 비용도 덜 들고 효율적이다. 또는 말미잘처럼

---

38 Social Darwinism. 찰스 다윈의 생물진화론에 입각, 사회 변화 모습을 해석하려는 견해로 허버트 스펜서가 처음 사용하고 19세기 말부터 20세기 초까지 독일과 영국에서 크게 유행하여 식민지 확대와 군사력 강화 측면에서 많은 영향을 줌. 이후 인종차별주의나 파시즘, 나치즘을 옹호하는 근거와 신자유주의의 경제적 약육강식 논리에 사용됨. ― 옮긴이

독성을 뿜는 것도 좋겠지만 우리가 쓸 수 있는 방법과는 거리가 좀 멀긴 하다. 식물과 동물에게서 발견할 수 있는 경쟁 기술은 무궁무진하고 독창적이다. 그런데 어째서 우리는, 이토록 영리한 존재인 우리가 그 단 하나의 방법에서 벗어나지 못하고 있을까?

어떤 생물이든 오직 하나의 생존 전략에 집착해서 다른 방법을 찾지 않고 적응하기를 멈추면 위험 부담이 커진다. 적응력은 생물의 이념이며 가장 믿고 의지할 수 있는 재능이다. 생물 종으로서 우리 인간은 아주 소름이 끼칠 만큼 거의 무한한 적응력을 가지고 있다. 자본주의는 스스로 적응력이 있다고 생각하지만 '무한한 성장'이 유일한 생존 전략이라면 한계를 가질 수밖에 없다고 보면 된다. 그리고 우리는 이미 그 한계에 봉착했다. 즉 우리가 엄청난 위험에 맞닥뜨렸다는 말이다.

자본주의적 성장은 아마도 최소 1세기 동안, 확실히는 새천년에 들어서 잘못된 방향으로 이루어졌다. 무한한 성장이기도 했지만 통제받지 않은 성장이었다. 마구잡이 성장이랄까. 종양이 그런 식으로 자란다. 암도 그렇다.

우리 경제는 지금 불황이 아니다. 병이 든 것이다. 무분별한 경제적 성장(및 인구 증가)로 인간 생태에 병이 들어, 날이 갈수록 증세가 더욱 심해지고 있다. 우리는 땅과 바다, 그리고 대기의 항상성을 망가뜨렸다. 이 박테리아는 지구의 생명체에게 치명적 위협이 되지는 않겠지만 우리의 생존에 치명적일 것이다.

우리는 이러한 논의를 수십 년간 부인하며 살았다. 이제는 한 마디 한 마디에 발작적 홍분을 담아 부인하기에 이르렀다.

기후 불안정이라니, 그게 무슨 말이죠? 인구 과밀이라니 그건 무슨 소리예요? 원자로가 유독해요? 옥수수 시럽을 먹고 살 수 없다니 대체 무슨 말씀을 하시는 거죠?

우리는 인간계에 질병을 야기하는 행동을 기계적으로 반복한다. 보석금으로 은행가들을 빼내고, 역외 시추 작업을 재개하고, 공해를 유발하는 기업이 환경을 오염시키도록 그들의 물건을 사준다. 이유를 물어보면 그들 없이 어떻게 경제가 성장하겠느냐 반문한다.

하지만 모든 경제적 성장은 갈수록 부자들만의 이익으로 남는다. 그리고 대부분의 사람들은 점점 더 가난해진다.

경제정책연구소의 보고서에 따르면:

2000년에서 2007년 사이에(지금의 경기 침체가 있기 전에 누렸던 마지막 호황기) 최상위 10%의 부유한 미국인들은 100%(백 퍼센트-모두) 소득 평균이 증가했다. 이하 90%의 미국인들은 아무런 혜택도 받지 못했다.

이런 식으로 가다간, 우리가 마침내 암이 건강에 나쁘며 스스로 병들었음을 인정할 무렵에는 거의 불가피하게 독재적 방식이 필요할 정도로 근본적인 처방이 내려질 테고 물리적이든 윤리적이든 지켜낼 수 있는 것보다 파괴해야 할 것이 더 많아질 것이다.

정부 인사들은 누구 하나 대안을 기획할 능력도 없어 보이며 이 사안을 논의하는 사람들은 전혀 주목을 받지 못하고 있다.

가능성 높은 몇 가지 대안들이 과거에 제시되긴 했다. 사회주의가 그랬고 지금도 존재한다. 비록 사회주의를 이용해서 권력을 잡을 야망을 품은 이들 때문에 궤도를 이탈했지만. 경쟁자를 굴복시키고 세계를 정복함으로써 더욱 더 크게 성장하려는 집착인 자본주의의 확산도 한몫했다. 거대한 사회주의 국가가 어떻게 변해갔는가의 예는 거대한 지하 곰팡이만큼이나 우리에게 시사하는 바가 크다.

그러면 우리는 어떤 새로운 비유를 내세워야 할까? 죽음과 삶 중에 어느 쪽이 옳은지 선택하라니 참으로 고민되겠다 싶다.

온통 거짓

2012년 10월

나는 《뉴욕 타임스》의 역사 정보란 '오늘은(On This Day)'에 매료되고 말았다.

1947년 10월 5일, 사상 최초 TV를 통해 송출된 백악관 연설에서 트루먼 대통령은 미국 국민들에게 화요일에 육류, 목요일에 가금류 소비를 줄여 곡물 비축량 증대에 동참하여 유럽의 굶주리는 사람들을 돕자고 당부했다.

최초로 TV에 송출된 백악관 연설이라, 아주 흥미로웠다. 대통령이 라디오를 통해 자국민들에게 연설하거나 링컨 대통령이 게티스버그에서 했듯이 청중 앞에 나서서 직접 발표를 해야만 했던 시절을 상상해 보시라. 지금 우리가 사는 세상과 비교하면 옛날의 소박한 사람들은 어찌나 기이하고 원시적이며 이질적인 세상을 살았던가!

어쨌든 내가 매료되었다는 건 그런 점이 아니다. 내가 지금 상상하거나 기억해내려고 애쓰는 주제는 대통령이 국민들에게 화요일에 소고기를 먹지 말고 목요일에 닭고기를 먹지 말라고 부탁하는 나라이다. 유럽에서 사람들이 굶고 있다는 이유로 말이다. 제2차 세계 대전은 유럽의 도시뿐 아니라 경제까지 폐허로 만들었다. 그래서 이 대통령은 미국인들이 a)육류와 곡물 간의 관련성을 안다고 믿고 b)다른 대륙에 사는 굶주린 외국인들에게 더욱 필요한 식량을 넘겨주기 위해 기꺼이 자신들의 식탁에서 사치스러운 재료를 포기해 줄 것이다라고 생각하기에 이르렀다. 그 외국인들 중에는 2년 전까지만 해도 우리가 죽이던 이들, 우리를 죽이던 이들도 포함된다.

당시에 그 당부를 듣고 박장대소하거나 코웃음을 치는 사람들도 일부 있었지만, 대다수는 그 말을 무시했다. 그랬다 쳐도 여러분은 미국인들에게 일주일에 한두 번 고기를 굶고 곡물을 비축해서, 분명 그 중에 테러리스트가 있을 텐데, 다른 대륙에 사는 배고픈 외국인들에게 보내자고 말하는 대통령을 상상할 수 있을까?

이제 육류를 좀 자제해서 미국의 2000만 '극빈층'(영양실조와 기아에 시달리는 이들)을 위해 지금 당장 더 많은 곡물을 복지 프로그램과 푸드 뱅크에 보내자고 하는 대통령은 어떤가?

만약 그런 이유조차도 없이 그렇게 하라는 대통령이라면?

뭔가 변했다.

공교육이 배신당한 학교에서 더 이상 역사나 읽기를 가르칠 수 없게 된 이래로 사람들은 약 25년 전의 인물과 사건들을 상상 이상으로 멀고 이해 불가하다고 여기게 되었다. 그들이 사는 시대 이전의 사람들을 단순하고, 기이하며, 순진했다는 등의 말로 무시하면서 그들이 느끼는 불편한 감정을 방어한다. 나는 65년 전의 미국인들이 그렇지 않았다는 걸 안다. 그럼에도 해리 트루먼 대통령의 연설은 내게 진정으로 뭔가 변했음을 시사해 주고 있다.

나이가 나이니만큼, 나는 대공황 때를 조금 기억한다. 제2차 세계 대전과 그 여파는 아주 잘 기억하고 있고 린든 존슨 대통령의 '빈곤과의 전쟁' 같은 것들도 생각이 난다.

이런 경험은 내가 번영이란 것을 사실이 아니라 하나의 이상적 관념으로 여기도록 도와준다. 뉴딜 정책의 성공이나 1945년 이후 사회경제적 망의 정착을 지켜본 많은 사람들은 아메리칸 드림이 실현되었으며 영원할 것이라고 경솔하게 단정했다. 나처럼 꾸준한 인플레이션의 묘한 안정감을 느끼며 자라지는 못했지만, 성장 자본주의가 그 출발점으로 회귀하는 과정을 보며 자란 모든 세대가 이제는 부당 폭리로 가장 많은 이득을 본 자들을 보호해 주고 있는 셈이다.

이런 견지에서 내 손주들의 경험은 지금도 그렇고 앞으로도 내 부모님이나 나의 경험과 매우 다를 것이다. 그들이 이 사태를 어떻게 할 심산인지 내가 살아서 볼 수 있으면 좋으련만.

어쨌든 해리 트루먼의 당부를 읽고 내가 꼭 써야겠다 싶었던 건 이런 이야기가 아니었다. 그 글을 읽고 생각해 보니 내가 지금 살고 있는 미국이 꼭 남의 나라처럼 느껴진다는 말이 하고 싶었던 것이다.

교육은 인간으로서의 내 삶에 연속성이라는 감각을 부여했고 사유는 나의 존재가 '지금'(지난 몇 년간으로 치자면 '우리들')과 '그때'(역사적으로 보면 '그들')로 분리되지 않도록 해준다. 인류학적 관점이라는 한 가닥의 빛 덕분에 나는 누구에게도 어디에서도, 어떤 시대에도 결코 삶이 단순하지 않다는 믿음을 잊지 않고 있다.

나이 든 사람들은 누구나 이제는 사라져버린 삶에 대한 향수를 갖게 마련이지만 나는 과거식으로 산 적이 거의 없다. 그렇다면 왜 나는 망명자가 된 기분을 느끼는가?

나는 내 나라가, 자못 흐뭇한 듯이, 많고 많은 사람들에게 보다 낮은 삶의 기준을 허용함으로써 보다 낮은 도덕 기준을 허용하는 모습을 목도했다. 선전에 기반한 도덕적 기준 말이다. 강인한 정신을 가진 작가 솔 벨로[39]는 민주주의가 프로파간다라고 쓴 바 있다. 그 말을 부인하기가 점점 어려워지는 것 같다. 예를 들어, 선거 캠페인 기간이 되면 대통령이 되려는 포부를 가진 사람들은 물론이고 대통령조차도 뻔히 알려진 사실을 숨기거나 왜곡하며 계획적으로 반복해서 거짓말을 한다. 그리고 야권에서만 그에 대한 이의를 표한다.

물론, 정치인들은 항상 거짓말을 했다. 하지만 거짓말을 정치에 처음 도입한 사람은 아돌프 히틀러였다. 미국 정치인들은 자기 말이 거짓이든 아니든 남들이 신경 쓰지 않을 걸 알고 있다는 듯 천연덕스럽게 거짓말을 하지는 않았다. 그러다 닉슨과 레이건이 이런 도덕적 무관심을 시험해 보기 시작했고 지금 우리는 그런 도덕적 무관심에 푹 빠져 산다. 첫 번째 토론[40]에서 오바마가 말하는 틀린 수치와 잘못된 약속을 듣고 내 기분이 처참해진 이유는 그 모든 것이 할 필요가 없는 말들이었기 때문이었다. 만약 그가 사실을 말했더라면 롬니가 주워섬기는 틀린 수치들과 그의 애매하게 얼버무리는 태도를 비난하며 자신이 지지하는 후보에게 더욱 힘을 실어줄 수 있었을 것이다. 오바마는 헛소리 시합에 동

---

39 Saul Bellow (1915~2005) 현대 미국문학의 지적 경향을 대표하는 미국 작가. 현대 사회에서 개인 존재의 의미를 고뇌하는 작품을 씀. 1976년 노벨상 수상. — 옮긴이

40 2012년 10월 3일 열린 대통령 선거 텔레비전 토론회. 미국의 경제 문제를 놓고 민주당 버락 오바마 대통령과 공화당 미트 롬니 후보가 설전을 벌임. — 옮긴이

참할 게 아니라 그의 도덕적인 선택을 보여주었어야 했다.

끊임없는 망상과 흰소리와 허풍을 자양분으로 살아가는 미국이 이대로 나의 조국이 될 수 있을까? 나는 모르겠다.

이제는 목요일에 치킨을 먹지 말라고 부탁해야 했던 미국 대통령이 나에게도 희한한 사람처럼 느껴지는 것 같다. 어쩌면 정말 기이한 일인가 보다.

"친애하는 미국 국민 여러분, 조국이 여러분에게 무엇을 해주기 바라기 전에 여러분이 조국을 위해 무엇을 할 수 있는지 먼저 생각해 보십시오."

이런, 세상에! 저 말 또한 참으로 번드르르한 거짓말이다. 그는 갖가지 의문을 가질 수 있고 그 의문을 어떻게 해결할지 결정할 능력이 있는 어엿한 성인인 — 판단력 없고 사실에 무관심하여 듣고 싶어 하는 말밖에 못 듣는 일개 소비자가 아닌 — 국민을 앞에 두고 저 연설을 했다. 만약 닭고기를 먹을 형편이 되는 국민들에게 웬 대통령이 목요일에 닭고기를 먹지 말라고 요구하면 어떻겠는가? 그래야 정부에서 2000만 명의 굶주린 사회 구성원들에게 더 많은 식량을 나누어 줄 수 있다고 말한다면 어떨까?

'말도 안 돼.'

'착한 척하기는.'

어쨌든 국회가 거의 송두리째 기업의 자회사로 전락한 마당에 그런 걸 통과시킬 수 있는 대통령은 없을 것이다.

어떤 대통령이 국민들에게 연료를 아끼고 도로를 보호하며 생명을 지키기 위해 시속 88킬로미터 속도 제한을 준수하라고 한다면(딱 한 번, 그렇게 말한 사람이 있었다.) 어떻겠는가? 일제히 합창이라도 하듯이 비웃어댈 것이다.

우리 정부가 언제부터 국민들에게 공익을 위해 단기적 만족을 삼가달란 부탁 하나 못하는 정부가 되었을까? 혈기 왕성하고 자유를 사랑하는 미국인들 누구도 세금을 낼 필요는 없다는 말이 처음 들리기 시작할 무렵이던가?

나는 한 번도 청교도들의 '없이 견딤'이라는 단순한 신념을 좋아했던 적이 없다. 하지만 우리가 가진 것을 지금 우리보다 더 필요로 하는 사람들과 먼 미래에 필요로 하게 될 사람들, 어쩌면 우리들 자신들까지도 포함하는 그들을 위해 없이 견디자는 부탁조차 들어줄 줄 모르는 우리들을 생각하니 솔직히 암울한 기분이 든다. 혈기 왕성하고 자유를 사랑하는 미국인들은 지금 당장 원한다면 뭐든지 가질 수 있어야 할 만큼 철이 없는가? 좀 현실적으로 말해보면, 국민들한테 화요일에 스테이크 먹지 말라는 부탁도 못 하는 나라에서, 공장과 회사가 기후 좀 교란하고 환경 파괴하면 얻을 수 있는 막대하고 즉각적인 이윤을 자제하라는 부탁을 뭐 하러 들어주겠는가?

우리는 장기적 안목으로 보기를 단념한 것 같다. 인과관계나 일의 결과에 대해 생각하지 않기로 마음먹은 건가 싶다. 아마 그래서 내가 이방인처럼 느껴지는지도 모르겠다. 나는 미래가 있는 나라에 살았던 사람이니까.

마침내 환경이 다 망가지고 고기와 다른 호화로운 음식들이 바닥나게 되면 그런 음식 없이 사는 법을 배우게 될 것이다. 사람들이 그렇다. 대통령이 부탁할 필요조차 없겠지.

하지만 만약 물처럼 호사스럽지 않은 것들이 바닥나게 되면 어떨까? 우리가 덜 쓰고, 없이 견디고, 배급하고, 나눠 쓸 수 있을까?

나는 우리가 그런 것들에 대해 조금이라도 연습을 했으면 좋겠다. 나는 우리의 대통령이 우리에게 적어도 그런 것들을 생각할 기회를 줄 만큼 국민을 존중했으면 좋겠다.

나는 진실을 중요시하고 선을 나누는 행동이 내 나라에서 이질적인 것으로 취급받지 않으면 좋겠다. 그래서 내 나라가 남의 나라처럼 느껴지지 않기를, 나는 바란다.

내면의 아이와 벌거벗은 정치인

2014년 10월

지난여름에 티셔츠를 만드는 한 회사에서 내게 인용문 하나를 사용하게 해달라는 요청을 해 왔다.

창의적인 어른은 살아남은 어린이다.

(The creative adult is the child who survived.)

저 문장을 보고 이런 생각이 들었다. 내가 저런 문장을 썼던 가? 그 비슷한 문장을 썼던 것도 같다. 하지만 부디 저 문장이 아니기를 바란다. 창의적인(creative) 이라는 단어가 기업적 사고에 점령당한 이후로 나는 그 단어를 자주 사용하지 않는다. 그리고 어른 중에 누군들 살아남은 어린이가 아닌 어른이 있던가?

그래서 문장을 검색해 보았다. 아주 많은 결과가 나왔고 개중

희한한 것들도 있었다. 그리고 대다수의 검색 결과에서 저 문장을 쓴 사람은 모두 나인 것으로 기록되어 있었다. 하지만 대체 그 출처가 어딘지는 어디에도 밝혀져 있지 않았다.

'쿼츠-클로딩닷컴(quotes-clothing.com)'이라는 사이트의 내용이 제일 기이했다.

친애하는 여러분,

창의적인 어른은 살아남은 어린이다.

창의적인 어른이란 그들을 죽이려 들며 '자라게' 만들려는 세상이 지나간 뒤 살아남은 어린이다. 창의적인 어른이란 학창시절의 단조로움과 나쁜 교사들의 도움 되지 않는 말들, 회의적인 세상으로부터 살아남은 어린이다.

창의적인 어른이란 본질적으로 그저, 어린이다.

거짓을 담아,[41]

어슐러 르 귄

이 짧은 자기 연민의 난장판에서 가장 이상한 부분은 '거짓을

---

41 Falsely yours. Sincerely yours (진심을 담아) 의 말장난. — 옮긴이

담아(Falsely yours,)'였다. 실제 이 글을 쓴 사람이 수줍게도 스스로 가짜임을 반쯤 자백한 흔적이라는 생각이 든다.

저 문장을 찾겠다고 저런 내용이 들어갈 만한, 혹은 내 글에서 잘못 인용했을 만한 단편들을 훑어보았다. 어딘가 있을 거라는 느낌을 아직 떨칠 수가 없었기 때문이다. 그래도 아직까지 찾지 못하고 있다. SF 대화방에 있는 친구들에게 —그들 중에는 학자이면서 직관력이 뛰어난 친구들도 있다.— 혹시 떠오르는 것이 없는지 물어보았지만 도움이 될 만한 사람이 아무도 없었다. 이 가짜 인용의 기원에 대한 설명을 해줄 수 있는 사람이 이 글을 읽게 된다면, 혹시라도 어떤 책의 몇 쪽의 인용인지 '유레카!' 하고 알려주면 더욱 좋겠지만, '북 뷰 카페'에 댓글을 써 주시겠어요? 6월부터 계속 신경 쓰이게 만들었던 일이랍니다.[42]

---

42 이 블로그 포스트에 대한 반가운 답변이 곧장 북 리뷰 카페에 올라왔다. 덕분에 실제 내가 쓴 문장과 잘못 인용되었을 가능성이 있는 출처까지 알게 되었다. 1974년에 쓴 단편 『왜 미국인들은 용을 두려워하는가?(Why Are Americans Afraid of Dragons?)』(단편집 『밤의 언어(The Language of the Night)』로 재출간됨)에서 나는 이렇게 썼다. **나는 성숙이란 벗어나는 것이 아니라 자라는 것이라고 생각한다. 어린이가 죽어서 어른이 되는 게 아니라 어린이가 살아남아서 된 것이 어른이다.** '창조성'이 어쩌고 하는 이야기는 없다. 나는 단지 성숙이 어린 시절에 대한 상실이나 배반이 아니란 점을 지적하고 싶었다. 내 말은 줄리안 F. 플래런 교수가 막대한 분량의 유용한 인용들을 모으던 중 1999년에 최초로 인터넷에서 잘못 인용된 걸로 보인다. 내가 편지를 보냈더니 그는 그 문장이 잘못된 인용이라는 점에 당혹스러워하며 흔쾌히 삭제해 주었다.

인터넷 상의 잘못 귀속된 정보는 네군도단풍나무 딱정벌레와 비슷하다. 이 비참하고 작은 생명체는 난데없이 나타나 계속해서 번식하고 울고 기어 다닌다. 방금 확인해 보니 (2016년 7월 현재) 도서 추천 사이트 굿리즈(Goodreads)와 미국 그래픽 아트 협회(AIGA)는 지금까지도 저 '창의적인 어른' 문장을 내가 쓴 것으로 잘못 인용해놓고 있다. 게다가 그 출처를 '유명한 격언'이라고 써놓기까지 했다. 에고, 내가 뭘 어쩌랴!

널리 알려져 쓰인다는 점에서 저 문장 자체가 나를 더욱 더 괴롭게 한다. 그 말이 실제로 무슨 뜻인가는 관심도 없고 그저 시시하고 뻔한 말을 덥석 받아들여 써먹을 만한 문장으로, 심지어 전시용으로 사용하는 호기로움, 인용의 출처에 대해 딱히 신경 쓰지 않는 경솔함. 내가 인터넷에서 도저히 좋아할 수 없는 점만 모두 모아 놓았다. '어쩌고저쩌고, 누가 뭐래, 정보만 주면 됐지'의 태도. 게으른 정신은 말과 생각 모두를 타락시킨다.

하지만 나를 더욱 경악하게 만드는 건 그 문장이 뜻하는 바다. 오직 어린이만이 생동하며 창의적이라는, 고로 성장이 곧 죽음이라는 논리다.

방대하고 다양한 유년기의 가능성과 통찰력의 신선함을 존중하고 소중히 여길 수는 있다. 하지만 우리의 참된 자신이 오직 유년기에만 있다고 주장하며 창의성이 유아적 기능이라고 말하는 건 또 다른 문제다.

어른으로의 성장에 대한 평가절하는 나 또한 소설 작품과 **내면의 아이**에 대한 신봉을 통해 꾸준히 접하고 있었다.

체제에 적응하지 못하고 반항하는 주인공이 나오는 동화책은

(이후 굳리즈는 해당 문장을 줄리안 F. 플레런 교수의 인용으로 수정하였고 미국 그래픽 아트 협회는 '어슐러 르 귄이 쓴 것으로 잘못 인용되었음'을 명기함. — 옮긴이)

한없이 많다. 남자아이든 여자아이든 (대개 성별이 확실하고 거의 여지없이 빨강머리인) 규칙에 의문을 갖거나 반발하거나 무시함으로써 곤경에 빠진다. 어린 독자들은 누구나 이들 주인공들과 자신을 동일시한다. 당연하다. 어떤 면에서 아이들은 실로 사회에서 어느 정도는 희생자가 된다. 아이들은 가진 권력이 전혀 없다. 그들이 품고 있는 생각을 드러낼 기회도 없다.

아이들은 그걸 안다. 그래서 권력을 가지고, 집단 따돌림을 주동하는 녀석들에게 복수를 하고, 본때를 보여주고, 정의를 세우는 이야기를 읽는 것을 좋아한다. 그렇게 하고 싶어 한다. 그래야 자랄 수 있고, 스스로 책임지기 위해서 독립을 요구할 수 있으니까.

어린이는 착하고 창의적이지만 어른은 나쁘거나 내면이 죽어 있다는 이분법으로 단순화된 인간 사회를 그린 문학은 아이와 어른 모두를 독자로 삼는다. 거기에 나오는 주인공 어린이는 체제 반항적일 뿐 아니라 자신을 둘러싼 편협하고 강압적인 사회, 멍청하고 무디고 비열한 어른들에 비해 모든 면에서 뛰어나다. 주인공은 다른 아이들과 우정을 쌓기도 하고 다른 피부색을 가진 인자한 할아버지 유형의 인물에게 이해심을 배운다. 어쩌면 사회 주변부를 살아가는 인물이나 사회에서 소외된 다른 유형의 인물에게 그와 같은 것을 배울 수도 있다. 하지만 자신과 같은 부류의 어른들에게서는 배울 게 아무것도 없다고 생각한다. 어른들 또한 주인공에게 뭘 가르쳐줄 깜냥이 되지 않는다. 그렇게 주인공 어린이는 항상 옳은 인물, 자신을 억압하고 오해하는 어른들보다 현명한 인물로 그려진다. 하지만 이렇게 대단한 통찰력을 가진 현명한 아이가 그 현실에서 탈출할 방법이 없다. 이 아이는 희생자다. 홀든 콜필드[43]가 이런 어린이의 전형이며 피터 팬은 그의 직계 선조라 할 수 있다.

톰 소여도 이 아이들과 공통점이 있고 허클베리 핀도 마찬가지다. 하지만 톰과 허크는 감상적이거나 도덕적으로 지나치게 단순화된 인물이 아니다. 둘은 희생자가 되기를 거부한다. 또한 엄청난 반어적 유머 감각을 가진 유형의 인물이며 실제 그런 인물로 묘사된다. 그런 점이 자기 연민이라는 중요한 요소에 영향을 끼친다. 응석받이 톰은 무의미한 법과 의무에 잔인하게 억압당하는 자신을 보고 싶어 안달이 났다. 반면, 인신공격과 사회적 학대의 진정한 희생자인 허크는 전혀 자기 연민에 빠지지 않는다. 하지만 둘 다 어른이 되려는 마음, 자기 삶의 주인이 되어 책임을 지려는 마음이 충만하다. 그들은 정말 그렇게 될 것이다. 톰은 보나마나 그가 속한 사회의 성공적인 기둥으로, 허크는 인디언 영토에서 더 자유로운 자유인으로 말이다.

---

43 Holden Caulfield. 『호밀밭의 파수꾼(The Catcher in the Rye)』의 주인공. — 옮긴이

자기 연민에 빠진 대단한 통찰력의 아이와 내면의 아이의 공통점은 게으름이다. 어른이 되는 것보다 어른 탓을 하는 편이 훨씬 쉬운 법이니까.

　　누구나 사회로부터 억압받은 **내면의 아이**를 품고 있다는 아이디어, 우리가 '참된 나'인 **내면의 아이**를 길러서 창의성을 발산해야 한다는 믿음은 지혜롭고 사상이 깊은 수많은 현인들이 주장한 직관을 과잉 환원주의적으로 진술해 놓은 것처럼 보인다. 현인들 중에는 예수도 있다.

　　너희가 돌이켜 어린아이들과 같이 되지 아니하면, 너희가 결단코 천
국에 들어가지 못하리라.[44]

　　몇몇 신비주의자들과 수많은 위대한 예술가들은 어린 시절을 영감의 깊은 원천으로 여겼다. 그들은 내적 삶에서 어린 시절과 어른이 된 지금이 단절되지 않도록 내면의 접점을 유지할 필요가 있다는 말도 했다.

　　한 번 정리해 보자. 우리가 정신적인 문을 열어서 갇혀 있는 **내**

44　마태복음 18장 3절. — 옮긴이

면의 아이가 튀어나오도록 하면 그 아이가 우리에게 노래하고 춤추고 그림을 그리고 생각하고 기도하고 요리하고 사랑하는 등등의 방법을 가르쳐준다는 뜻인……가?

워즈워스는 우리가 자신의 어린 자아와 연결될 필요가 있지만 그게 쉽지 않다는 것을 알고 있었다. 그리고 그 점에 대해 아주 멋진 표현을 『불멸의 송가(*Ode on Intimations of Immortality*)』에 남겨놓았다. 이 시는 깊은 감동과 심오한 생각, 급진적인 논쟁거리를 안겨준다.

우리의 태어남은 한낱 잠이며 망각일 뿐……

그에게 탄생은 백지 같은 비존재와 태아 단계의 불완전함에서 어린아이라는 충만한 존재로의 각성이 아니다. 성숙 또한 편협함이나 황폐함, 백지인 죽음으로 가는 여정이 아니다. 이 송가는 영혼이 스스로의 무한한 존재를 잊고 생명력을 얻는 것을 탄생으로 보고 있다. 그리고 삶을 통틀어 오직 암시와 잠깐의 계시를 통해서만 영혼인 자신의 존재를 기억할 수 있다고 말한다. 그리고 오직 죽음으로만 자신의 존재를 완전히 소환하여 영혼으로 복귀할 수 있게 된다.

자연은 우리로 하여금 끝없이 영원을 떠올리게 만든다. 워즈워

스는 어린 시절의 우리가 개방성을 가지고 자연을 대했다고 말한
다. 그러나 어른이 되어 '관습'이 '서리처럼 무겁고 거의 생명처럼
깊게' 우리에게 드리워지면 우리는 그 개방성을 잊게 된다.

저 희미한 회상들은,
　　그 본질이 무엇이건 간에,
아직도 우리 모든 나날의 원천적 빛이며,
아직도 우리 모든 시각의 주된 빛이로다.
　　우리를 지탱해 주고, 소중히 길러주어,
우리의 소란한 세월을 영원한 침묵의 존재 안에서
순간처럼 보이게 하는 힘을 지녔으니. 이는 깨어 있고
　　결코 소멸되지 않을 진리로다.

나는 특히 이 부분을 애지중지한다. 여기에 어떠한 종교적 신념
체계에서 나온 서술도 보이지 않기 때문이다. 빛에서 어둠을 거쳐
다시 빛으로, 미스터리에서 더욱 무한한 미스터리로 변하는 인간
의 존재. 이러한 통찰이라면 신앙인과 자유사상가가 함께 공유할
수 있다.

그의 통찰에 따르면, 경험에 대한 어린아이의 순수하고, 판단하
지 않고, 완전무결한 개방성은 도달 가능한, 혹은 어른이라면 다

시 얻을 수 있는 영적 특성이 된다. 이거야말로 **내적 아이**라는 아이디어가 가지는 본래 의미, 또는 최선의 의미이자 모든 의미일 것이다.

워즈워스는 성숙의 가치를 부인하거나 어린이가 되려고 함으로써 그 아이를 이끌어내라고 감상적으로 호소하지 않는다. 나이가 들면 당연히 자유로움과 지각력, 그리고 즐거움을 잃는다. 우리가 할 일은 성장이 어떤 단계에 머물게 하는 것이 아니라 성장의 모든 단계를 우리 안에 발현시켜 충실하게 인간의 삶을 누리는 것이다.

비록 그 무엇도 목초의 찬란함과
　　꽃의 영광의 시절을 되돌릴 수 없을지라도,
　　우리는 비탄에 잠기지 않고 오히려
　　뒤에 남겨진 것에서 힘을 찾으리라;
　　여태껏 있었으며 영원히 있을 것이 틀림없는
　　원초적 공감 속에서;
　　인간의 고통에서 솟아오르는
　　위안의 사념 속에서;
　　죽음을 꿰뚫어 보는 신념 속에서;
사색의 정신을 안겨주는 세월 속에서.

(내가 그랬듯 여러분이 저 *위안*이라는 단어에 놀라서 인간의 고통이 어떻게 위안을 줄 수 있는가를 고민했다면, 아마도 여러분 또한 나처럼 그 경이로움이 바로 열쇠이자 신호임을 깨달을 수 있을 것이다. 시인의 직설적인 언어는 그러한 신호를 통해 첫눈에 겉으로 드러나는 명료성보다 훨씬 많은 것을 내포하게 된다. 이 시에서 그가 말하려는 내용은 무엇 하나 단순한 것이 없다. 그럼에도 매우 쉽게 읽혀서 시를 따라가다 보면 우리가 이해한 내용을 더 깊은 이해로 이끌어 준다.)

내적 아이에 대한 신봉은 워즈워스가 종합적으로 취급한 것을 지나치게 단순화시킨다. 또한 그가 열어둔 것들을 닫아버리는 경향이 있다. 워즈워스는 그 무엇도 대립 관계로 보지 않는다. 반면 **내적 아이**에 대한 신봉은 대립 관계를 만들어낸다.

'아이는 선하다. 그러므로 어른은 나쁘다.

아이가 되는 건 멋진 일이다. 그러므로 어른이 되는 건 최악이다.'

어른이 되는 건 물론 쉬운 일이 아니다. 아기들은 아장아장 걷기 시작하면 곤경에 빠진다. 워즈워스는 그런 것에 대한 환상이 없었다.

감옥의 그림자가 자라나는 소년 위에
드리우기 시작한다.

어른으로 변해가는 청소년기는 많은 문화권에서 어렵고도 위험한 시기로 본다. 남자아이들은 잔인한 성인식을 치르게 하고 여자아이들은 (월경을 시작하자마자) 혼인시켜 버림으로써 청소년기를 야만적으로 제거하는 징벌적 방식을 모든 사회에서 아주 흔하게 볼 수 있다.

나는 아이들을 '엄청난 과제를 부여받은 미완의 존재'라고 생각한다. 아이들은 완수해야 할 과제가 있다. 바로 가능성의 실현이다. 성장이다. 아이들 대부분은 이 과제를 이루고 싶어서 나름의 최선을 다한다. 그리고 그걸 완수하기 위해 누구나 어른의 도움을 필요로 한다. 이러한 도움을 우리는 '가르침'이라고 부른다.

물론 가르침이 잘못될 수 있다. 구속하고 어리석게 만드는 교육, 잔인한 교육을 할 수 있다. 우리가 하는 모든 행동은 항상 잘못될 가능성이 있다. 하지만 가르침을 경시하여 어린이다운 자발성을 억누르는 수단으로만 이용하면 안 된다. 이는 구석기 시대부터 항상 있었던 세상의 모든 참을성 있는 양육자와 교사들에게 엄청나게 부당한 처사다. 또한 아이들의 성장할 권리와 그들의 성장을 돕는 어른들의 책임감을 부정하는 짓이다.

아이들은 천성적으로, 그럴 필요에 의해서 무책임하다. 그리고 아이들의 무책임함은 강아지나 고양이 새끼들의 무책임함과 마찬가지로 그들이 가진 매력의 일부다. 무책임함을 가지고 어른이 되면 곧장 실제적이고 윤리적인 실패를 경험한다. 통제되지 않은 자발성은 스스로를 좀먹는다. 무지는 지혜가 아니다. 순수는 오직 영적일 때만 지혜가 될 수 있다. 우리 모두는 평생에 걸쳐 어린이에게서 배우고 있고, 배울 수 있다. 그러나 '어린아이처럼 되기'는 영적인 조언이지 지적인 조언이 아니다. 실제적이거나 윤리적인 조언도 아니다.

우리의 왕이 벌거벗었는지 알아보기 위해서 우리는 진정 한 아이가 왕이 벌거벗었다 말할 때까지 기다려야 한단 말인가? 누군가의 **버릇없는 내적 꼬마**가 지껄이기를 참고 기다릴 셈인가? 그렇다면 우리는 앞으로 벌거벗은 정치인들을 아주 많이 보게 될 것이다.

약간의 제안: 식물연민

2012년 6월

인류를 위하여 잡식주의, 육식주의, 채식주의 그리고 비건이라는 우리의 원시적 상태를 초월할 때가 되었다. 우리는 필연적으로 유기체주의(Organism)라는 다음 단계로 나아가야 한다. 이는 비만과 알레르기에서 탈피하고 수치를 모르는 순진함을 처벌하는 에어로보어(Aerovore)로 사는 방법이다. 우리의 모토는 우리에게 필요한 건 오직 *O*뿐이 될 것이다.

고통받는 동물들을 염려하는 사람들이 많다. 우리가 고기와 젖, 알을 얻기 위해 번식시키지 않으면 동물원 밖 세상에 과연 존재할까 의문인 동물들이다. 우리는 식물들의 끝없이 막대한 고난에는 이상하리만치 관심을 갖지 않으며 계속해서 야생을 가두고 점유한다. 어떤 식물들이 우리 손에 시련을 당하는지 잠깐만 생각해 보자. 우리는 가차 없이 선별적으로 식물을 재배한다. 교란시키고, 괴롭히고, 중독시키며 광활한 단일 재배지에 빽빽하게 밀어 넣는다. 식물의 복지를 생각하는 경우는 오직 우리의 요구에 부합할 때뿐이다. 우리는 단지 씨, 꽃, 열매 등 부산물을 얻기 위해서 대량 재배를 한다. 그리고 식물의 고통은 생각지도 않고 도살해버린다. '추수'할 때면 식물은 땅이나 가지에서 뽑혀 나가고 산채로 뜯기거나 베어지고, 썰리고, 깎이며, 조각조각 찢긴다. '요리'할 때는 끓는 물이나 기름에 빠져 죽거나 오븐에 들어가 죽는다. 최악은 산 채로 먹혀 인간의 입안에 쑤셔 넣어져 인간의 이에 씹혀 종종 살아 있는 상태로 삼켜지는 것이다.

여러분이 가게에서 사서 비닐봉지에 넣었다고 해서 콩이 죽었을까? 오랜 시간 냉장고에 들어 있었다고 해서 당근이 죽었을까? 여러분은 그 콩들을 축축한 땅에 조금 심고 한두 주 정도 기다려 본 적이 있는가? 당근 꼭대기를 잘라 신선한 물이 담긴 접시에 올려놓고 한두 주를 기다려 본 적은 있는가?

식물의 생명력은 눈에는 덜 띌지 몰라도 동물의 생명력보다 훨씬 더 강하고 끈질기다. 만약 굴 하나를 신선한 물이 담긴 접시에 담아 일주일을 내버려 둔다면 결과는 많이 달라질 것이다.

그렇다면 어째서 굴을 음식으로 전락시키는 건 비윤리적이라 하면서 당근이나 두부 조각에 그런 짓을 하는 건 떳떳하고 고결하기까지 한 행위가 되는 걸까?

"당근은 고통스러워하지 않잖아요."

비건은 그렇게 말한다.

"콩은 신경계가 없어요. 고통을 느끼지 않죠. 식물은 느낄 수 없어요."

많은 사람들이 천년 동안 동물에 대해서 했던 말이 바로 이거다. 그리고 아직도 대다수가 물고기에 대해서 이렇게 말하고 있다. 과학자들이 우리들에게 ── 우리들 중 일부에게 ── 인간의 동물성을 인식하게 만들었듯이, 우리는 모든 고등 동물들이 아픔과 공포로 인해 적어도 우리가 느끼는 것만큼이나 극심한 고통을 느낀다는 점을 인식하도록 강요당해 왔다. 허나 한때 동물들은 정신이 없는 기계라는 주장을 뒷받침하기 위해 과학을 악용했던 것처럼 지금은 비동물적 생명체인 식물이 감정을 못 느낀다는 주장을 옹호하려고 과학을 악용하고 있다.

우리는 그런 것을 전혀 모른다.

과학은 이제 겨우 식물의 감수성과 식물의 의사소통을 연구하기 시작했을 뿐이다. 아직 빈약하지만 낙관적이고 흥미로우며 낯선 결과를 얻었다. 그 구조나 절차가 동물의 감각계와 신경계와 매우 상이하기 때문에 겨우 이해할 수 있을 정도다. 하지만 이 시점에서 과학이 그 주제에 대해 해야 할 발언은 식물이 감각을 느끼지 못한다는 편리한 신념을 정당화하는 데에 실패했다. 우리는 당근이 무엇을 느끼는지 알 수 없다.

　사실 우리는 굴이 느끼는 것도 알지 못한다. 착유 당하는 소에게 의견을 물을 수도 없는 일이다. 그래도 우리는 젖소의 유방이 가득 차면 안심할 거라고 짐작해 볼 수는 있다. 다른 생명체에 대한 인간의 추측은 대개 이기적이다. 그리고 아마도 가장 깊이 자리 잡은 추측은 식물은 감각이 없고 비이성적이며 아둔하다는 가정일 것이다. 그래서 동물에 비해 '열등하고', '우리가 이용해도 된다.' 이런 성급한 판단 때문에 우리들 중 가장 마음이 여린 사람들조차 식물을 천대하고 자비 없이 식물들을 죽인다. 우리가 여린 케일 줄기나 부드럽고, 예민하며, 돌돌 말린 완두콩의 넝쿨손을 태연하게 먹어치우는 행위를 하는 와중에도 양심의 순결성을 자축하도록 허용한다.

　내 생각에 그런 잔인한 위선을 피하고 진정한 양심의 투명성을 성취하기 위한 유일한 방법은 오건(Ogan)이 되는 길이다. 오건 운동이 태생적으로나 원칙적으로, 개개인의 입장에서 보면, 오래가지 못할 운명이었다는 점은 애석한 일이다.[45] 하지만 대의의 최초 순교자들은 일반 대중이 그들을 뒤따르도록 영감을 주어 다른 생명체나 그 부산물을 먹어 생명을 유지하는 극도로 부자연스러

45　공기와 물만으로 살다가는 결국 죽음을 맞이하게 될 것이기 때문. — 옮긴이

운 관행을 포기하게 만들 것이라 확신한다.

오직 대기와 물(H_2O)의 오염되지 않은 순수한 산소(O)만 섭취하는 오건들은 온갖 동물 및 식물들과 진정한 우의를 맺고 살 것이다. 또한 할 수 있을 때까지 자랑스럽게 그들의 신조를 설파할 것이다. 아마도 그렇게 몇 주간 이어지리라. 가끔씩은.

신념에의 신념
2014년 2월

사랑, 희망, 꿈 등의 영감을 주는 단어를 새겨놓은 돌을 살 때가 있다. 그 중에는 **신념**이라고 새겨놓은 돌도 있다. 그걸 보면 나는 어리둥절하다. 신념이 미덕에 속하던가? 그건 그 자체로 가치 있지 않은가? 뭔가를 믿기만 한다면 무얼 믿는지는 상관없지 않나? 만약 내가 화요일마다 말이 아티초크로 변한다고 믿는다면 그럴 리 없다고 의심하는 사람보다 나은가?

찰스 블로가 쓴 괜찮은 사설 하나가 2014년 1월 3일 《뉴욕 타임스》에 실렸다. '독실한 전사들의 세뇌'라는 제목으로, 급진 공화주의자들이 종교를 이용해 사실 관계에 대한 사람들의 생각을 교란시켰으며 그것이 매우 성공적으로 이루어지고 있다는 내용을 다루었다. 그는 2013년 12월 30일 자 퓨 보고서[46]를 통해 이

낙담스러운 통계를 제공했다.

> 작년에……. 진화론을 믿는 민주당원의 비율은 67퍼센트로 미등했고 진화론을 믿는 공화당원의 비율은 43퍼센트로 완전히 곤두박질쳤다. 이제는 '인간과 다른 생명체들은 태초부터 지금까지 현재의 형태 그대로 존재해 왔다'고 믿는 공화당원이 진화론을 믿는 공화당원보다 더 많다.

찰스 블로의 예리한 지성과 신뢰할 만한 동정심을 존중해 마지 않지만, 여기에서 그가 선택한 단어가 나를 우려하게 만든다.

그는 이 문단에서 네 번이나 믿는다는 말을 씀으로써 과학적 이론의 신빙성과 종교적 경전의 신뢰도를 서로 비교할 수 있다는 암시를 비쳤다.

나는 그렇게 생각하지 않는다. 그리고 사실로서의 타당성과 영적 신념 혹은 믿음이 — 순전히 비꼬아 말해서 — 혼동된다는 그의 말에 동의하기 때문에 혼란을 바로잡고자 이에 대해 쓰려고 한다.

퓨 보고서에서 사용한 질문의 정확한 표현은 찾지 못했다.

---

46 Pew report. 미국의 비영리 사회조사기관 퓨 리서치 센터(Pew Research Center)에서 발간한 연구 보고서. — 옮긴이

그 보고서에서는 *생각한다*는 말을 *믿는다*보다 더 자주 쓰며 '사람들은 인간과 다른 존재들이 세월에 따라 진화해 왔다고 **생각**하거나 그런 아이디어를 **거부**한다.'고 되어 있다.

그 표현에 나는 다소 안심이 되었다. 만약 여론조사가가 내게 "진화를 믿으세요?"하고 물으면 내 대답은 "아니오."이기 때문이다.

물론 나는 아예 대답을 거절해야 할 것이다. 의미 없는 질문은 의미 없는 대답만을 낳는다. 진화를 믿느냐, 변화를 믿느냐는 질문은 화요일을 믿느냐, 아티초크를 믿느냐는 질문만큼 말이 안 되는 질문이다. 진화라는 단어는 어떤 것이 다른 것으로 바뀌는 변화를 뜻한다. 그런 일은 늘 일어난다.

우리가 진화(*evolution*)라는 단어를 진화론(*the theory of evolution*)이라는 뜻으로 사용하는 것이 문제다. 이런 약칭은 정신적인 단락을 초래한다. 가설(관찰 가능한 사실에 관한)과 계시(히브리 경전의 신에서 말하는) 사이에 잘못된 등호를 긋는다. 그러고 나서 믿는다는 단어를 막연하게 사용함으로써 강화한다.

나는 다윈의 진화론을 믿지 않는다. 나는 그 이론을 납득한다. 그건 신념의 문제가 아니라 증거의 문제이기 때문이다.

과학이 맡고 있고, 또 맡을 수 있는 분야는 현실을 다루는 일이다. 실재하는 물질과 사건의 실상은 과학이 의문을 가지고, 가설을 세우고, 증명하거나 반증하고, 납득하거나 배제할 대상이지 믿거나 믿지 않을 대상이 아니다.

믿음은 마법, 종교, 공포, 그리고 희망이 지배하는 세상에서 참되고 강한 존재이다.

나로서는 진화론을 받아들이는 것과 신을 믿는 것이 서로 위배되는 점이 뭔지 알 수가 없다. 과학적 이론의 지적인 수용과 초월적인 신에 대한 믿음은 겹치는 점이 거의 없다고 봐야 한다. 서로 옹호하거나 반박할 수도 없다. 둘은 하나의 세계를 완전히 다른 관점에서 보면서 발생했고 다른 방식으로 현실에 접근한다. 물질적인 방법과 영적인 방법이 그것이다. 둘은 완벽한 조화를 이루며 공존할 수 있고 실제로 종종 공존한다.

아주 극단적이게 문자 그대로 해석한 종교적 텍스트를 읽다 보면 고심하게 된다. 몇천 년 전에 신이 우주를 6일 만에 창조했다는 말을 아직도 믿는 사람이 있다 해도 그것이 우주의 나이가 수십억 년이라는 물질적 증거의 영향을 받지 않는 종교적 사실임은 수긍할 수 있을 것이라 생각한다. 그리고 그 반대의 경우도 마찬가지다. 갈릴레오는 알고 있었지만 그를 심문한 사람은 몰랐다. 지구가 태양 주위를 도는가 태양이 지구 주위를 도는가 하는 것은 신이 만물의 종교적 중심이라는 믿음에 서로 영향을 끼치지 않는다.

오직 믿음만이 세상을 놀라운 것으로 여긴다는 생각과 과학의 '엄연한 사실'이 온갖 놀라움을 앗아간다는 생각, 과학적 이해가 자동적으로 종교나 영적 통찰을 위협하고 약화시킨다는 아이디어는 터무니없는 얘기일 뿐이다.

말도 안 되는 얘기 중에는 동업자 간의 경쟁의식이나 공포에서 파생된 것도 있다. 성직자와 과학자들은 인간 정신에 대한 영향력과 통제력을 두고 경쟁한다. 무신론자들도 불평을 하고 근본주의자들도 목에 핏대를 올린다. 격렬하고 편파적이며 기만적이다. 직업 과학자 대다수가 종교가 있든 없든 종교의 공존을 수긍한다는 점은 그래서 인상적이었다. 각자 영역에서 최고임을 인정하고 하던 일을 계속하는 것이다. 그래도 몇몇 과학자들은 종교를 혐오하고 두려워하며 욕하기도 한다. 일부 사제들과 수도사들 중에는 물질적 사실보다 경전의 계시에 절대적 우위를 부여하길 원한다.

그래서 그들은 서로 치명적인 덫을 놓기에 이른다.

만약 신을 믿는다면 진화론을 믿을 수 없다. 그 반대도 마찬가지다.

하지만 이 말은 마치 화요일을 믿는다면 아티초크를 믿을 수 없다는 말처럼 들린다.

어쩌면 신도들이 과학의 영역에 신념이 포함되지 않는다는 걸 믿지 못해서 빚어진 문제일지도 모르겠다. 그래서 지식과 가설을 헷갈려 하고, 필연적으로 어떤 것이 과학적 지식이며 어떤 것이 과학적 지식이 아닌지를 오해하게 된 것이다.

과학적 가설은 현실의 관찰에 기반한 지식의 잠정적인 주장이며 그 주장을 옹호하는 사실적 증거의 모음이다. 실재적 내용이 없는 주장(신념)은 가설과 아무런 관계가 없다. 가설은 언제나 반박을 받는다. 가설을 반박하는 유일한 방법은 관찰에 근거한 사실로 그 가설을 반증하는 것이다.

지금까지의 증거는 진화론의 가설을 완전히 뒷받침하고 있다. 기원부터 진화가 이루어진 지구에 사는 생명체들은 변화에 적응하면서 단세포 유기체에서부터 광범위하고 풍부한 종들에 이르기까지 발달해 왔고, 또한 지금 이 순간에도 적응과 진화가 계속되고 있다. (갈라파고스의 되새 종이나 나방의 천연색, 아메리카 올빼미와 반점 올빼미의 이종교배를 비롯해서 백여 가지의 다양한 예들을 통해 진화를 확인할 수 있다.)

그럼에도 불구하고 엄격한 과학자들에게 진화론은 절대적인 지식이 아니다. 철저하게 검증되고 증거가 충분하더라도 이론은 이론이다. 추가적인 관찰을 통해 얼마든지 바뀌거나 보완되고 다듬어지거나 확장될 수 있는 것이다. 진화론은 신조가 아니다. 신념의 파편이나 도구도 아니다. 과학자들은 그걸 이용하며 실행하고 심지어는 믿기라도 하듯이 옹호한다. 하지만 그건 진화론을 믿고 있기 때문이 아니다. 그들은 진화론을 수용하고 이용하고 부적절한 공격에 대항하여 방어한다. 왜냐하면 진화론이 지금껏 반증을 위한 엄청난 도전들을 이겨냈기 때문이다. 진화론이 유효하기 때문이다. 이 가설이 중요한 일을 하기 때문이다. 진화론은 설명이 필요한 일들을 해석해 준다. 인간 정신을 사실에 근거한 발견과 이론적 상상의 새로운 영역으로 이끌어주었다.

다윈의 이론은 우리의 현실 인식, 잠정적이기만 했던 지식을 방대하게 확장해 놓았다. 그의 이론을 시험하고 있는 한, 그리고 시험할 능력이 되는 한, 우리는 항상 그것을 개선해 나가며 진정한 지식 — 훌륭하고 풍부하고도 아름다운 통찰력 — 으로 받아들일 수 있도록 만들 것이다.

밝혀진 진실이 아니라 애써서 얻은 진실로서 말이다.

영성의 영역에서는 인간이 지식을 획득할 수 없는 것처럼 보인다. 인간은 오직 선물로서 지식을 수용한다. 믿음이라는 선물. 믿음은 훌륭한 단어이다. 믿는 진실 또한 훌륭하고 아름다울 수 있다. 여기서 아주 중요한 것은 무엇을 믿는가이다.

나는 우리가 사실관계의 문제에서 믿음이라는 단어를 그만 사용하길 바란다. 종교적 신의와 세속적인 희망의 문제로, 원래 속한 곳에 남겨두길 바란다. 우리가 그렇게 한다면 불필요한 고통을 아주 많이 피할 수 있을 거라고 나는 믿는다.

분노에 관하여

2014년 10월

I. 격렬한 분노

페미니즘의 두 번째 물결로 여성 의식이 함양되어 가던 시절에는 분노, 특히 여성의 분노에 유난을 떨었다. 우리는 분노를 칭찬하고 미덕으로 만들었다. 화난 것을 과시하고 분노를 뽐내며 격노를 가장하는 법을 배웠다.

그때는 그렇게 하는 것이 옳았다. 우리는 모욕과 상처와 학대를 인내로 견뎌야 한다고 믿는 여성들에게 당신이 화낼 이유가 충분하다고 말해주었다. 우리는 사람들을 각성시켜 불의를, 여성이 당하는 그 조직적인 홀대를 느끼고 직시하도록 만들었다. 거의 전 우주가 여성의 인권을 무시했기에 여성들과 다른 이들을 위해 그러한 처사에 분개하며 용납지 않았다. 분노는 격분에서 힘을 얻고 격분은 화에서 힘을 얻는다. 언젠가는 화를 내야 할 때가 온다. 그때가 그랬다.

불의에 저항할 동기를 부여하는 측면에서 화는 유용하면서도 어쩌면 필수 불가결한 도구일 것이다. 하지만 나는 화를 무기라고 생각한다. 전투와 자기 방어를 위해 사용할 때만 유용한 도구.

남성 지배가 중요하고 필수적이라고 여기는 사람들은 여성의 저항, 그러니까 화를 두려워한다. 그들은 무기를 알아보고 즉각적으로 예상 가능한 역공을 한다. 인간의 권리가 남성 권리의 총합인 줄 아는 사람들은 정의를 요구하며 목소리를 높이는 모든 여성들을 낙인찍었다. 남성 혐오자, 브래지어를 태우는 여자, 참을성 없는 입이 걸은 여자라고. 대중 매체도 그들의 관점을 지지했기 때문에 그들은 페미니즘과 페미니스트라는 단어의 의미를 비하하는 데에 성공했다. 그 단어들을 과민증과 동일시함으로써 거의 쓸모없게 만들 정도였다. 심지어 지금까지도 그렇다.

극우파는 전쟁에 관한 거라면 뭐든 다 보고 싶어 한다. 1960년에서 1990년 사이의 페미니즘을 보면 제2차 세계 대전처럼 싸웠구나 할 것이다. 결국은 진 쪽이 많은 이득을 봤다. 요즘에는 공공연한 남성 지배가 당연시되는 경향이 덜하다. 실소득의 남녀 차도 어느 정도 좁혀졌다. 특히 고등 교육 분야에서 특정 종류의 고위직에 보다 많은 여성들이 진출했다. 특정 한도 내에서 상황에 따라 다르긴 해도 여자아이들도 건방지게 굴 수 있고 여성들은 위험을 감수하지 않아도 남성과 동등하게 대우받는다고 가정할 수 있게 되었다. 섹시한 여자가 잘난 체하며 담배를 피우는 옛날 광고에서 그랬던가.

'참 오래도 걸렸죠, 자기.'

아이고, 세상에. 고마워요, 보스. 폐암도 감사하고요.

전쟁터 대신에 보육원에 비유하기 위해서 페미니즘을 아기라고 가정하자. 그 아이가 이제 훌쩍 자라 자신의 욕구와 불만을 표현하는 유일한 방법이 화, 짜증, 행동으로 옮기기, 쳐부수기였던 시기를 벗어났다. 양성 권리를 얻겠다고 그저 화를 내는 건 이제 딱히 효과가 없다. 분노가 모욕과 무례의 올바른 대처법이긴 하지만 현재의 도덕적 풍토에 따르면 자신의 생각을 꾸준하고 단호하게 표현하며 도의적인 행동을 할 때 가장 큰 효과를 보게 되는 것 같다.

낙태권리에 대한 쟁점을 살펴보면 더욱 가시적으로 드러난다. 낙태권리 옹호자들의 확고부동한 비폭력에 고함과 협박, 반대 세력의 폭력이 응수했다. 그 대가로 반대 세력은 전혀 환영받지 못했고 그들의 폭력도 마찬가지였다. 만약 나랄(NARAL)[47]이 티 파

---

47   전국낙태권리행동연맹(National Abortion Rights Action League). — 옮긴이

티(Tea Party)[48] 대변인처럼 똑같이 분노를 표출했더라면, 진료소에서 총을 휘둘러 무장한 시위대를 방어했더라면 대법원의 낙태권리 반대 세력은 로 대 웨이드(*Roe vs. Wade*) 판결[49]을 찬찬히 분석하는 수고를 할 필요도 없었을 것이다. 이미 그럴 명분이 없었다.

그런 방법이 실패할 수도 있겠지만 우리들이 그 방식을 지지하고 단단히 고수해 나가면 결코 질 일은 없을 것이다.

거부된 권리는 분노를 통해 강력히 지적할 수 있다. 하지만 분노로는 권리를 잘 이행할 수 없다. 권리는 집요하게 정의를 추구함으로써 제대로 행사할 수 있다.

자유의 가치를 소중히 여기는 여성이 억압에 의해 결과를 예측할 수 없는 갈등 상황에 빠지고, 부당한 법률의 부과에 대항하여 우리들 자신을 방어하도록 강요당한다면, 우리는 다시 한번 분노라는 무기를 사용할 것을 촉구할 수밖에 없을 것이다. 하지만 아

---

48 티 파티 운동(Tea Party Movement). 보스턴 차 사건에서 유래한 이름으로 '정부가 해결책'이라는 오바마 정부의 '큰 정부'에 대한 반발로 시작된 보수주의 정치 운동. CNBC 기자인 릭 산텔리(Rick Santelli)가 2009년 오바마 정부의 주택 차압 방지를 위한 법안을 비난하며 "우리는 7월 시카고에서 이에 저항하는 티 파티를 가질 생각이다."라고 농담처럼 했던 말이 도화선이 되어 순식간에 소셜 미디어를 통해 확산, 전국적으로 티 파티가 구성됨. 2009년 2월 첫 전국 집회를 시작으로 300여개에 이르는 독립적인 지방 조직과 5개의 전국적 조직을 포괄하는 대규모 시민운동으로 발전. ― 옮긴이

49 임신 중절을 사생활에 관한 기본권에 포함하여 미국 최초로 낙태를 합법화한 대법원 판결. 낙태를 처벌하는 대부분의 법률이 미 수정헌법 14조 '적법절차 조항에 의한 사생활의 헌법적 권리'에 위헌이라는 판결을 내림. ― 옮긴이

직은 그런 순간이 도래하지 않았다. 나는 어떤 행동으로든 우리가 그런 순간을 재촉하지 않기 바란다.

분노가 그 효용을 넘어 계속되면 정의롭지 않아지고, 나아가 위험으로 바뀐다. 분노 자체를 목적으로 성장하고, 분노 그 자체를 가치 있게 여겼다가는 목표를 잃고 만다. 분노는 적극적 행동주의 대신 퇴보, 집착, 복수, 독선을 땔감으로 쓰기 때문이다. 지난 몇 년간 미국 정치계에서 보수 우파는 인종차별, 여성 혐오, 반이성주의를 통해 분노의 파괴력을 소름 끼치도록 잘 보여주었다. 증오를 이용하여 계획적으로 조장된 분노는 사람들의 생각을 지배하고, 행동을 통제했다. 부디 우리의 공화당이 자기만족적 분노의 난장판에서 살아남기를 바란다.

II. 사사로운 분노

지금까지는 대중적 분노, 혹은 정치적 분노라고 부를 수 있을 만한 것에 대해 썼다. 하지만 이제는 개인적인 경험을 주제로 생각을 이어나가 보고자 한다. 바로 화를 내는 것. 분노하기이다. 이 주제는 아주 까다로운 것 같다. 왜냐하면 나도 강렬한 감정을 가졌으나 온화한 본성을 겸비한 여성이라 생각하고 싶지만, 얼마나 자주 분노가 내 행동과 생각을 부추기는지, 어찌나 빈번히 내가 분노에 탐닉하는지 깨달을 수밖에 없기 때문이다.

영혼을 손상시키거나 좀먹지 않고서 분노를 무한정 억누르기란 불가능한 줄은 나도 안다. 하지만 장기적으로 볼 때 분노가 어떻게 유용하다는 말인지 모르겠다. 사사로운 분노를 장려해야 하는 걸까?

언제든 표현의 자유에 기반하여 사사로운 분노를 미덕으로 간주하면, 우리가 원하는 건 불평등에 대한 여성의 분노일진대, 그게 어떤 역할을 할까?

물론 분노의 폭발로 영혼을 정화하고 상황을 개선시킬 수 있다. 그러나 난폭해진 분노는 억압된 분노처럼 행동하기 시작한다. 복수심, 심술, 불신으로 분위기를 해치고, 원한과 억울함을 키워 그 원인, 억울함의 정당성에 대고 끊임없이 피를 흘린다.

적절한 순간에 대상을 잘 조준해서 간략하게 분노를 드러내는 것이 효과적이다. 그럴 때 분노는 좋은 무기가 된다. 하지만 무기는 오직 위험한 순간에 적절히 사용함으로써 정당화될 수 있다. 저녁마다 식탁에서 가족들에게 무섭게 화를 내고, TV 채널 때문에 벌어진 말싸움을 끝내겠다고 성질을 부리거나, 불만이 있다고 앞차에 바짝 붙어 달리다가 시속 130킬로미터로 운전석 옆을 앞질러가며 **꺼져!** 하고 소리치는 행동은 어떤 이유로도 정당화될 수 없다.

아마 이런 문제 아닐까: 위협을 받을 때 우리는 무기를 꺼내 든다. 분노다. 그러면 그 위협이 그냥 지나가거나 사라진다. 하지만 무기는 아직 내 손에 쥐어져 있다. 이 무기는 유혹적이고, 더 나아가 중독적이다. 나에게 용기, 안전, 지배력을 보장한다.

나 자신의 분노에서 긍정적인 면을 찾다가 한 가지를 발견했다. 자기 존중감이다. 남에게 업신여김을 당하거나 남이 나를 깔보면, 나는 바로 그 자리에서 즉시 격노하며 공격의 불길을 활활 태운다. 그런 행동에 죄책감은 없다.

하지만 아주 빈번하게도 나의 오해였음이 — 일부러 무례하게 굴었던 것이 아니거나 그저 어설픈 실수가 있었음이 — 밝혀진다. 설사 일부러 그런 행동을 했던들, 내가 어쩌랴?

우리 벳시 대고모님은 당신에게 무례하게 구는 사람을 두고 이렇게 말씀하셨다.

"사람이 고상하지 못해서 안됐구먼."

내 분노의 상당 부분은 자기 존중감보다 질투, 증오, 공포 등의 부정적인 감정과 더 많이 직결되어 있다.

나의 신경질적 품성 중 하나인 공포는 고질적이고도 피할 수 없는 감정이다. 공포심을 알아채고 나를 완전히 지배하지 못하도록 애쓰는 수밖에 별 도리가 없다. 만약 화가 난 상태에서 분노가 치미는 것이 느껴질 때면 나는 스스로에게 이렇게 묻는다.

그래서 뭣 때문에 두렵다고?

그 질문은 내 분노가 어디에서 왔는지 둘러볼 여유를 준다. 맑은 공기를 쐬러 나가는 것도 가끔은 도움이 된다.

질투는 노랑과 초록이 섞인 그 더러운 코를 주로 작가로서의 내 삶에 들이댄다. 나는 찬사의 날개를 달고 성공을 향해 비상하는 다른 작가들을 시기한다. 그들의 작품이 내 마음에 들지 않으면 나는 그들과 그들을 칭송하는 사람들에게 모욕적인 분노를 느낀다. 허세 부리지 않아도 성공할 만한 재능을 가졌던 어니스트 헤밍웨이를 걷어 찰 수 있으면 좋겠다. 허세 부리고 가식을 떤 대가로 말이다. 끝을 모르고 과대평가 받는 제임스 조이스[50]의 작품은 뭐든지 이가 갈린다. 필립 로스[51]의 수상 이력을 보면 화가 다 치솟는다.

하지만 이 모든 질투 섞인 분노는 그 사람들이 쓴 작품이 마음에 들지 않을 때만 일어난다. 어떤 작가의 작품이 마음에 들면 그

---

50 James Augustine Aloysius Joyce (1882~1941) 아일랜드 소설가, 시인, 극작가. — 옮긴이

51 Philip Milton Roth (1933~2018) 미국 소설가. 유대인의 풍속을 묘사한 단편 『굿바이 콜럼버스 (Goodbye Columbus)』로 1959년 전미도서상 수상. — 옮긴이

작가를 찬미하는 말만 들어도 기쁘다. 버지니아 울프에 대한 찬사는 얼마든지 읽을 수 있다. 주제 사라마구를 다룬 좋은 기사를 보면 정말 행복해진다. 그러니 아무래도 내 분노의 원인은 질투나 부러움보다 공포라 해야 맞을 것이다. 헤밍웨이, 조이스, 그리고 로스가 정말로 위대한 작가들이라면, 내가 정말 좋은 작가나 아주 존경받는 작가가 될 일은 전혀 없을지 모른다는 공포. 왜냐하면 나는 절대 그들의 작품과 같은 걸 써서 독자를 즐겁게 하고 비평가들을 흡족하게 만들지는 않을 것이기 때문이다.

명백히 어리석음의 순환이다. 하지만 나의 이런 불안정함은 치유가 불가능하다. 내가 좋아하지 않는 작가의 작품을 읽을 때만 작동하고 내가 글을 쓸 때는 작동하는 법이 없으니 다행이지 뭔가. 내가 소설 작업을 하고 있을 때면 다른 사람의 작품이니 지위니 성공이니 하는 것들은 전혀 생각나지 않는다.

분노와 증오의 연결고리는 나조차 전혀 이해할 수 없을 만큼 확실히 아주 복잡하다. 또 한 번 여기에서 공포가 관여한다. 여러분이 두려워하거나 위협을 느끼거나 불쾌하게 여기는 것이 없다면 대체로 그걸 경멸하거나 무시하거나 잊어버리면 그만이다. 하지만 여러분이 공포를 느끼는 대상이 있다면, 그걸 증오하게 된다. 증오가 공포를 연료로 삼는 것이 아닌가 싶다. 나도 모르겠다. 정말이지 이 이야기는 깊이 들어가고 싶지 않다.

그래도 내가 하려는 말은 분노가 공포와 연결되어 있다는 생각이 만연하다는 것이다.

나의 공포는 안전하지 않다는 두려움과(대체 안전한 사람이 있긴 할까마는) 내가 상황을 통제하고 있지 않다는 두려움에서(언제는 통제하고 있었던가) 기인한다.

안전하지 않고 장악력을 발휘하고 있지 않다는 공포가 분노로 표출되는 걸까, 아니면 그 공포를 부인하는 방법으로 분노를 이용하는 걸까?

병리학적 우울증을 설명하는 관점 중 하나로 억압된 분노에서 우울증이 촉발된다는 설이 있다. 어쩌면 분노가 공포로 바뀌며 억압되면서 ─ 화를 내는 과정에서 해를 입을지 모른다는 공포, 남을 해할지도 모른다는 공포 ─ 그 공포를 유발시키는 사람들과 환경을 외면하도록 만드는 것이 아닐는지.

만약 그렇다면, 그렇게 많은 사람들이 우울증을 겪고 있는 것도 무리는 아니다. 그들 중 대다수가 여성이라는 사실도 놀랍지 않다. 여성들은 불발탄을 안고 살아가니까.

그러면 그 폭탄을 어떻게 해체할까? 아니면 언제 어떻게 안전하게 터뜨려야 할까? 이왕이면 유용한 방법으로.

한번은 어느 심리학자가 내 어머니에게 화가 난 상태에서 아이를 체벌하면 안 된다고 알려주었다. 그는 조언의 차원에서 체벌은 차분한 상태에서 이루어져야 하며, 체벌의 이유가 뭔지 아이에게 명확하고 이성적으로 설명을 곁들여 주어야 한다고 말했다. 절대 분노를 실어서 아이를 때리지 말라고 그가 말했다.

"정말 맞는 말처럼 들리더구나."

어머니가 내게 말했다.

"그러다가 이런 생각이 들었지. 그럼 화가 안 났을 때 애를 때리라는 말인가?"

그 대화가 있기 직전에, 우리 부모님 집의 야외 테라스에서 가족들이 둘러앉아 있는데 사랑스럽고 다정한 두 살배기 우리 딸 캐롤라인이 내게로 다가왔다. 캐롤라인은 나를 올려다보며 어색하게 미소를 짓더니 내 다리를 세게 때렸다.

나는 왼팔을 크게 휘둘러 파리를 잡듯이 캐롤라인을 후려쳤다. 아이는 다치지 않았지만 많이 놀란 것처럼 보였다.

물론 곧이어 엄청난 울음이 터졌다. 한없이 안아 주었고 많이 달래 주었다.

나도 아이도 둘 다 사과를 하지는 않았다. 나중에야 아이를 때린 것에 자책감을 느꼈을 뿐이었다.

"끔찍했어요."

어머니에게 하소연을 했다.

"내가 어쩌자고 그랬는지! 애를 그냥 철썩 때렸다니까요!"

그러자 어머니가 그 심리학자 이야기를 들려주었던 것이다. 어머니가 말했다.

"네 오빠 클리프턴이 두 살 때, 걔가 날 물었단다. 그러고는 계속 그런 행동을 했지. 난 어떻게 해야 할지를 몰랐어. 그래도 애를 혼내야겠다 싶었지. 결국 화가 나서 걔를 철썩 때렸어. 캐롤라인처럼 크게 놀라더구나. 울지는 않았던 것 같아. 그리고 더 이상 물지 않았어."

이 이야기에 교훈이 있다 한들 나로서는 그게 뭔지 모르겠다.

지인들의 삶을 보면 아주 깊이 억압된 분노가 실은 얼마나 심한 타격을 입혔는지 알 수 있다. 고통이 억압된 분노를 낳고, 그 분노가 다시 고통을 낳는다.

어쩌면 우리가 접하는 문학과 영화에 끊임없이 등장하는 장기적인 '학대의 축제'는 억압된 분노를 표현하고 상징적으로 연기함으로써 소거하려는 시도인가 보다.

언제든 모두에게 본때를 보여줘! 남을 괴롭히는 사람을 괴롭게 만들어! 온갖 고뇌를 드러내 봐! 계속해서 뭐든 폭발시켜 버려!

이런 모의 난장판, 혹은 '가상의' 폭력이 분노를 완화시켜 줄까, 아니면 분노를 일으킨 무겁게 자리 잡은 내면의 공포와 고통을 오히려 가중시킬까? 나의 경우는 후자이다. 혐오스럽고 무서운 생각이 든다. 마구잡이식으로 만사와 만인을 표적 삼는 분노는 무의미하고 미숙하며, 유치원 아이들에게 자동 라이플총을 쏘아 대는 남자의 정신병적 분노와 마찬가지다. 그런 건 삶을 사는 법이라 할 수 없다. 그게 비록 가장한 삶이더라도.

내 말투에서 분노를 느꼈으려나? 분노에의 탐닉은 분노를 자극한다. 그리고 분노의 억제는 분노를 낳는다.

분노라는 동력이 해를 끼치거나 증오로 직행하지 않고, 복수심에 사무치거나 자기합리화에 갇히지 않고서 창조와 자비로움에 쓰일 수 있도록 만들 방법은 뭘까?

파드 연대기 Ⅲ

끝나지 않은 배움
2015년 7월

지난 목요일 밤이었다. 새벽 3시에 파드가 나랑 같이 놀겠다고 살아 있는 진짜 생쥐를 장난감 삼아 내 침대로 물고 오는 바람에 잠에서 깨었다.

그러기를 세 번째, 항상 새벽 3시다. 세 번째로 (앞서 단련된 솜씨로) 침대보를 들어 파드와 생쥐를 침대 밑으로 떨어뜨렸다. 곧장 고양이와 생쥐 둘 다 거침없이 방을 달렸다.

이리저리 뒤적뒤적 가만가만 허둥지둥 후닥닥 가만가만 이리저리…….

이번에는 참을 수가 없었다. 나는 복도를 지나 다른 침실로 들어가 문을 닫았다.

아침이 되자 활기에 찬 파드가 순진한 얼굴로 왜 내가 다른 침실에 있는지 의아해하며 복도를 왔다 갔다 했다.

생쥐는 온데간데없었다.

지난번에도 생쥐가 어떻게 되었는지 알 수 있는 흔적이 없었다. 나는 이번에도 지난번처럼 달아났거니 생각했다.

그런데 금요일 밤, 파드가 거슬리는 소리를 내며 새벽 3시에 내 침실에 서 있는 전등 밑을 끈덕지게 뒤지는 바람에 잠에서 깼다. 원형의 전등 대는 크고 무거운 황동으로 되어 있었지만 나는 녀석이 전등을 쓰러뜨릴까봐 염려가 되었다. 파드가 그러고 있으니 도저히 다시 잠을 청할 수가 없었다. 나는 녀석을 덥석 들어 올려 방 밖으로 쫓아냈다. 파드든 생쥐든 쫓아내도 소용이 없다. 문이 바닥에서 너무 높이 떠 있어서 생쥐가 파드를 피해 방으로 들어올 수 있다. 그러면 파드가 문을 흔들며 운다.

하지만 이번에는 파드를 쫓아냈더니 녀석이 그냥 복도를 지나 다른 침실에 자러 간다. 생쥐와 관련해 뭔가가 있다는 느낌이 어렴풋이 들었다.

파드는 탁월한 사냥꾼이다. 하지만 앞서 블로그에서도 말했듯이 파드는 사냥감을 죽여야 한다는 걸 몰랐고, 죽이는 방법도 모르는 게 분명했다. 녀석의 본능과 기술은 흠 잡을 데 없이 고양이다웠다. 하지만 녀석은 아직 미처 다 배우지 못했던 것이다.

토요일 아침, 나는 일어나자마자 옷을 입고 제법 능숙하게 무거운 전등 대를 들어 아래를 살폈다. 역시, 불쌍한 작은 생쥐가 거기 죽어 있었다. 녀석의 마지막 은신처에서. 다치고 공포에 떨고 지쳐서 결국 죽음에 이른 것이다.

　나는 그 생쥐를 위해 시를 한 편 썼다. 행을 옮겨가며 약간씩 수정하고 있는 중이라 아직 완성된 건 아니다. 그래도 여기 현재 형태를 올려본다.

망자를 위한 시

내 고양이가 죽인 쥐

쓰레받기에 담긴 회색 덩어리가

쓰레기통으로 옮겨지다

너의 영혼아 내 말하노니:

자, 달려라 춤을 추어라

전혀 숨을 일 없는

가장 거대한 집

집의 벽들 안에서

그리고 너의 육신아:

거대한 땅의

그 품 안에서

광대무변한 존재로

평안하리라.

끝나지 않은 배움, 속편
2015년 1월

어제 저녁에 우리는 식사를 앞두고 페넬로페 피츠제럴드의 『봄의 시작(The Beginning of Spring)』을 소리 내어 읽고 있었다. 그때 파드가 평소답지 않게 도둑고양이처럼 빠른 걸음으로 거실로 들어왔다. 몸을 바닥에 납작 붙이고 꼬리도 내리고 머리를 도사리며 동공이 확장된 눈을 시커멓게 뜨고 있었다. 말할 것도 없이 작은 생쥐 한 마리를 물고 있었다. 녀석은 생쥐를 내려놓고 도망가게 내버려 두더니 다시 잡았다. 그러고 나서 잰걸음으로 부엌을 향해 되돌아갔다. 자그마한 검은 꼬리가 녀석의 주둥이 밖으로 대롱거렸다. 우리는 계속해서 페넬로페의 책을 읽어 내려갔다. 잠시 후에 파드가 홀로 돌아왔는데 어리둥절해 보였다. 돌아다니다가 생쥐를 놓쳤나 보다 하고 우리는 생각하기로, 그랬길 바라기로 했다.

우리가 설거지를 막 하려던 찰나 파드가 다시 생쥐를 데리고 나타났다. 눈에 띄게 움직임이 덜했지만 아직 살아 있었다. 파드는 혼란스럽고 문제가 생긴 듯, 갈팡질팡해 보였다. 생쥐를 사냥하면 항상 그렇다. 본능이 내리는 명령에 사로잡혀 사냥을 하고 잡아서 트로피로 삼든 장난감이나 음식으로 삼든 집에 있는 가족들에게 가지고 온다. 하지만 어떤 본능이나 교육이 부족한지 죽여서 마무리하는 방법을 모른다.

고양이와 생쥐라. 잔인성의 묘사에 쓰이는 진부한 예가 아니던가. 나는 어떤 동물도 잔인해질 수 있다고 믿지 않는다. 그건 확실히 해두고 싶다. 잔인성은 타인의 고통에 대한 인식과 그 고통을 야기하려는 의도를 암시한다.

잔인성은 인간의 특기다. 인류는 끊임없이 잔인성을 단련했고, 완성시켰으며, 제도화했으나 그에 대해서 좀처럼 떠벌리지는 않는다. 잔인성을 동물에 귀속시켜 '비인간성'이라 부르며 절연하는 편을 선호한다. 우리는 동물의 순수성을 인정하길 원치 않는다. 그러면 잔인성을 동물의 탓으로 돌린 우리 양심의 가책이 모습을 드러낼 것이기 때문이다.

내가 생쥐를 잡았다면 집 밖으로 데리고 나가 죽어가는 고통을 약간 덜어 줄 수 있을 것이다. (찰스는 그러지 못한다. 제법 오래 전에 받은 수술 이후로 허리 굽히는 일을 하면 안 된다.) 한 번도 해본 적은 없다. 실행하려면 의욕이 강해야 할 텐데 나는 그렇지 않다. 나는 죄책감을 느끼거나 자책하지도 않고 그저 그 모든 상황을 못마땅하게 여길 뿐이다.

이전에는 고양이와 사냥감 사이에 끼어들 수 있었던 적이 한 번도 없었다. 내가 열두 살 무렵에 우리 고양이 톰캣이 잔디밭에서 참새를 잡았다.

오빠 둘과 아버지도 거기 있었다. 세 사람은 고양이에게 소리를 지르며 참새를 살려 보내주려고 애썼고, 깃털이 구름처럼 날리고 혼이 쏙 빠져가며 성공하기에 이르렀다. 똑똑히 기억이 난다. 왜냐하면 그 당시 내 기분이 너무 생생하기 때문이다. 나는 함께 소리 지르고 꾸짖으며 허둥거리기를 거부했다. 그건 못마땅했다. 내 생각에 이 문제는 새와 고양이 사이의 일이며 우리가 간섭할 일이 아니었기 때문이다. 아주 냉정해 보일지 모르나 어쩌면 냉정하게 생각할 일이 맞다. 죽느냐 사느냐에는 분명 다른 문제들도 걸려 있다. 나는 즉시 확실하고 엄중한 답을 내놓을 수 있다. '이렇게 하는 것이 옳은가, 혹은 그른가'이다. 이건 개인의 온유함과 무관하다. 양심상의 이유와는 전혀 관련이 없고 평범한 도덕성에 대한 논쟁으로 정당화할 수 있는 것도 아니다.

파드와 생쥐의 문제에 대한 우리의 미천한 해결책은 그 둘을 부엌으로 쫓아내 그들의 방식으로 일을 해결하도록 내버려 두는 것이었다. (그리고 설거지는 다음 날 아침에 하기로 했다.) 그 생쥐에게 필요한 것은 들어갈 구멍이었다. 파드의 박스 집은 부엌 현관에 있었고 물그릇은 부엌 바닥에 있었다. 부엌에는 파드가 필요한 것들이 다 있는 셈이다. 거기다 녀석의 고민거리까지.

그리고 우리는 그 상황에서 빠져나왔다. 파드는 아주 인간 의존적인 고양이다. 녀석은 거의 항상 눈에 띄지 않게 우리의 근처를 지켰다. 눈앞을 스치고 지나갈 만큼 높이 점프해서 다니고, 순식간에 침대보를 아수라장으로 만들며, 미친 듯이 계단을 질주하는가 하면, 다리를 꼿꼿이 세우고 공처럼 풀쩍 뒤로 튀어 오른다. 꼬리를 부풀리고 눈을 빛내며 곱사등을 만들거나 복도에서는 어느 순간 까닭 없이 발 앞에 불쑥 나타난다. 그래도 대개는 우리 둘이나 한 사람 근처 어딘가에 조용히 자리를 잡는다. 우리에게서 눈을 떼지 않고 있거나 잠을 자면서 말이다. (지금은 내 오른쪽 팔꿈치에서 50센티미터 떨어진 타임머신 옆, 사랑해 마지 않는 뫼비우스 스카프 위에 곯아떨어져 있다.) 밤이면 거의 항상 내 침대 위 무릎 부근으로 올라온다.

그래서 간밤에 나도 녀석이 그리울 테고 녀석도 내가 그리울 거라 생각했다. 그리고 정말 그랬다. 새벽 2시에 소변을 보려고 깨어났는데 아래층 부엌에서 구슬프고도 조심스러운 울음소리가 들렸다. '휴메인 소사이어티'에서 이동장에 담겨 집으로 오는 내내 우렁차게 울부짖었던 녀석은 그때 이후로는 한 번도 소리 높여운 적이 없었다. 실수로 지하실에 갇혔을 때조차도 그냥 문 앞에서서 누군가 제소리를 들을 때까지 작은 소리로 미우? 소리를 낸게 전부였다.

생쥐는 보이지 않았다.

이제 파드의 무용담을 다룬 이 장도 거의 끝나가고 수수께끼가풀리려고 한다. 슬픈 수수께끼가.

서로 부분적으로만 잘 맞는 엄청나게 다른 두 존재이기에 인간과 고양이의 관계가 이런 결과를 가져왔을 것이다. 야생의 고양이와 야생의 쥐는 확실히 고도로 발달된, 익히 알려진 포식자와 먹이의 관계를 형성한다. 하지만 파드 및 그 선조들과 인간과의 관계에 파드가 가진 본능이 끼어든다. 본능의 무시무시한 명료함에혼란을 느끼고 절반만 길들여진 파드는 사냥감과 함께 불만스럽고 슬픈 장소에 남겨지게 되었다.

인간과 개는 삼만 년에 걸쳐 서로의 성격을 맞추어 왔다. 인간과 고양이가 함께 맞추어 온 기간은 그에 비해 10분의 1밖에 안된다. 우리는 아직 초기 단계다. 아마 그래서 우리의 관계가 이처럼 흥미로운가 보다.

아, 신기한 부분을 깜빡했다. 다음 날 아침 내가 허둥지둥 아래층으로 내려가 부엌문에 다다르니 문틈 아래로 하얀 삼각형이 보였다. 쪽지였다. 쪽지가 문 밑으로 밀려 나와 있었다.

나는 가만히 서서 그걸 바라보았다.

'저 좀 나가게 해 주세요.'라고 고양이 말로 적혀 있으려나?

쪽지를 집어 든 나는 연필로 휘갈겨진 친구의 전화번호를 발견했다. 전화기가 놓인 탁자 위에서 부엌 바닥으로 떨어진 쪽지였다. 파드는 아직도 '미우?'하고 울고 있었다. 문 너머에서 너무나 공손한 목소리가 들렸다. 내가 문을 열었다. 그리고 우리는 다시 함께였다.

내 고양이를 위한 졸시

하얀 발바닥, 두 귀는 까맣지.

곁에 없으면 허전한 맘 들지.

우렁찬 골골송, 부드러운 털

언제나 꼬리는 하늘 위로 척.

편안한 발걸음, 시선은 강렬하고.

어떠한 행사든 턱시도 입고 가고.

거칠한 발가락, 분홍 코 자랑하지.

앉아서 생각하는 널 보면 기분 좋지.

품종은 길냥이, 그 이름은 파드야.

너 없음 내 삶이 힘들어질 거야.

4장

보상

선회하는 별, 에워싸는 바다: 필립 글래스와 존 루터 애덤스
2014년 4월

포틀랜드 오페라 극단은 매년 극단의 뛰어난 트레이닝 프로그램을 운영하는 가수들의 공연작을 하나씩 올린다. 2012년에는 필립 글래스[52]의 단막 오페라 「갈릴레오 갈릴레이(*Galileo Galilei*)」였다. 젊은 가수의 목소리에는 연륜 있는 가수의 그윽한 멋과는 다른 화려함이 있다. 이런 공연에는 항상 긴장감과 신명이라는 요금이 추가로 붙는다.

대담하고 아름답고 난해하고도 간소한 무대에는 원과 호가 넘치고 다양한 각도로 조명이 움직이는 걸 봤던 게 아마도 2002년

---

52 Philip Morris Glass (1937~) 현대음악의 거장이라 불리는 미국의 작곡가. 1960년대 후반 뉴욕에서 인기를 얻기 시작하여 전위적인 오페라 「해변의 아인슈타인(Einstein on the Beach)」으로 성공을 거둠. 단조롭고 반복적인 구조의 미니멀리즘적인 요소가 특징이며, 혁신적인 기악곡과 오페라 등을 작곡. ─ 옮긴이

시카고에서의 초연이었을 것이다. 앤 맨슨이 지휘를 했었다.

첫 번째 장면에서 나이 들고 눈이 먼 갈릴레오가 홀로 남겨진 모습을 보여준다. 거기에서부터 이야기는 역 나선형으로 시간을 거슬러 진행된다. 조금씩 과거로 되돌아가 그가 받은 재판, 그의 영광된 순간, 그의 위대한 발견들을 면면히 훑고 마지막 장면에서 갈릴레오라는 어린 소년이 앉아서 그의 아버지 빈센초 갈릴레이(Vincenzo Gallilei)가 작곡한 오리온과 여명성(Orion and the Dawn)과 원을 그리며 도는 행성들에 관한 오페라를 듣는다. 모든 것이 끊임없이 반복되는 변화무쌍한 음악을 따라 흘러가고 들떠서 부풀어 오른다. 항상 나선형을 그리며 결코 쉬지 않으나 거대한 궤도를 따라 느리고 위풍당당하게 움직인다. 장대하고 흥겨운 연속성 속에서 어디에서도 본 적 없는 도입과 결말이 펼쳐진다. 감동, 감동, 이런 감동이 없다.

E pur si muove! (그래도 지구는 돈다!)

첫 장면부터 넋을 잃고 말았다. 그리고 마지막 장면에서는 기쁨의 눈물이 흐르는 바람에 가까스로 무대를 볼 수 있었다.

다음 날 저녁 공연에 다시 가서 똑같은 즐거운 경험을 했다. 지금은 포틀랜드 오페라 극단의 음반도 발매가 되었다(오렌지 마운틴 뮤직, OMM10091). 나는 이 음반을 진한 즐거움을 느끼며 들었는데 몇 번이고 다시 들을 것이다. 하지만 아직도 나는 역시 오페라가 참된 감동을 준다고 확신할 수 있다. 특히 이 오페라는 더욱 틀림없다. 실제 작품 속 가수를 바로 눈앞에서 보며 라이브로 불러주는 목소리와 음악의 상호작용을 느껴야 한다. 무대, 조명, 액션, 움직임, 의상, 그리고 세계화된 관객들, 어디서도 모방할 수 없는 경험이었다. 훌륭한 오페라 작곡가들은 이런 식으로 그들의 작업을 인정받는다. 음반, 영상, 컴퓨터를 이용한 온갖 놀라운 도구들은 오직 그림자만을 담을 수 있을 뿐이다. 그것들은 우리가 살았던 경험, 실제 그 순간의 기억만을 재생하는데 그친다.

오페라는 정말 말도 안 되는 작업이다. 어떤 오페라, 어떤 제작사든 오페라의 제작에 성공한다는 것 자체가 굉장한 일이다. 그 많은 사람들에게도 물론 굉장한 일이다. 톨스토이에게는 안 그렇겠지만.[53] 필립 글래스의 음악은 왠지 터무니없다. 그걸 전혀 음악이라고 생각하지 않는 사람들도 많다. 어떤 곡들은 기계소리 같고 심지어 나에겐 건성으로 들린다. 하지만 몇 년 전에 영화 「코야니스카시(Koyaanisqatsi)」[54]와 간디 오페라 「사티아그라하(Satyagraha)」[55] 시애틀 공연에 깊은 감동을 받은 이후로 나는 글래

---

53 음악을 기분이나 느낌으로만 인정했던 톨스토이는 음악에 말을 섞은 오페라를 탐탁지 않게 여김. — 옮긴이

54 호피 족 인디언 말로 '균형 깨진 삶(Life Out of Balance)'이라는 뜻. — 옮긴이

55 마하트마 간디의 비폭력 무저항 운동을 가리키는 말로 힌두어로 '진실을 확고히 한다'는 뜻. — 옮긴이

스가 뭘 하든지 항상 들을 준비가 되어 있다. 「갈릴레오 갈릴레이」 때는 뛰어난 대본작가 메리 짐머만(Mary Zimmerman) 덕분에 지적인 대사와 행동이 빛을 발했다. 그들은 갈릴레이의 삶과 사상이 우리에게 어떤 의미를 가지는지를 그의 지적인 면과 대담성, 진실성, 과학적이고 종교적인 면에서 접근하여 갈릴레오 삶의 정수를 보여주었다. 하지만 딸을 보면 반색하고, 생각과 논쟁을 즐기며, 자신의 일과 위대한 발견을 기뻐하거나 대중들에게 상으로 받은 수치, 침묵, 그리고 추방을 감내하는 그의 인간적인 면을 통해서도 여운을 남기는 걸 잊지 않는다. 오페라에 딱 알맞지 않은가.

나는 「갈릴레오 갈릴레이」가 완벽하리만큼 아름답다고 생각한다. 마치 글루크[56]의 오페라 「오르페우스와 에우리디케(*Orfeo ed Euridice*)」에서 느낄 수 있는 것과 같은 미의식이다. 두 작품은 19세기 오페라처럼 극적으로나 정서적으로 너무 부담스럽지 않다. 하지만 둘 다 오페라의 전 요소를 총체적으로 완벽히 갖춤으로써 아주 기가 막힌 미의식의 차원으로 진입한다. 「갈릴레오 갈릴레이」는 오페라에서 보기 드문 지적인 위엄을 가지면서도 그 점이 바로 재미를, 진정한 즐거움을 자아내는 역할을 한다. 그리하여

---

56 Christoph Willibald Gluck (1714~1787) 오스트리아 작곡가. '오페라의 개혁자'로 바로크의 기교주의를 극복. 생동감 있는 대본과 음악이 조화를 이루는 「오르페우스와 에우리디케」(1762) 발표. — 옮긴이

숭고하고 사려 있고 매우 감동스러운 무언가가 여러분을 진짜 즐겁게 만든다.

개인적으로는 21세기 들어 최초로 감상한 오페라이기도 하다. 믿기 어려울 정도로 좋은 시작이다!

딱 2년이 지난 올해 3월, 시애틀 교향악단이 포틀랜드에서 연주회를 하는데 작곡가 존 루터 애덤스[57]의 「비컴 오션(*Become Ocean*)」을 의뢰해서 연주 곡 중에 포함시켰다. (그렇게 하다니 만세다!)

존 애덤스라는 이름의 작곡가들은 너무나 많다. 그 중에서 샌프란시스코 출신의 존 애덤스[58]라는 작곡가가 현재 더 유명하지만 기이하고도 지적이지 않고 무미건조한 오페라인 「닉슨 인 차이나(*Nixon in China*)」 이후로 그의 곡들은 갈수록 나에게 실망을 안겨준다. 존 루터 애덤스는 본토인 미국에서도 주변부인 알래스카에 살지만 음악적으로도 주류에서 벗어나 있다. 그래서 그의 음악은 들을수록 다채로워지는 것 같다.

「비컴 오션」의 오케스트라는 기악 편성에 따라 세 무리로 나눌

---

57 John Luther Adams (1953~) 미국 작곡가. 자연, 특히 알래스카의 풍광에 영감을 받은 작품을 주로 제작. 「비컴 오션(*Become Ocean*)」으로 2014년 퓰리처상 수상. — 옮긴이

58 John Coolidge Adams (1947~) 미국 미니멀리스트 작곡가, 첫 오페라 「닉슨 인 차이나(*Nixon in China*),(1987)를 비롯하여 역사적 사건에서 영감을 받은 사회참여적인 작품을 주로 제작. 911 희생자를 추모하는 작품 「영혼의 환생 위에서(*On the Transmigration of Souls*),로 2003년 퓰리처상 수상. — 옮긴이

수 있다. 셋 다 쉬지 않고 연주를 이어나간다. 각자 그 무리만의 속도와 음량, 그리고 조성을 따른다. 이 무리가 지배할 때가 있고 저 무리가 지배할 때가 있다. 각자 상호 관통하며 들고 나는 조화가 바다의 조류와 같다. 어떨 때는 셋 모두 다 썰물처럼 빠져나간다. 그러다 점점 커지며 모여서 음악의 거대한 쓰나미가 만들어지면 관객들은 벅차오르는 감동을 느낀다. 그러고 나면 다시 물결이 가라앉는다. 복합적인 요소가 조화를 이루고 있다. 선율 같은 것은 없다. 그러나 어느 순간도 아름답지 않은 부분이 없다. 관객은 파도에 포위된 배처럼, 조류의 물결에 점령당한 해초의 숲처럼, 달의 중력에 투항한 바다 그 자체가 된다. 그리고 마침내 음악이 빠져나간 자리에서 나는 마치 바다가 되어가는 기분을 이보다 강하게 느낄 수는 없을 거라 생각했다.

우리는 일어나서 박수를 쳤지만 그러는 사람이 많지는 않았다. 포틀랜드 관객들은 솔로 연주자에게 자동적으로 기립박수를 치면서도 일개 오케스트라에게는 까다롭게 구는 경향이 있다. 사람들은 약간 난해한 듯, 어쩌면 지루한 듯한 반응이었다. 「비컴 오션」은 45분이나 되는 곡이다. 내가 그 순간이 영원히 끝나지 않기를 바라고 있던 동안 우리 근처에 있던 한 남자는 대체 이게 언제 끝나느냐고 투덜거렸다.

다음 프로그램은 에드가르 바레즈[59]의 「사막(Dèserts)」이었다. 뛰어난 기교와 신조로 모더니즘적 불협화음의 명령에 순종하는 작품이다. 이 심각한 음악이 관객들의 귀를 강타하려고 애쓰며 부조화를 찾는 동안 적어도 자리를 지켜내긴 했다. 글래스나 애덤스가 이처럼 이론이 독재하는 곡의 경향을 뒤따르지는 않을 것 같다. 글루크나 베토벤이 혁신적이었던 이유는 새로운 무언가를 가지고 있었고 그걸 사람들에게 어떻게 보여줄지도 알고 있었기 때문이다. 그들은 오직 그들이 가진 확신에 순종했다.

나는 경탄을 하며 이들 연주회장을 나섰다. 조국이 갈가리 나누어지고 인류가 정신 나간 듯 그들의 가정을 망가뜨리기 바쁜 와중에도 우리는 계속해서 이런 음악을 만들면서 그 진동을 공기 중에, 우리의 영혼 속에 실어 보내고 있었던가 보다. 음악이라는 형체 없는 아름다움과 너그러움을.

---

59 Edgard Varèse (1883~1965) 프랑스 작곡가. 음악의 개념을 리듬, 화성, 선율에서 음향으로, 나아가 소음으로까지 확장시킨 인물. 끊임없이 새로운 음향을 탐색하다 전자악기에 관심을 가지는 등 전위음악의 아버지로 불리는 혁신적 작곡가. ― 옮긴이

리허설

2013년 4월

리허설 참관은 연극의 원작을 쓴 작가에게 기이한 경험이다. 40년 전, 자그마한 다락방의 밤의 고요와 함께 들렸던 내 가슴 속 목소리가 불현듯 산 사람의 음성이 되어 조명을 밝힌 정신없는 극장 안에 쩌렁쩌렁 울린다. 내가 만들어 내고 창조하고 상상했던 가공의 인물들이 숨 쉬며 살아 있는 몸으로 내 앞에 서 있다. 그들이 서로 대화를 한다. 그러나 내게는 말을 건네지 않는다. 더 이상은.

그들이 만드는 현실은 인물들이 쌓아 올린 무대-현실에서의 현실이다. 모든 경험이 그러하듯 무대-현실 경험도 손에 쥘 수 없고 재빨리 지나가 버린다. 하지만 치열한 현실에서 겪은 대부분의 경험보다 훨씬 열정적으로 격양되어 있다. 그리고 갑자기 모든 것이 사라진다. 장면이 바뀐다. 연극은 끝이 난다.

리허설에서 감독이 이렇게 말한다.

"아주 좋았어요. 겐리[60]가 들어오는 부분부터 다시 해봅시다."

그러면 그들은 감독의 말대로 한다. 아까 끝났던 현실이 다시 나타난다. 인물들은 의구심과 믿음, 오해와 열정, 그리고 고통의 틈바구니에 현실을 쌓아 올린다.

배우는 마법사인 것 같다.

사실 연극을 하는 모든 사람들이 마법사다. 무대 위에 있든 무대 뒤에서 조명을 잡고 무대 배경을 칠하든 모두가 다. 이들은 조직적으로 협력하여 마술을 부린다. (연극이라는 마법 의식이 완벽하기 위해서는 조직적이어야 한다.) 그리고 도저히 할 수 있을 것 같지 않은 놀라운 일들을 해낸다. 망토도 마법 지팡이도, 뉴트[61]의 눈이나 거품이 끓는 증류기도 필요 없다.

무엇보다 그렇게 자그마한 공간을 자유자재로 이동시키고 그 안에서 극을 진행함으로써 2차적 창작을 이어나간다.

리허설을 지켜보자니 그 점이 특히 명확하게 눈에 들어왔다. 첫 공연이 올라가기 전의 몇 주간 배우들은 청바지와 티셔츠를 입는다. 의식이 치러질 공간의 바닥에는 테이프 조각으로 표시가 붙어 있다. 무대 배경은 아직 세워지지 않았다. 그들이 가진 소품이라

---

60 Genly Ai. 르 귄의 작품 『어둠의 왼손(The Left Hand of Darkness)』의 주인공. 게센 행성에 파견되는 지구인 남성. — 옮긴이

61 newt. 도롱뇽목 영원과의 동물. — 옮긴이

고는 추레한 작업대와 플라스틱 용기뿐이다. 강렬한 조명의 빛이 그들을 묵묵히 비추고 있다. 몇 발자국 떨어진 곳에 조용히 플라스틱 용기에 든 샐러드를 퍼먹거나 컴퓨터 화면을 확인하고, 메모를 휘갈기는 사람들이 있다. 하지만 저 자그마한 공간에서, 마법 같은 일이 벌어지고 있다. 마법이 일어난다. 다른 세계가 생겨나고 있다. 겨울, 혹은 게센이라고 하는 세계가.

보라! 왕이 임신했다.

들로레스라는 사람

2010년 10월

　어떤 이야기 속의 한 문장이 나를 괴롭히고 있다. 《더 뉴요커 (*The New Yorker*)》에 최근에(2010년 10월 11일 발행분) 실린 제이디 스미스[62]의 이야기이다. 그 이야기가 창작인지 회고인지는 모르겠다. 요즘은 그 둘을 구분조차 하지 않는 사람들이 많아서 위험 부담을 감수하고 회고에 창작을 가미하는가 하면, 사실에 대한 책임 의식도 없이 역사적 권위를 창작에 끌어다 쓰기도 한다. 내가 아는 한 회고록이나 개인적 수필에서의 '나'는 이야기나 소설에서의 '나'와 아주 다른데 제이디 스미스도 그렇게 생각하는지 모르겠다.

62　Zadie Smith (1975~) 영국의 소설가. 다양한 인종이 뒤섞여 살아가는 영국의 자화상을 담은 첫 장편소설 『하얀 이빨(*White Teeth*)』로 널리 알려짐. 뉴욕과 런던을 오가며 작가 및 문예 창작 교수로서 활동 중. — 옮긴이

그렇기 때문에 그녀가 창작 소설 속의 인물로서 말하고 있는 건지 그녀 자신의 이야기를 하는 건지 알 수가 없다. 친구에게 빌려줬다가 되돌려 받지 못한 돈에 대한 이야기의 말미에 이런 말을 할 때만 봐도 그렇다.

'첫 번째 수표는 금방 도착했다. 하지만 개봉하지 않은 다른 우편물 더미와 함께 그대로 내버려두었다. 왜냐하면 요즘에 그런 일을 대신 해줄 누구를 고용했기 때문이다.'

내 후뇌에 있는 깐깐한 편집자가 즉시 내게 물었다.

우편물을 열 사람을 고용한다고?

참견쟁이 파충류[63]를 조용히 시켰지만 그 문장이 계속 마음에 걸렸다.

'요즘에 그런 일을 대신 해줄 누구를 고용했다.'

그게 뭐가 잘못됐느냐고? 바로 '누구' 때문이다. 누구는 사실 아무도 아닌 사람이다. 그 무명의, 아무것도 아닌 사람이 명성 있는 대단한 사람의 우편물에 대신 답을 한다는 말이다.

그래서 나는 그 이야기가 창작물이길, 작품 속의 화자가 실제 제이디 스미스가 아니길 바라는 것이다. 왜냐하면 저 문장은 계급과 인종적 편견에 대한 감수성이 풍부한 작가가 할 만한 말로

---

63 후뇌는 파충류에게서 가장 두드러지게 발달한 뇌로 파충류의 뇌라고도 부름. ─옮긴이

들리지 않기 때문이다.

그러고 보니 저 문장은 나로 하여금 어느 학장의 아내를 떠올리게 만든다. 내가 조교수의 아내였을 때, 나와 5분 정도의 대화를 하면서도 가정부가 필요할 정도로 큰 집을 가졌다는 자신에게 도취되어 '우리 집 가정부'라는 말을 꼭 넣는 사람이었다. 콜린스 씨가 말끝마다 '내 후견인 레이디 캐서린 드 보로'를 언급하는 것처럼[64] 실없고도 모자란 행동이다. '요즘에 그런 일을 대신 해줄 누구를 고용했다.'라는 문장 또한 그렇다.

그래서 뭐 어떤가? 크게 성공한 작가가 직원을 고용하고 그렇게 했다고 말하는 게 뭐 어때서? 그게 나랑 무슨 상관이 있겠는가?

무엇보다, 첫 번째로 부럽다. 당연하다. 나는 일을 완벽하게 해주는 직원을 고용하는 사람들이 부럽다. 내 마음에 들지는 않지만 자신감 과잉도 부럽다. 도덕적 불편함과 그처럼 쉽게 공존할수 있는 삶이 부럽다. 어쩌면 자신감 과잉과 도덕적 불편함이라는 두 고약한 괴물은 의외로 서로 죽이 잘 맞는 건지도 모르겠다.

두 번째로 불편하다. '요즘에 그런 일을 대신 해줄 누구를 고용했다.'는 문장에는 '당연히'라는 표현이 암시되어 있다. 하지만 그건 '당연히' 여길 일이 아니다. 사람들로 하여금 그 말이 당연한

---

64 제인 오스틴(Jane Austen)의 『오만과 편견(Pride and Prejudice)』. ― 옮긴이

소리라고 여기도록 부추긴다. 그게 나를 불편하게 만든다.

작가가(성공한 작가, 진짜 작가) 자기 우편물에 답을 안 하다니. 널리 알려진 환상이다. 그 일을 해줄 비서뿐 아니라 직원, 대필자, 조사원, 심부름꾼 — 누가 알겠나 — 오래된 영국식 주택에나 있는 사제들 은신처마냥 동편 건물에 편집자가 숨어 지내고 있을지.

100년 전에는 작가들이 흔히 비서들을 부렸다. 헨리 제임스[65]도 당연히 그랬다. 하지만 헨리 제임스는 딱 여러분이 생각하는 보통의 작가다, 안 그런가?

버지니아 울프는 비서가 없었다.

내가 개인적으로 아는 작가들 중에서도 서신을 대신 처리해 주는 비서를 고용한 사람은 딱 한 사람뿐이다. 사람들이 그런 걸 엄청나게 성공한 이들의 특전이나 성공의 규모를 보여주는 척도로 여긴다는 생각이 나를 괴롭게 만든다. 나에게는 가족과 시간을 보내고 글을 쓰는 사생활이 제일 중요하다. 하지만 편지에 답장하는 걸 도저히 감당하지 못해서 도와줄 사람이 필요할 때면 나 또한 너무나 절실해져 '누구'를 내 서재에 데려오겠다는 생각을 정당화하려는 나를 설득하기란 정말 어려운 일이었다.

---

65 Henry James(1843~1916) 영국의 소설가. 윌슨의 '중립주의'에 따라 1차 대전에 참전하지 않는 미국에 반발하여 작가로서의 명성을 버리고 영국으로 귀화. 대표작은 『어느 부인의 초상(The Portrait of a Lady)』(1881) — 옮긴이

나는 들로레스(Delores)를 내 비서라고 부르는데 항상 애를 먹었다. 거만하게 부르는 것처럼 들렸기 때문이다(어디선가 '우리 집 가정부'의 환청이……). 내가 남들에게 그녀의 이야기를 할 때는 이름을 말하거나 '내 대신 편지를 처리해 주는 친구'라고 불렀다.

하지만 후자로 부르는 것도 우리가 죄책감에 대처하는 기만적인 방식 중 하나다. 우리는 아무리 미미한 수준이라 하더라도 필연적으로 권력의 불균등을 겪을 수밖에 없는 고용주와 고용인이라는 관계에 인간성을 재도입하는 방법을 취한다. 그리고 그 인간성의 확장을 통해서 동등하지 않은 권력이 존재하지 않는 것처럼 만들 수 있게 된다. 하지만 권력 차는 실재하고 우리도 그걸 알고 있다. 우리가 할 일은 그 관계에서 권력의 불균등함을 최대한 적게 유지하여 둘 사이에 인간성이 소멸되지 않도록 만드는 것이다. 사소하게는 고작 부주의한 말 한마디에도, 불균등한 가치를 주장하는 말만으로도, 우리가 공유하고 있는 인간성은 쉽게 약화된다.

서신을 대신 처리해 주는 사람을 고용한다는 작가에 대한 부러움과, 나 같은 사람도 그렇게 할 거라고 여기는 사람들에 대한 불편한 감정은 꽤나 무던한 감정들이다. 그런데도 내게는 그 감정들이 제법 고통스럽게 느껴진다. 왜냐하면 내게도 '누구'가 있었기 때문이다. 그리고 그녀를 잃었기 때문이다.

들로레스 루니(Delores Rooney), 나중에 들로레스 판데르(Delores Pander)가 된 그녀는 조력자이자 나의 소중한 친구였다.

30년쯤 전, 나는 마침내 용기를 내어 내 서신을 도와줄, 전문적인 경쟁력도 있고 사려 깊은, 사람을 찾노라고 주변에 수소문했다. 더이상은 내가 혼자서 그 많은 편지를 감당할 수 없게 되었기 때문이다. 나의 친구이자 들로레스의 친구였던 마사 웨스트(Martha West)가 들로레스를 추천했다. 두 사람은 한때 같은 사무실에서 비서로 일한 적이 있었다. 당시 들로레스는 어느 무용단에서 관리자 겸 대리인으로 근무하고 있던 중이었다. 우리는 같이 일을 해보기로 했다.

나는 남에게 내 말을 받아 적도록 시켜본 적이 없었다. (프랑스어 기초반을 제외하고 말이다. 내가 아주 느리고 정확한 프랑스어로 딕떼[66]를 학생들에게 읽어 주면 학생들은 아주 느리고 부정확한 프랑스어로 받아쓰곤 했다.) 들로레스는 — 이제는 거의 사장된 기술인 — 속기를 배워서 받아쓰기라면 달인이었고 그동안 수많은 사람들의 말을 받아 적은 경험이 있었다. 그녀는 구두로 편지를 쓰는 법을 나에게 가르쳤고 칭찬을 담아 격려해 주었다.

들로레스는 탁월한 교사였다. 또한 예술가, 화가, 무용가들과 함

---

66 dictée. 받아쓰기의 프랑스어 — 옮긴이

께 일하고 같은 집에서 살기도 해선지 예술가 특유의 괴팍한 기질을 약간 가지고 있었다.

우리는 쉽고도 빠르게 편지 작업을 할 수 있게 되었고 나는 오래지 않아 그녀를 내 편지 공동 작업자로서 의지하며 무슨 말을 어떻게 적을지 의논하게 되었다.

이렇게 쓰면 괜찮겠어요? — 그렇게 말고 이렇게 쓰면 어떨까요?

'금성에 사는 요정' 원고 600매를 보낸 남자한테는 대체 뭐라고 써야 할까요? — 이 사람 투덜꾼이잖아요. 이런 사람한테 답장해줄 것 없어요.

들로레스는 괴짜들에게 친절하게 답해주는 법을 나보다 잘 알고 있었다. 하지만 강단도 있는 사람이라 문제가 될 만한 이상한 편지나 터무니없는 요구를 하는 편지에는 답하지 말라고 충고하곤 했다.

한없이 반복적으로 받는 질문에도 답변을 너무나 잘해준 덕분에 나는 그저 그녀에게 편지를 건네며 '날고양이 아이디어'라고 한마디만 하면 되었고, 날개 달린 고양이의 아이디어를 떠올리게 된 에피소드는 그녀의 컴퓨터에 이미 준비되어 있었다. 들로레스는 그녀의 기분과 질문한 독자의 연령에 따라 그 내용을 약간씩 변주해서 썼다.

맥 빠지는 문제성 편지에는 자애롭고도 우아한 어조로 내가 즉시 답을 해줄 수 없는 이유를 설명하는 답장을 보내주었다.

그녀는 내 대신 멋지게 일을 처리했다. 아이들의 편지에 답하기를 좋아했던 그녀는 교사가 시켜서 기계적으로 써서 보낸 편지에도 일일이 답을 해주었다. 들로레스는 모두에게 친절하고 너그러웠다. 그녀와 공동 작업을 하지 않았더라면 그처럼 훌륭한 답장을 쓰지 못했을 것이다.

들로레스는 일주일에 한 번 이상은 오는 법이 없었다. 보통 서너 주에 한 번이었다. 나는 긴급한 업무 관련 서신을 직접 해결하고 다른 우편물과 팬들이 보낸 편지를 차곡차곡 모아놓았다. 내 컴퓨터를 들이기 전에 먼저 그녀의 컴퓨터를 샀고 덕분에 일이 훨씬 수월해졌다. 내 컴퓨터가 생겼을 때는 크게 달라지는 점이 없었다. 그러다가 이메일이 본격적으로 상용되면서 내 일과 관련된 이메일을 내가 처리할 수 있게 되었다.

그때까지도 들로레스와 나는 긴급하지 않은 업무 서신과 독자들이 보낸 팬레터, 그리고 우리가 '김미즈(Gimmies)[67]라고 부르는 이들에게 보낼 답장을 같이 작업했다. 공인이 되면 누구나 그런 편지를 받는데 이들은 뭘 좀 해달라거나 뭘 좀 보내 달라는 요구

---

67 'Give me'에서 파생된 표현. —옮긴이

를 한다. 이 책에 서명해서 보내 달라, 저 책에 서명해서 보내 달라, 좋은 뜻이니 이런 말을 좀 해 달라 등 다양하다. 모두 들어주기 불가능한 부탁들이지만 대부분 선한 의도로 하는 부탁이기 때문에 정중하게 사양한다는 편지 정도는 써 주어야 한다. 들로레스는 '고맙지만 안 된다'는 말을 온갖 다양한 방식으로 변주하여 늘 정중하게 답장을 썼다. 그녀 덕분에 엄청난 짐을 덜었다. 언젠가 그녀가 '김미즈'들이 편지에 워낙 다양한 요청을 써서 보내기 때문에 읽는 재미가 있다는 말을 했던 기억이 난다.

팬들이 보낸 이메일과 독자들이 보낸 편지를 나는 항상 종이로 전달받았다. 투박하지만 한 장씩 줄여나가면서 효과적으로 일을 할 수 있다. 손으로 직접 써서 보내준 편지들은 놀랍기 그지없다. 펜과 잉크, 연필, 크레용, 반짝이, 그리고 어린아이들의 경우 그 외의 다른 도구도 사용한다. 그것들은 내게 막대한 기쁨이자 보상이 된다. 게다가 그런 편지는 끊임없이 온다. 내 웹사이트나 이메일로 오는 이런 편지를 일일이 읽고 답하려고 했다간 너무 많아서 감당을 못할 것이다. 나는 항상 그런 편지들은 짧게나마라도 답장을 해야 한다고 느꼈는데 들로레스가 수년 동안 그 일을 해 주었다. 도저히 가치를 매길 수 없는 큰 신세를 졌다.

우리는 친구로서 서로 사랑했지만 일할 때 외에는 따로 자주 연락을 하지 않았다. 그녀는 매우 바빴다. 얼마 후에 작가인 진 아우얼[68]의 비서로 일주일 중 나흘을 일했고, 남편이자 화가 행크 판데르(Henk Pander)의 대리인이자 매니저 역할도 했다. 그녀의 부모님이 늙고 병들자 그녀가 두 사람을 돌보았다. 그리고 만년에는 손녀를 입양하여 길렀다.

우리의 우정은 대개 일을 하며 작업 관계에서 발현되었다. 나는 항상 들로레스가 오기를 고대했고 같이 일하는 시간의 반은 그간 아껴둔 이야기로 수다를 떨며 보냈다. 한 번은 스토커 때문에 크게 겁을 먹은 적이 있었는데 놀랍게도 그녀와 행크가 지체 없이 도와주었다.

그랬던 그녀가 세월이 갈수록 예전에 비해 친구들과 거리를 두는 것 같았는데 왜 그랬는지 지금도 모르겠다. 그녀는 나와 일을 하면 같이 소리 내어 웃을 일이 많아서 일하러 오는 게 좋다는 말도 했었다.

컴퓨터는 점차 구식이 되었고 그녀의 삶도 온갖 일들이 벌어져 복잡해졌다. 그녀는 젖 먹던 힘까지 쥐어짜며 살았다. 방법을 생각해낼 수가 없는 건지 생각해내기 싫은 건지 내가 이메일로 답장을 보내는 것도 도와주지 못했다. 내 대답과 조언을 받아 적은 메모를 집에 가지고 가서 이메일로 보내던 그녀였다. 나는 결국

---

68 Jean M. Auel (1936~) 미국 작가. 대표작은 『대지의 아이들(The Clan of the Cave Bear)』 시리즈. ─ 옮긴이

이메일과 대부분의 편지를 알아서 처리하고 그녀에게는 '김미즈'
와 '고맙지만 안 된다' 몇 통, 그리고 감사 인사만 하면 되는 팬레
터들을 맡기기로 했다.

들로레스가 암 판정을 받은 작년에는 그녀의 삶에서 즐거움이
눈에 띄게 줄어들었다. 암이 국부적이고 치료가 가능한 줄 알았
는데 전이가 되었다는 것이다. 그녀는 몇 달간 사투를 벌였다. 그
리고 투병 말기 몇 주간, 차도가 보이는 듯 병이 유예된 듯 짧고
도 사랑스러운 시기가 있었다. 우리는 제법 자주 그녀를 면회할
수 있었고, 그녀는 예전처럼 큰 소리로 함께 웃었다. 그 후 잔인한
병마가 그녀를 다시 덮쳤다. 들로레스는 몇 달 전에 사망했다. 사
랑하는 사람들과 그녀의 남편이 곁을 지켰다.

내가 사랑했으나 가고 없는 사람들의 이야기를 하기란 정말 힘
들다는 걸 알게 되었다. 지금은 그 다재다능하고 아름다운 여성
에게 적절한 헌사를 올리지도 못하겠다. 그녀와의 우정이 여러모
로 그립다는 말밖에는 할 말이 없다.

그녀를 잃고 나서 나는 팬들의 편지에 답하려고 애쓰던 걸 포
기해야 했다. 적어도 한동안은 그랬다. '김미즈'들에겐 일부 답장
을 했고 일부는 답장을 하지 않았다. 그 일을 대신 해줄 사람을
구해야겠다는 생각이 든다.

과연 내가 그렇게 할까. 차마 그런 마음이 들 것 같지 않다.

계란 빼고
2011년 7월

1950년대 초, 비엔나에 갔던 찰스와 나는 아주 적은 비용으로 디자인을 한 것 같은 낡은 '쾨니히 폰 운가른(König von Ungarn)' 호텔에서 묵었다. 못해도 1820년대부터 줄곧 그 자리를 지키고 있는 호텔이다. 우리는 바로 길 모퉁이에 있는 어느 카페에서 아침식사를 했다. 항상 같은 카페에서 똑같은 걸 시켜 먹었다. 맛있는 커피, 신선한 과일, 버터와 잼을 바른 바삭한 롤, 그리고 반숙한 계란이 나왔다. 완벽했다. 항상 변함없이. 매일 아침마다.

왜 갑자기 그런 생각이 들었는지 지금도 불가사의한데, 하루는 좀 변화를 주고 싶은 생각이 들었다. 짙은 색의 말쑥한 외투를 입은 키 큰 중년의 웨이터가 다가오자, 나는 늘 먹던 아침식사에 계란을 빼달라고 청했다.

그는 내 주문을 이해하지 못한 것 같았다. 내 독일어의 실력을 고려했을 때 이해할 수 있었을 텐데 말이다. 나는 '계란 아니' 혹은 '없이 계란'에 해당하는 독일어를 반복해서 말했다.

웨이터가 느릿느릿 떨리는 목소리로 답했다.

"없이 계란?"

그는 심란해 보였다. 나는 물러서지 않았다.

"네." 내가 말했다. "계란 빼고."

그는 충격을 진정시키느라 아무 말도 하지 않고 한참을 서 있었다.

내게 호소하거나 간청하거나 난색을 표하지 않으려고 갖은 애를 쓰는 것이 한눈에 보였다. 그는 예의 바르고 경력 많은 비엔나의 웨이터였다. 그리고 이 고집스러운 고객의 요청도 들어주어야만 했다.

"계란 빼고, 알겠습니다. 손님."

그는 '거의' 비난 섞이지 않은 목소리로 가볍게 답하고는 계란이 빠진 내 아침식사를 가지고 왔다. 그리고 아무 말 없이 장례식에 온 사람처럼 엄숙한 태도로 내 앞에 음식을 차려놓기 시작했다.

우리는 지금도 거의 60년 전에 있었던 그 작은 사건을 떠올리며 박장대소한다. 자책감 탓인지 나는 그 일을 생생하게 기억하고 있다. 1954년 비엔나에서 계란 하나가 대단한 의미가 되었던 사건.

비엔나는 아주 어려운 시기에서 막 벗어나고 있었다. 여전히 미국과 영국, 그리고 러시아 군대가 나누어 점령 중이었으나 교회도, 오페라 하우스도 폭발의 잔해에서 다시 일어났다. 어디를 가나 피해와 파괴의 흔적이 보였고 거리에 있는 사람들의 몸과 얼굴에서 궁핍함을 읽을 수 있었다. 그처럼 굶주린 사람들이 있는 도시에서 음식을 파는 건 예삿일이 아니었던 것이다.

또한 나는 의도적으로 불필요하게 그 웨이터의 우주 질서를 훼방 놓았다. 비엔나 카페의 아침 식사는 아주 작은 우주였지만 완벽하게 안정적이고 질서 있는 세계였다. 탁월함에 도달한 것들에는 함부로 변화를 주는 법이 아니다. 더군다나 자신의 노동 생활을 탁월성을 유지하는 데에 헌신하고 있는 사람에게 그 탁월성을 망가뜨리라고, 분명 이건 잘못됐다고 생각할 수밖에 없는 행동을 하라고 주문하다니 내가 잔인했다.

따지고 보면, 웨이터에게 계란을 가져다 달라고 하고 안 먹으면 되었을 일이다. 그가 자신이 하는 일에 너무 열심이다 보니 그런 생각을 못 했던 것 같다. 그는 대신 약간은 동정 어린 목소리로 이렇게 말했다.

"손님 오늘 아침에는 배가 고프지 않으신가 보네요?"

계란을 먹고 안 먹고는 나의 권한이다. 하지만 그가 계란을 가지고 오는 걸 거부하는 행동은 그의 권한을 침해한 셈이 된다. 나에게 완벽하고 제대로 된 비엔나식 카페 아침 식사를 가져다줄 권한 말이다. 아직도 그 생각을 하면 웃음이 난다. 그리고 찌릿한 죄책감의 통증을 느낀다.

그 죄책감은 몇 해 전부터 아침 식사로 반숙 계란을 먹기 시작하면서 점점 커졌다. 정확히 말하자면 비엔나식 카페 아침 식사를 먹고부터다. 하루도 예외가 없다.

사랑스럽고 부담 적은 유럽식 크리스피 롤은 구할 수가 없었다. (왜 이 나라 제빵사들은 크러스트가 두껍고 질겨야 한다고 생각하는 걸까? 질길수록 장인의 솜씨 같아서?) 그래도 토마스 빵집의 영국식 머핀이 아주 맛있어서 거기에 차, 과일, 비엔나식으로 3분 30초간 익힌 계란을 깨서 바로 먹는다.

계란을 반숙하려면 찬물을 담은 작은 냄비에 계란을 넣고 센 불에 올린 다음 보글보글 끓으면 바로 불을 끈다. 계란 타이머를 뒤집고 (3분 30초 용 모래시계) 머핀을 굽기 시작한다. 모래시계의 모래가 다 떨어지면 계란을 건져 계란 컵에 담는다.

보시다시피 특별히 신경 쓰고 의식을 치러야 하는 일이다. 그게 바로 내가 하고 싶었던 말이다. 그리고 계란 컵이 중요한 역할을 한다.

반숙된 계란에 살짝 금이 갔다면 오목한 그릇에 던져 치워 놓자. 맛은 똑같을지 모르나 똑같은 계란이 아니다. 금 간 계란은 너무 먹기 쉽다. 재미가 없다. 아마 물에 데쳐졌을 것이다. 반숙 계란의 정수는 먹기 어렵다는 점에 있다. 먹기 위해서 필요한 집중력, 의식 때문이다.

갓 삶은 계란을 계란 컵에 올린다. 어떤 사람들은 계란 컵이 뭔지 모른다.

미국에서는 계란 컵이 보통 모래시계 모양이다. 한쪽 끝이 다른 한쪽 끝보다 폭이 넓다. 폭이 좁은 쪽이 계란을 올려놓기에 적당하다. 껍질이 붙은 채로 떠먹을 수도 있지만 대부분의 미국인들은 계란을 깨 놓고 먹는다. 일단 계란 컵은 뒤집어 놓는다. 계란을 반으로 쪼갠다. 뒤집어 놓은 계란 컵의 너른 쪽에 계란을 깨 넣은 다음 으깨어 먹는다.

영국과 유럽의 계란 컵은 선택권을 주지 않는다. 너른 쪽 같은 건 없다. 술잔처럼 생긴 굽이 낮은 작은 도자기 컵에 계란을 똑바로 세워서 넣도록 되어 있다. 여기서부터가 의식의 영역이며 흥미로운 부분이다.

갓 삶은 계란을 계란 컵에 넣는다. 어느 쪽이 위로 오도록 해야 할까? 계란은 완벽한 타원형이 아니다. 넓은 끝이 있고 좁은 끝이 있다. 어느 쪽이 위로 오도록 해야 하는지에 관해서 사람들마다 나름의 견해가 있다. 예를 들어, 어느 쪽 끝으로 계란을 깨 먹을 것인가만 따지더라도 갑론을박이 워낙 치열하다 보니, 조너선 스위프트를 통해서 알다시피[69] 이 사안을 두고 전쟁도 했을 정도이다.

나는 넓은 끝 옹호자다. 내 생각에는 넓은 끝이 위로 오게 해야 나이프로 단번에 계란 끝을 때려 껍질에 큰 구멍을 낸 뒤에 그 구멍 안으로 숟가락을 넣기가 쉽기 때문이다. 그 외의 중대한 결정이 필요한 또 다른 사안은 정당한가 부당한가를 두고 옹호자와 반대자들이 대립하는 사안이다. 계란 끝에 홈집을 내어 감싸고 있는 껍질을 조심스레 떼어낸 후 나이프를 이용해서 계란 끄트머리에서부터 아래로 사방 약 1센티미터를 톡톡 두들겨 깨는 것이다.

나는 어떤 날엔 탁 깨서 먹고, 또 어떤 날엔 톡톡 두들겨서 깨어 먹는다. 그 사안에 대해서라면 내겐 특별한 견해가 없다. 기분에 따라서 달라진다.

계란을 먹는 이 의식에서 어떤 요소들은 선택을 허용하지 않는다. 계란의 황이 은식기에 닿으면 변색되므로 나이프는 철제여야 한다. 숟가락은 깨끗하되 스테인리스 스틸이나 뿔로 만든 숟가락이어야 한다. 금으로 된 계란 숟가락은 한 번도 본 적이 없지만 분명 금 숟가락을 사용하는 사람이 있을 것이다. 소재가 무엇이든

---

69 조너선 스위프트의 『걸리버 여행기』 속 릴리퍼트와 블레푸스쿠는 달걀을 어느 쪽으로 깨는 것이 옳은가 하는 논쟁이 발단이 되어 36개월간 전쟁을 치름. — 옮긴이

간에 숟가락은 끝이 날렵하고 덜 움푹해야 한다. 또한 손잡이는 짧고 다루기 용이하도록 균형이 맞아야 한다.

계란 숟가락은 아주 조그만 도구이기 때문에, 비엔나식 아침 식사와 마찬가지로, 개선될 여지가 없다. 여타의 좋은 도구들처럼 그 자체의 순수한 적절성으로 기쁨을 준다. 한 가지 용도로밖에 쓸 수 없지만 그 쓰임에 완벽하도록 만들어졌다. 그리고 무엇으로도 대체될 수 없다. 보통의 숟가락으로 껍질 속의 계란을 떠먹으려 들면 망치로 손목시계를 고치겠다고 하는 격이다.

계란 숟가락의 유일한 결점은 너무나 작아서 잃어버리기 쉽다는 것이다. 뿔 숟가락은 크기가 더 크다. 하지만 우리 딸이 선물한 아름다운 뿔 숟가락은 마모되면서 가장자리가 거칠고 너덜너덜해졌다. 교체할 일이 걱정이다. 대부분의 미국인들은 껍질에 든 달걀을 퍼먹지 않는다. 그럴 만한 도구도 찾기가 쉽지 않다. 눈에 띄면 바로 사야 한다. 지금은 스테인리스 스틸로 된 계란 숟가락을 쓰고 있다. 손잡이 부분에 KLM[70]이라는 글씨가 새겨져 있는데 어쩌다가 이 숟가락을 갖고 있게 됐는지는 이야기하지 않도록 하겠다.

나는 이게 얼마나 어려운 일인가를 여러분에게 설명하고 있다.

---

70 네덜란드의 항공사 KLM. — 옮긴이

껍질에 든 달걀을 먹기 위해서는 연습도 해야 하지만 결단력과 심지어 용기도 필요하다. 어쩌면 범죄까지도 기꺼이 저지를 수 있는 용기 말이다.

계란을 탁 깨서 먹고 싶다면 우선 나이프로 껍질을 칠 부분을 결정해야 한다. 단단한 껍질의 정확한 지점, 일격에 깔끔하게 계란을 참수할 수 있는 정확한 지점을 강하게 탁 때린다. ── 이건 이상적인 경우이다.

사실 무르거나 바스러지는 계란 껍질도 있고 때론 겨냥이 확실하지 않았거나 빗나가기도 한다. (그러니 아침 식사 전에 미리 어디를 겨냥할지 정해 두시라). 너무 위를 치면 구멍의 크기가 넉넉하지 않다. 너무 아래를 겨냥하면 노른자가 새어 나온다. 나온 김에 말이지만 노른자 이야기를 하려면 아직 멀었다. 탁 깨서 먹는 대신에 톡톡 깨서 먹기로 마음을 바꿀 수도 있다. 신나는 방법은 아니지만 결과에 대한 통제력이 커진다.

계란 껍질이 열렸다. 숟가락을 안으로 곧장 집어넣어라. 너무 급하게 넣지는 말아야 한다. 그러다가 아까운 노른자가 밀려 올라와 껍질 밖으로 흘러내릴 수 있다. 3분 30초간 익히면 흰자는 딱딱하지 않을 만큼 익지만 노른자는 걸쭉해서 흰자에 섞어 먹기 딱 좋은 아름다운 황금색 소스가 된다. 여러분이 할 일은 노른자와 흰자가 균형이 맞도록 작은 스푼 가득 뜨는 것이다. 단, 그 과정에서 연약한 계란 껍질을 부수지 않아야 한다. 집중력이 필요한 일이다.

집중력을 발휘하면 할수록 더욱 더 제대로 된 *계란* 맛을 볼 수 있다.

이러고 보니 이번 이야기는 전체적으로 보면 이중 과업에 은근한 일격을 가하면서 한 가지의 일에 마음을 다하는 태도를 찬양하고 있는 것 같다. 성경에 그런 말이 있지 않던가.

'너는 무슨 일을 하든지 최선을 다하라. 네가 앞으로 들어갈 무덤에는 일도 없고 계획도 없으며 지식이나 지혜도 없다.'[71]

거기에는 아침 식사도 없을 것이다. 무덤엔 계란이 없으니까.

갓 삶은 반숙란의 내음은 정말 은근하다. 달걀부침에는 소금과 후추를 뿌려 먹으면 좋지만 삶은 계란은 아무것도 필요 없다. 그 자체로 완전한 만족감을 느낄 수 있다. 머핀의 버터가 약간 가미되면 그것도 좋다.

반숙 계란은 매일 똑같은 아침에 매번 다른 경험을 안겨주며 무한의 즐거움으로 남는다. 하지만 언제나처럼 맛있다. 반숙 계란은 작지만 꽉 찬 질 좋은 단백질을 제공한다.

그 이상 뭘 더 바라겠는가?

물론 나는 아주 운이 좋은 편이다. 닭을 전염병 소굴에서 키우

---

71 전도서 9장 1절. — 옮긴이

지 않고 썩어가는 고기를 먹이지도 않는 농장에서 나온 계란을 생협을 통해 구입한다. 독성 물질의 위험이 없는 계란이다. 이 갈색 계란들은 껍질이 단단하며 노른자에서 오렌지빛이 난다. 불결하고 고통스러운 곳에 갇혀 사는 암탉들이 낳은 연약하고 창백한 계란과 다르다. 오리건주 의회는 가금류를 케이지 닭장에서 사육하는 것을 적어도 금지하기로 했단다. 만세다. ― 발효는 2024년이다. 이건 안 만세다. 우리의 생명들을 고문과 배설물, 그리고 질병으로 몰아넣었던 로비 단체들이 13년 더 그런 짓을 한다니. 내 생전에 살아서 자유로운 새들을 보기는 틀렸구나.

노트르담 드 허기
2011년 10월

이번 주에 어떤 교회를 가 보았다. 위치는 공장지대/소기업 지구/거주지 혼재 지역인데 포틀랜드 공항에서 그리 멀지 않은 곳으로, 교회 입지치고는 특이하다. 그래도 교세가 커서 일요일뿐만 아니라 일주일 내내 신도들이 교회 가득 들어차 있다.

그리고 건물이 크다. 파리의 노트르담 성당은 20평방킬로미터 규모이다. 이 교회는 두 배에 가까운 33평방킬로미터나 된다. 일반 도시의 2개 블록에 해당하는 넓이다. (게다가 성당이 가득 찰 경우 사용하는 보조 예배당이 강 건너에 있는데, 30평방킬로미터 상당된다.)

노트르담 성당은 탑 때문에 건물 높이가 훨씬 높고 성인들과 괴물 석상이 새겨진 석재 건물이다. 게다가 특유의 익숙한 예스러움과 아름다움을 풍기나 가까이 다가가서 볼수록 그 감동이 덜하다. 근처에 다른 건물들이 많아서 제대로 감상을 할 수 없기 때문이기도 하고, 아주 오래 전에 처음 지을 때부터 영적 숭배를 찬양하고 형상화하려는 목적으로 지은 교회가 아니어서 그렇다. 최근에 와서 특정한 세속적 이유로 그런 목적이 절실히 필요하게 되었을 따름이다.

그렇다고 해서 노트르담 성당이라는 정체성의 아주 큰 부분을 차지하는 영적 가치를 폄하할 생각은 없다.

이 교회의 외관은 유독 거대한 창고처럼 보인다. 하지만 우리가 흔히 보던 창문 없는 소비지상주의 성체(월마트 등) 특유의 위협적이고 기이한 외양이 아니다.

내부로 들어가 보면 확실히 교회라는 걸 알 수 있다. 높고 탁 트인 입구 복도에서 돌로 된 우아한 타일 바닥과 여기 저기 붙은 작은 황동 장식들을 지나면 사무실과 칸막이가 있는 장소가 나타난다. 대부분의 교회는 행정 사무실을 숨겨놓지만 이 교회는 오히려 입구에 배치했다. 황금색 목제 벽 사이로 드넓은 공간이 잘 빠졌다.

노트르담 성당의 신도석 천장이 높은 것과 마찬가지로, 이 교회도 철골 구조의 나무 천장이 자그마한 인간들이 살고 있는 저 아래 바닥을 굽어보며 아찔하게 솟아 있다. 노트르담 성당의 높은 천장은 위대하고 신비한 그림자가 드리워진 상부 세계의 형상을 만들어낸다. 그러면서도 그 아치의 아래 공간은 빛으로 밝혀져 있다. 신도석으로 발을 들여놓기 전에 가만히 그 모습을 보면 왜 그렇게 천장을 높게 지었는지 이해할 수 있게 된다. 성스러운 공간으로 향하는 거대한 열린 문들처럼 보이는 그 형상을 보라. 그런 광경을 볼 때면 언제나 단번에 숨이 멎는다. 가만히 그 자리에 멈춰 서서 경외심이 무슨 뜻인지를 되새겨 보는 것이다.

이 거대한 교회의 내부는 입구에서도 훤히 다 보인다. 바닥을 가득 채운 어마어마한 수의 벽돌과 상자와 종이팩, 그리고 보관함들이 아주 엄격한 기준에 맞추어 순서대로 정렬되어 있다. 그리고 그것들이 쌓여 있는 탑 사이사이에 너른 통로가 나 있다. 통로에 서야만 저 멀리 아득히 서 있는 외벽들을 볼 수 있는 것이다. 벽이나 칸막이도 없다. 굉장히 웅장한 켄틸레버[72] 위로 천장이 평온하게 뻗어 있다. 아주 희미하게 청과물이랄까 신선한 채소의 내음이 섞인 시원하고 산뜻하며 맑은 공기가 느껴진다. 소형 지게차 같은 것들이 조용히 통로를 드나든다. 쌓여 있는 탑들 사이에서 더욱 자그마해 보인다. 들여놓고 내어놓고, 상자들을 옮기느라 연신 바쁘게 움직인다.

자, 이 장소는 교회가 아니다. 교회에 비유해 보았을 뿐이다. 이건 그냥 창고형 가게이다.

---

[72] cantilever. 모자의 채양처럼 한쪽만 지지되고 한쪽 끝은 돌출한 들보. —옮긴이

팔 물건이 하나도 없는 창고형 가게가 있을 수 있을까? 이 모든 방대한 물품 중 하나도, 아무것도, 판매용이 아니다.

사실, 여기는 은행이다. 그러나 돈을 취급하는 은행이 아니다.

여기에서는 돈과 관련된 일이 일어나지 않는다.

여기는 오리건 푸드 뱅크이다. 이곳 통로 사이에 엄청나게 쌓여 있는 종이팩, 캔, 병, 상자에는 모두 음식이 담겨 있다. 종이팩 마다, 캔 마다, 그 무게만큼 담긴 음식이 돈이 없어서 먹을 것을 사지 못하는 오리건 주민들 앞으로 보내질 것이다.

결국 교회가 맞는 셈이다. 기아의 교회 말이다.

아니면 너그러움의 교회라고 불러야 할까? 연민의 교회? 공동체의 교회나 자선의 교회? 결국 다를 것이 없다.

도움이 필요한 사람들이 있다.

'하느님은 스스로 돕는 자와 가난한 이들과 무직자와 과잉 정부에 빌붙어 사는 대책 없는 게으름뱅이들을 돕는다.'는 말로 그들의 존재를 부인하는 사람들도 있다.

빈곤을 부인하지도 않고 알고 싶지도 않은 사람들도 있다. '너무 끔찍하네, 어쩔 셈이지?'

그리고 마침내 남을 돕는 사람들이 있다.

나는 여기에서 남을 돕는 사람들이 존재한다는 가장 인상적인 증거를 보았다. 그들의 실재, 효율성, 영향력을. 이곳은 인정이 형상화된 장소다.

물론 이처럼 현세적이고, 하찮고, 따분하고 심지어 엽기적인 방법도 없다. 수천 개의 캔에 들어 있는 깍지콩, 탑처럼 쌓인 상자 안에 든 마카로니, 상자를 가득 채운 갓 딴 채소, 보조 창고 냉장고 안에 든 육류와 치즈……. 하나같이 양조장에서 기부받은 희한한 맥주 이름이 적힌 수백 개의 종이팩에 담겨 있다. 맥주 종이팩이 유독 튼튼해서 음식을 포장하기에 좋다고 한다. 남성들과 여성들, 직원들과 교육받은 봉사자들이 기계를 조작하고 책상을 배치하며 신선한 식품을 분류하고 포장한다. 그리고 푸드 뱅크 교실에서, 부엌에서, 그리고 정원에서 사람들에게 생존에 필요한 기술을 가르친다. 음식을 실은 트럭을 몰고 들어오고, 음식이 필요한 곳으로 트럭을 몰고 가기도 한다.

창고의 구역마다 쌓여 있는 5톤에서 8톤에 이르는 음식의 장벽과 암초들은 오늘 밤 혹은 며칠 내로 모래성처럼 허물어져 사라질 것이다. 그리고 그 자리에 즉시 박스나 캔, 유리병에 든 음식들, 신선 식품과 냉동식품이 새로 들어온다. 음식들은 교대로 하루 만에 혹은 일주일 만에 떠나며 눈 녹듯 사라진다.

그리고 어디나 간다. 푸드 뱅크는 오리건주의 모든 카운티와 또한 곳, 워싱턴 스테이트 카운티에까지 음식을 나누어 준다. 음식을 넉넉히 구하지 못하는 사람들을 찾아다닐 필요도 없다.

어디든 아이들이 먼저다. 우리 카운티 내의 시내와 도시에 사는 많은 학령 아동들이 하루 세 끼, 심지어 두 끼도 먹지 못하고 있다. 오늘 아무것도 못 먹는 것 아닐까 항상 걱정해야 한다.

그 수가 얼마나 될까? 약 3분의 1이다. 어린이 3명 당 1명꼴이다.

생각해 보자: 만약 나나 여러분이 3명의 학령 자녀를 가진 부모라면 (통계적으로) 우리 아이 셋 중 하나가 배를 곯고 있다는 뜻이다. 영양실조 상태의 밤낮 없는 굶주림에 시달리는 것이다. 그런 굶주림은 아이가 항상 추위를 느끼게 하고 아둔하게 만들며 병들게 한다.

여러분은 셋 중 어느 자녀를 그렇게 되도록 내버려 두겠는가? 그 한 명을 선택할 수 있겠는가?

트리

2011년 1월

 아침에 크리스마스트리를 치웠다. '탁자 위에 장식해 놓는 1미터에서 1.2미터 정도 되는 아주 예쁜 전나무'라고 우리에게 트리를 판 트레이더스 조 옆 꽃집의 여주인이 말해주었다. 크리스마스트리를 놓을 때는 집 밖에서 트리가 보이고 트리도 집 밖을 내다보도록 해야 한다는 믿음에 따라서 우리는 목제 상자를 받쳐 거실의 모서리 창문가에 트리를 세웠다. 엄밀히 말해 나무가 내부와 외부를 구별하지는 못하겠지만 빛과 어둠 정도는 감지하지 않을까 싶다. 어디에 두든 나무 위나 가지 사이로 하늘이 보여야 보기에 좋다.

 우리가 장식을 하기 전의 트리는 자연 그대로의 짙은 초록색 나무이자 복잡한 고등 유기체로서 아주 명확한 존재감을 드러내며 방 안에 우뚝 서 있었다. 모조 트리를 샀다가 그 보잘것없음 덕분에 내가 살아 있는 트리에서 무엇을 느끼는지 되새겨본 적이 있다. 내가 어렸을 때, 그리고 내 자녀들이 어렸을 때 보던 화려하고 거대하고 키가 큰 크리스마스트리는 물론, 자그마한 트리라 하더라도 트리가 방 안에 있으면 사람이나 동물 못지않은 존재감이 느껴졌다. 우리는 움직이지 않는 존재를 없는 양 취급한다. 하지만 거기에, 존재가 있다. 노르웨이에서 온 아주 말수 적은 방문객이라 할 수 있지 않을까. 우리말을 할 줄 모르고, 이것저것 요구하지도 않고, 고작 며칠에 한 번씩 물 한 잔만 주면 바랄 것이 없다고 하는 사람. 편안한 사람. 쳐다보기만 해도 기분 좋아지는 사람. 너무나 차분하고 한결같은 태도로 가뜬히 뻗은 초록빛 팔들 안에 숲의 어둠을 품고 있는 사람.

우리 집의 노르웨이 손님은 약간 방 안쪽으로 몸을 숙이고 있었다. 밑에 박힌 나사 핀 때문에 똑바로 세울 수가 없었다. 어쨌든 옆에서 보면 기울어진 줄 아무도 모를 테고 트리가 책상과 책장 사이에 있어서 쓰러질 염려는 하지 않았다. 트리 장터에서 파는 나무들은 종종 가지 끝을 절반쯤 재단기로 잘라내는데 이 트리는 그렇게 하지 않아도 아름다운 대칭을 이루었다. 물론 장터 트리였다. 내가 이 트리를 보며 떠올리는 숲을 이 트리는 한 번도 가보지 못했을 것이다. 후드산에서 그리 멀지 않은 곳에 경사 지대가 있다. 이 트리는 거기에 열을 맞춰 줄지어 선 수백 수천 그루의 다른 어린 전나무와 함께 자랐을 것이다. 우리나라의 농경지대에서 볼 수 있는 가장 음울한 광경 중 하나이며 삭 베기 한 숲을 보는 것만큼 마음 아픈 일이다. 기업식 영농에 밀려 작물 재배를 포기한 소농이 있다는 신호이기도 하기 때문이다. 때로는 농부가 아닌 사람이 세금 탕감 차원에서 트리 장터를 세우는 경우도 있다. 우리 집 트리는 여태껏 숲을 모르고 살았다. 그래도 여전히 한 그루의 숲나무였다. 비, 태양, 얼음, 폭풍과 온갖 날씨와 온갖 바람을 알고 지냈다. 그리고 의심할 나위 없이 낮에는 새들을, 밤에는 별을 알고 지냈을 것이다.

우리는 트리에 조명을 둘렀다. 꼭대기에는 꼬리가 추레한 황금새를 달았다. 1954년에 각각 12개씩 구입했던 작은 금색 유리 달팽이 껍질 장식과 금색의 유리 호두 장식도 꺼냈다. 남아 있던 호두 장식은 1개, 달팽이 껍질 장식은 9개였다. 깨지기 쉬운 재질이다 보니 달팽이 껍질 중 하나는 구멍이 나 있었다. 작고 무게가 나가지 않는 것들이라 맨 위에 있는 가지에 달았다. 그것들보다 크기가 약간 더 큰 유리 공 장식은 조금 낮은 곳에 달았다. 너무 낡아서 칠이 벗겨져 투명하게 보였다.

크기가 클수록 더 아래로 내려가야 한다. 인생의 순리다. 호랑이, 사자, 고양이, 코끼리……. 작은 짐승 장식들이 나뭇가지에 매달려 대롱거린다. 그들 위에 조그만 새들이 철사로 된 발톱으로 엉성하게 가지를 움켜쥐고 매달린다. 조만간 손아귀가 미끄러져 가지 밑에 떨어진 새들을 발견하게 될 것이다. 그러면 다시 있던 자리에 앉혀줘야 한다.

어느새 보기 좋은 크리스마스트리의 모습을 갖추었다. 격렬하게 빛나는 작은 LED 전구가 너무 밝다는 점을 빼고는 말이다. 옛날식 반투명 전구는 이 트리에 쓰기엔 너무 컸다. 그 부드러운 빛이 나뭇가지 사이에서 은은하게 빛났더라면 더 잘 어울렸을 것이다. LED 전구는 색감이 엉망일 때도 있는데 비명이라도 지르는 것 같은 자홍색이 그 중 최악이다. 크리스마스에 자홍색이 웬 말인가? 할 수만 있다면 자홍색과 공항 활주로 경계선을 연상케 하는 파란색 전구를 없애고 초록색과 빨간색, 금색으로 바꾸고 싶다. 하지만 다섯 가지 색이 정해져서 나오는 제품인 데다가 그 사람들이 대체용 전구를 팔 것 같지도 않다. 원한다면 전체를 새로 구입할 수 있지만 새것을 사더라도 이것과 똑같은 색들로만 되어 있을 것이다. 나는 휴지로 작은 대롱을 만들어 눈을 찌를 듯이 빛나는 전구에 씌웠다. 별 효과 없이 너절해 보이기만 했다. 그래도 전구마다 모두 씌워 두었다.

그렇게 크리스마스는 왔고 트리는 낮이고 밤이고 빛났다. 나는 잠자리에 들기 전에 늘 전원을 뽑았다. LED는 발열이 적기 때문에 꼭 그렇게 꺼둘 필요가 없다는 건 알지만 안전도 안전이고 습

관도 습관인지라 트리를 그대로 켜두면 안 될 것 같았다. 가끔씩은 전구를 끄고 가만히 서서 트리를 바라보곤 했다. 캄캄한 방 안에 고요함과 짙은 어둠이 깔리고 트리 뒤로 '평화'라고 적힌 창가의 자그마한 전기 양초 하나만이 빛나고 있었다. 빛이 나뭇가지와 바늘 같은 솔잎사귀를 통과하여 천장에 희미하고도 복잡한 그림자를 남겼다. 어둠 속에 나무의 향기가 풍겼다.

크리스마스가 지나가고 새해 첫날이 밝았다. 그리고 그 다음 날, 내가 트리를 치워야겠다고 해서 트리를 정리하게 되었다. 나는 전구와 장식을 떼어낸 나무를 하루만 더 그대로 두고 싶었다. 장식이 없는 나무가 아주 마음에 들었고 방 안을 조용히 지키고 서 있던 존재감을 잃고 싶지도 않았기 때문이다. 아직 솔잎이 떨어지기 시작하지도 않은 나무였다. 하지만 애티커스는 어중간하게 일을 처리하는 사람이 아니었다. 그는 나무를 정원으로 꺼내 해야할 일을 완수했다.

그는 내게 그의 아버지가 몇 년간 손수 기른 돼지를 잡을 때의 이야기를 해주었다. 그의 아버지는 다른 사람에게 그 일을 시켜 놓고 그동안 집을 나가 있다가 소시지를 만들 무렵이 되어서야 돌아왔다고 한다. 하지만 애티커스는 그 일을 자기가 직접 하는 사람이었다.

어쨌든 이미 뿌리가 잘려나가 있었으니 우리와 함께 보낸 삶은

280

나무에게 느린 죽음과 마찬가지였을 것이다. 베어진 나무로 만든 진짜 크리스마스트리는 일종의 제물이다. 그 사실을 부인하기보다 인정하고 숙고해야 할 것이다. 애티커스가 나를 위해서 단단한 가지를 몇 개 남겨놓았다. 그리고 물이 담긴 그릇에 넣어 현관 복도에 두었다. 언젠가 마르면 훌륭한 땔감이 될 것이다. 아마도 다음 크리스마스 즈음에.

위층의 말들

2011년 1월

크리스마스이브의 이브에 우리 가족들은 모두 숲에 있었다. 개 세 마리와 말 세 필, 고양이 한 마리와 함께 살고 있는 딸과 사위가 사는 곳이었다. 말들은 마구간과 초원에서 살고 다섯 식구는 언덕 아래에 있는 통나무집에서 살았다. 그리고 멋쟁이 고양이는 전용 보온 패드가 있는 원룸식 오두막에 사는데 겨울 숲으로 쥐 사냥을 갈 때 말고는 항상 집에 머무른다. 12월 내내 그랬듯이 오후에는 종일 비가 내려서 다들 집 안에 있었다. 덕분에 부엌 겸 거실 겸 식당이 사람들로 그득했다. 가장 연장자가 여든셋이었고 가장 나이 어린 사람은 두 살에 불과했다.

두 살배기 라일라는 엄마와 의붓 이모와 함께 토론토에 산다. 여섯이 머물던 집에 일곱 명이 추가로 오후에 들어온 것이다. —집 주인들은 위층에서, 토론토 사람들은 서재에서, 강인한 영혼의 소유자 한 명은 집 밖 캠핑카에서 잤다. (원룸식 오두막에는 침대가 없고 미미는 자기 보온 패드를 독차지하는 고양이기 때문이다.) 개들은 우리들 사이를 자유롭게 맴돌았다. 녀석들의 호기심을 자극하는 맛있는 음식이 많았다. 라일라처럼 어린아이라면 낯선 사람과 낯선 환경, 소음이 번잡스럽게 느껴질 만도 한데 라일라는 눈을 반짝이며 그 상황을 사랑스럽고도 침착하게 잘 받아들였다.

그날 아침 잠시 비가 그쳤을 때, 라일라는 캐롤라인과 함께 길고 가파른 비탈길을 올라 마구간으로 갔다. 둘은 아름다운 아이슬란드 산 펄라와 행크를 만나서 놀았다. 체고가 1미터에 이르는 이 말들은 분명 이 근방에서 유일한 (당나귀를 제외하고) 말일 것이다. 라일라는 '캐올라인 이모'가 보는 앞에서 착하고 영리한 멜로디의 안장에 앉았다. 그리고 말 타는 법을 배우느라 신이 났다. 멜로디가 속도를 올리자 라일라가 위로 아래로 튕겼다. 아이는 "통! 통! 통! 통!" 작은 목소리로 노래를 부르며 말 훈련장을 뱅뱅 돌았다.

오후에는 어쩌다 보니 실내에서 여러 가지 이야기를 하며 보냈다. 누군가 모르는 새에 금방 해가 지겠다고 했더니 다른 사람이 말했다.

"얼른 위로 가서 말들을 먹여야지."

라일라가 그 말을 듣고 눈을 빛냈다. 아이가 엄마에게 가더니 작고 기대에 찬 목소리로 말했다.

"말들이 위층에 있어요?"

아이 엄마는 말들은 위층이 아니라 언덕 위의 목장에 있다고 친절하게 설명을 했다. 라일라는 고개를 끄덕이며 수긍했지만 약간 실망한 기색이었다.

나는 아이의 질문에 슬며시 웃으며 생각에 잠겼다.

흥미로우면서도 그럴 법한 질문이었다. 두 살배기에게 세상의 전부인 토론토에서는, 누군가 '위로' 간다는 말을 하면 항상 '위층'을 뜻한다.

라일라 입장에서는 비록 거대하지 않아도 천장이 높은 커다란 통나무집이 어마어마하게 큰 미로처럼 예측할 수 없는 공간으로 느껴질 것이다. 아이에게는 문이나 계단, 지하와 다락 등의 모든 것들이 예상 밖의 존재다. 1층 현관문을 열고 집 안으로 걸어 들어와서 계단을 한참 내려가면 지하가 나온다. 라일라는 다락방에도 딱 한 번밖에 못 가보았을 것이다. 어쩌면 한 번도 가보지 않았을지 모른다.

아이가 생각할 때, 위층에는 뭐든지 있을 수 있다. 멜로디, 펄라, 행크가 거기 있을 수도 있다. 산타클로스도 거기 있을 수 있다. 하느님이 없으란 법이 있는가.

항상 새로운 것들로 바뀌는 광활한 세상을 아이들은 어떻게 이해하는 걸까? 아이는 할 수 있는 최선을 다하되 자기가 감당할 수 없는 것까지는 신경 쓰지 않는다. 나중에 이해해야만 하는 때가 오면 그때 관심을 가지면 되니까. 그게 내가 생각하는 아동 발달 이론이다.

내가 북부 캐롤라이나 연안에서 열린 학회에 참석했던 일에 대해 짧은 이야기를 쓴 적이 있다. 붉은 삼목 틈으로 오두막집들과 개울이 자리한 전혀 다른 세상을 처음 볼 때만 해도 나는 내가 2주씩 두 번의 여름을 그곳에서 보냈다는 사실을 깨닫지 못했다. 그곳은 팀버털이라는, 열세 살, 열네 살 때 친구들과 함께 갔던 여름 캠프 장소였다.

팀버털이라는 장소에 대한 어렸을 때의 기억은 우리가 탄 버스가 북쪽으로 한참을 달리는 동안 친구들과 수다를 떨었던 것과 버스에서 내렸더니 *거기에* 도착한 것뿐이다. 거기가 어디였든 우리가 도착한 곳이었다. 개울과 오두막집, 거대한 나무 그루터기, 그리고 높고 짙은 나무와 말. 그 사이에 우리가 있었다. 그치지 않고 수다를 떨면서.

그래, 맞다. 거기 말이 있었다. 거기에 갔던 이유가 바로 말 때문이었다. 그 나이 때는 그게 중요하다.

나는 나무로 된 우리나라 지도 퍼즐에 모든 주가 제대로 표시되어 있음을 다행스레 여기는 아이였다. 대륙과 나라에 대해서 좀 알 만큼 지리를 열심히 공부하기도 했다. 그래서 붉은 삼목이 있는 그 주가 버클리 북쪽에 위치하는 것도 알고 있었다. 내가 아홉 살 때 우리 부모님들이 나와 오빠를 차에 태우고 그 해안가에 데려가 주었기 때문이다. 아버지는 항상 방위를 잘 알고 계셨다.

열네 살의 내가 팀버틸의 위치에 대해 아는 건 그게 전부였다. 그리고 그 이상은 알려는 마음이 없었다.

나는 내가 그렇게 몰랐다는 사실에 충격을 받았다. 하지만 그 무지에도 나름의 논리가 있다. 결국 버스를 운전하는 사람은 내가 아니었기 때문이다. 나는 어른들이 여기저기 싣고 다니는 아이에 불과했고 아이들은 원래 그런 법이다. 당시의 내 입장에서 내가 필요한 만큼만 세상을 이해했고 그걸로 충분했다.

아이들이 늘 이렇게 물어볼 만도 하다.

"우리 아직 도착 안 했어요?"

왜냐하면 아이들의 마음은 벌써 거기에 도착했기 때문이다. 하지만 거기까지 가기 위해서 어떤 지점에서 다른 지점까지의 엄청난 거리를 끝없이 운전해 가야 하는 어른들은 그렇지 않다. 아이들은 그걸 이해하지 못한다. 아이들이 경치를 보지 않는 이유가 그 때문이 아닌가 싶다. 경치는 그들이 도착하는 장소 사이의 틈새이기 때문이다.

그 틈새를 인지하고 어떤 장소들 간에 놓여 있는 관계를 이해하기까지는 수년이 걸린다.

인간 어른으로서 성장하는 것도 마찬가지일 것이다. 나는 동물들도 아기들과 같은 방식으로 인식을 확장한다고 생각한다. 대다수의 동물들은 장소 간의 이동에 대해 잘 인지한다. 인간 아기들은 그렇지 않다. 오히려 동물들이 우리보다 훨씬 더 잘 알고 있을 때도 있다. 말을 봐도 그렇지만 말 이야기는 한 번으로 족하다. 벌을 보자. 벌은 위치를 알려주기 위해 춤을 춘다. 제비갈매기도 길이 없는 바다 위를 날아다닌다. 그런 걸 보면 길을 안다는 건 자신이 어디에 있는지를 내내 인식함을 뜻한다.

열네 살이면, 아주 친숙한 장소에 있지 않는 한, 내가 어디에 있는지에 대한 인식은 정말 조금밖에 갖고 있지 않다. 라일라보다는 더 잘 알겠지만 그렇게 큰 차이가 없다.

그래도 열네 살의 나는 다락방에 말이 없다는 걸 알고 있었다. 북극에 산타클로스가 없다는 것도 알았다. 그리고 신이 대체 어디에 있을까 하는 생각을 나는 많이 했었다.

* * *

아이들은 들은 대로 믿을 수밖에 없다. 아기의 젖 빠는 본능처럼 아이에게는 기꺼이 믿으려는 성향이 있다. 살아남기 위해, 그래서 인간이 되기 위해 아이들은 배워야 할 것이 너무나도 많기 때문이다.

특히 인간이 가진 지식은 대개 언어를 통해 전달된다. 그러므로 우선 언어를 배워야 하고 들은 말을 믿어야 하는 것이다. 정보의 유효성은 확인이 가능하고 확인해야 할 필요가 있는 경우도 가끔 있지만 그 자체가 위험한 작업이 될 수 있다. 가스레인지 화구에 ─ 설사 붉게 달아오르지 않았다 해도 ─ 손을 데일 수 있는지 직접 확인하는 아이보다는 그냥 손을 데일 거라고 믿는 아이가 낫다. 할머니 약을 함부로 먹었다가 탈이 날 수 있다는 말이나, 길거리로 무작정 뛰쳐나가면 위험하다는 말도 마찬가지다. 어쨌든 아이들은 배울 것이 너무나 많다보니 그걸 전부 검증해 볼 수가 없다.

우리는 우리들보다 나이가 많은 사람들이 하는 말은 믿어야 한다. 물론 자력으로 깨달을 수도 있지만 우리가 통찰력을 이용하는 방식은 아주 미미한 본능적 지식의 수준에 불과하기 때문이다. 그리고 그 방식은 앞에서 말했듯이 세상을 인식하고 우리가 나아갈 길을 찾는 기초적인 형태를 보여준다.

그토록 무궁무진한 참된 정보의 가치를 고려해 볼 때, 아이에게 거짓말을 하는 건 용서받을 수 없는 잘못이다. 어른은 어떤 것을 믿지 않겠다고 선택할 수 있다. 하지만 어린아이는, 특히 여러분의 자녀라면, 여러분의 말을 믿지 않을 선택권이 없다.

이런 경우를 한 번 상정해 보자: 라일라가 엄마의 말에 납득하지 않고 실망하여 울면서 고집을 부리기 시작한 것이다.

"아니야! 위층에 말이 있어요. 위층에 말이 있다고요!"

마음 약한 엄마는 웃으면서 아이를 달랜다.

"그래, 애야. 위층에 말이 있단다. 다 같이 침대에서 안고 자고 있어."

이건 거짓말이다. 사소하고 실없긴 하지만. 아이는 말이 있다는 오해 외에는 아무것도 배우지 못했다. 그리고 그 잘못된 정보를 어떻게든 언젠가는 스스로 가려내게 될 것이다.

위에라는 말이 위층을 뜻할 수도 있고, 언덕 위를 뜻할 수도 있다. 그 외에도 아주 많은 것들을 의미할 수 있다. 중요한 것은 그 의미가 지금 여러분이 어디에 있느냐에 따라 다르다는 점이다. 아이는 그러한 의미의 다양성을 이해하는 법을 배우기 위해서 온갖 도움이 필요하다.

물론 거짓말은 상상과 다르다. 라일라와 엄마는 다락방에 있는 말들을 상상하며 즐거운 시간을 가질 수도 있다. 행크가 자꾸 담요를 잡아당기자 펄라가 그에게 발길질을 한다. 그리고 멜로디가 이렇게 말하는 것이다.

"건초는 어디 있어요?"

하지만 이런 상상을 하기 위해서는 말이 사실은 마구간에 있다는 사실을 아이가 알고 있어야 한다. 사실을 진실로 받아들임으로써 우리는 사실이 최우선으로 고려할 사항임을 안다. 아이는 자신이 들은 말을 신뢰할 수 있어야 한다. 그리고 그녀의 신뢰는 우리의 정직을 통해 지켜질 수 있다.

내가 앞서 산타클로스를 언급한 데에는 나름의 이유가 있다. 나는 우리가 산타클로스에 대한 주제를 다루는 방식이 늘 불편했다. 우리 가족에게도 산타클로스가 있었다. (사실 우리 어머니는 순록에게 새로 난 겨울 클로버를 먹이는 캘리포니아 산타클로스에 대한 사랑스러운 동화책을 쓰셨다.) 나도 어렸을 때 『크리스마스 전야(The Night Before Christmas)』라는 책을 읽었다. 산타클로스를 위해서 난롯가에 우유와 쿠키를 차려놓으면 다음 날 아침에 없어지는 걸 보면서 다 같이 기뻐했다. 사람들은 가상을 좋아하고 의식을 사랑한다. 사람들에게는 그 두 가지가 필요하다. 둘 중 어느 것도 사실에 위배되지 않는다. 산타클로스는 기이하고 별나고, 전반적으로 엉성한 신화이지만 실제적 신화이다. 우리가 기념하는 큰 명절의 의식 행사와 밀접한 관련이 있다. 나도 산타클로스를 기린다.

나는 인생의 아주 이른 시기에, 아이들이 대체로 그렇듯, '가상'과 '실제'를 구별해 낼 수 있다고 생각했다. 신화와 사실이 서로 다른 것이며 그 둘 사이에 중간지대는 없다는 어떤 직관이 있었던 것 같다. 내가 몇 살이었던 간에 누군가 내게 "산타가 진짜 있어?"라고 물으면 당황하고 혼란스러워져서 얼굴을 붉혔다. 혹시 내 대답이 틀렸을까 싶어서였다. 그리고 나는 늘 아니라고 대답했다.

나는 산타클로스가 우리 부모님이 진짜인 것과 똑같은 의미로 진짜는 아니라고 생각했다. 그런 생각 때문에 뭔가를 놓쳤다는 느낌은 들지 않는다. 나도 순록이 전속력으로 달리는 소리를 들으려고 귀를 기울일 수 있었기 때문이다.

내 자녀들에게도 산타클로스가 있었다. 우리는 산타클로스를 위해 시를 낭송하고 우유와 쿠키를 준비했다. 내 손주들도 그렇게 하기는 마찬가지였다. 내가 보기에 중요한 건 바로 그런 것이다. 유대감을 형성하는 의식을 기려 신화를 재현하고 전승하는 과정 말이다.

내가 어릴 때 다른 아이들이 '산타의 진실을 알아냈다'는 이야기를 하기 시작했다. 나는 입을 꾹 다물고 있었다. 불신은 사랑받지 못하는 법이니까. 지금 이렇게 입을 열어 말하는 이유는 사랑받기엔 너무 나이가 들었기 때문이다. 그래도 사람들이 ─ 어른들이! ─ 산타클로스가 진짜가 아님을 알게 된 끔찍한 날을 애도하는 이야기를 들으면 여전히 반신반의한다.

내가 끔찍하게 여기는 것은 일반적인 '믿음의 상실'이다. 아이들에게 거짓을 믿으라거나 믿는 척하라고 요구하는 처사야말로 끔찍한 일이다. 또한 의도적으로 사실과 신화를 혼동시키고 실제와 의례적 상징을 혼동시키는 사람이 죄책감을 금방 벗어 버리는 것도 끔찍한 일이 아닐 수 없다.

사람들이 한탄하는 이유는 믿음의 상실에 대한 고통 때문이 아니라, 믿었던 사람들이 그들은 믿지 않던 무언가를 자신으로 하여금 믿도록 만들었기 때문 아닌가? 그게 아니라 뚱뚱하고 자그마한 산타클로스의 존재에 대한 믿음을 잃어버렸기 때문일까? 산타클로스에 대한 사랑과 존경, 그가 상징하던 것들에 대한 믿음을 잃어버려서? 대체 왜 그런 마음이 드는가?

이 시점에서 몇 가지 더 이야기해 보겠다. 그 중 하나는 정치적인 이야기이다. 몇몇 부모들이 자녀의 신뢰를 조작하는 행동은 ─ 얼마나 좋은 의도로 그런 행동을 했는지와 무관하게 ─ 몇몇 정치가들이 사람들의 신뢰를 농락하는 것과 다를 바가 없다. 그들은 사람들로 하여금 현실과 희망 사항을 혼동하여 구별하지 못하게 만들고 사실과 상징을 교란시켜 의도적으로 농락한다.

'제3 라이히'[73]나 '천 개의 꽃이 피어나게 하라.'[74], '임무 완수.'[75] 같은 표현들이 그렇다.

하지만 그 이야기까지는 하지 않겠다. 나는 그냥 위층에 있는 말들에 대해서 더 고찰해 보고자 한다.

내가 보기에 믿음은 그 자체로는 아무런 가치가 없다. 믿음이 유용하면 가치가 올라가고 지식에 의해 교체되면 가치가 떨어진다. 또한 유해하면 부정적으로 변한다. 일반적으로 삶에서 믿음의 가치는 지식의 양과 질이 증대될수록 그 필요성이 감소한다.

우리의 지식이 전무한 영역이 있다. 그러면 그 영역에 대해서는 믿음에 기대게 된다. 종교나 영적 영역이라고 일컫는 전 분야에서 우리가 할 수 있는 행동은 오직 믿는 것뿐이다. 그리하여 어떤 영역에 대해 믿음을 갖게 된 사람들은 그 믿음을 지식이라고 부른다.

'우리 구세주 예수 그리스도가 살아 있음을 믿습니다.'

그러한 지식은 공정하다. 종교의 영역과 그 외적 영역 사이의 차이를 이해할 수 있고 주장할 수 있는 한 공정하다. 과학의 영역에서 믿음은 0이나 음의 가치를 갖는다. 오직 지식만이 유용하다. 그렇기 때문에 '나는 2 더하기 2는 4이고 지구는 태양 주위를 돈다.'고 말하지 않는다. '나는 안다.'고 말한다. 진화론의

---

73 제3 라이히(The Third Reich)는 세 번째 단일국가라는 뜻으로 이 표현은 히틀러 정권이 신성로마제국과 독일 제국에 이어 세 번째 단일국가임을 선전하는 데에 사용됨. — 옮긴이

74 모택동이 1956년 인용한 '백화제방(百花齊放) 백가쟁명(百家爭鳴)'. 지식인과 예술인에게 중국 공산당의 관료주의를 자유롭게 비판하라고 부추기는 데에 사용됨. — 옮긴이

75 2003년 조지 W.부시 대통령이 이라크 전쟁 중에 전투기에서 내리는 퍼포먼스를 하면서 사용한 문구. — 옮긴이

경우에는 그것이 끝없이 변하고 있는 이론이기 때문에 나는 그 이론을 '수용한다.'라고 말하지 '그게 사실임을 알고 있다.'고 말하지 않는다. 여기서 의미하는 수용이란 세속화된 믿음이다. 수용은 정신과 영혼에 무한한 영양과 즐거움을 줄 수 있다.

'종교적 신념을 잃으면 살 수 없을 것 같다.'고 말하는 사람들의 말을 나는 기꺼이 믿는다. 그리고 내가 '내 지성이 소멸하면, 현실과 상상을 구분하지 못하고 혼동하게 되면, 지금 알고 있는 것을 잊어버리고, 배우는 능력을 상실하게 되면, 나는 차라리 죽어버리고 싶다.'라고 말할 때 그들이 마찬가지로 내 말을 믿어주면 좋겠다.

이 세상에 난 지 고작 2년이 된 사람이 배우고 탐색하며, 진실에 대한 완벽한 믿음으로 보상을 받는 모습, 또한 그 절대적인 신뢰가 받아들여지는 모습을 보는 건 얼마나 사랑스러운 일인가. 나는 우리가 태어난 날과 마지막 날 사이에, 말들의 삶에서부터 별의 기원에 이르기까지, 얼마나 많은 것을 배우고 있는가를 생각해 보았다. 우리가 얼마나 풍부한 지식을 가지고 있는지, 그럼에도 우리를 둘러싼 거짓을 얼마나 더 배워야 하는지를. 우리 모두, 억만장자가 아니고 뭐겠는가.

첫 만남
2011년 5월

나는 방울뱀을 많이 봤다. 튀긴 방울뱀을 먹어보기도 했다. 하지만 살아 있는 방울뱀과 만난 적은 딱 한 번이다. 만남이라는 표현은 쓰고 싶지 않다. 비유적이고도 부정확한 표현이기 때문이다. 우리는 손을 맞대지 않았으니까. 그보다는 외계인과의 의사소통처럼 아주 제한적인 소통이 있었다고 말하는 편이 좋겠다. 어쩌면 그런 것이 나의 운명인가 싶다.

나는 재미 삼아 이 이야기를 종종 해왔다. 사람들이 우스꽝스러운 행동을 하는 행복한 결말의 이야기이다. 그럼, 시작해 볼까.

우리는 나파밸리의 낡은 목장에 머물고 있었고 나는 막 1932년식 철제 의자에 앉으려던 찰나였다. (철제 의자에 앉을 때는 조심해야 한다. 너무 가장자리 쪽으로 붙어 앉으면 그 다루기 까다로운 의자가 통째로 야생마처럼 튀어 올라 나동그라지게 된다.) 어디선가 많이 들어

본 소리가 들렸다. 생각해 보니 그게 첫 번째 의사소통이었던 것 같다. 쉬익 하고 소리를 내는 방울뱀이었다. 내 움직임에 놀랐는지 꼬리를 흔들며 약간 높은 곳에 있는 풀밭을 향해 멀어지고 있었다. 약 500미터쯤 멀어졌을 때 방울뱀이 뒤돌아서 나를 바라보았다. 그리고 그 자리에 멈춰 선 채 머리를 꼿꼿이 세웠다. 녀석의 시선은 꼼짝 않고 나에게 고정되어 있었다. 나도 녀석에게서 눈을 떼지 않았다.

나는 소리를 질러 찰스를 불렀다. 뱀은 전혀 개의치 않는 것 같았다. 뱀은 소리를 못 듣는다고 했던가. 뱀들은 자기들이 내는 떨림의 진동을 공기를 통해서가 아니라 몸으로 '듣는다'고 했던 것 같다.

찰스가 밖으로 나왔고 우리는 그 상황에 대해 이야기를 나누었다. 하지만 차분한 목소리가 나오지 않았다. 내가 말했다.

"녀석이 고지대 풀밭으로 가버리면 우리는 여기 지내는 동안 무서워서 산책을 못 할 거 아니겠어요."

우리는 방울뱀을 죽여야 한다고 결론지었다. 보통 시골에서는 어린아이들이 이리저리 뛰어다니기 때문에 그렇게들 한다.

찰스가 커다랗고 묵직한 손잡이 긴 괭이를 들고 나왔다. 우리 아버지가 포르투갈 괭이라고 부르던 것으로 사람들이 방울뱀을 죽이는 데에 사용한 이력이 있는 물건이었다. 나나 찰스가 아니라 다른 사람들이었지만. 찰스는 녀석을 후려칠 수 있을 정도로 가까이 접근했다.

방울뱀과 나는 그 동안에도 결코 서로에게서 눈을 떼지 않았다. 둘 다 미동조차 없었다.

"못 하겠어요." 찰스가 말했다.

"나도 못 해요." 내가 말했다.

"그럼 어떻게 해?" 우리는 같이 외쳤다.

뱀도 아마 똑같은 생각을 하고 있었을 것이다.

"더니스가 집에 있는지 가 볼래요?" 찰스가 말했다.

"저 뱀이랑 서로 쳐다보고 있는 한은 움직이지 않을 것 같으니까, 당신이 가요."

내가 말했다.

그래서 진입로로 올라간 찰스는 몇백 미터 떨어진 제일 가까운 이웃인 카제츠 씨 댁을 향해 길을 떠났다. 한참이 지났다. 그동안 뱀과 나는 꼼짝 않고 계속해서 서로의 눈을 응시하고 있었다. 사람들은 뱀이 최면을 걸 수도 있다고 하지만 이런 상황에서는 누가 누구를 최면에 빠뜨리는 게 되는 걸까?

우리는 마치 갓 사랑에 빠진 연인처럼 '서로에게서 눈을 떼지 못했다.'

그건 사랑이 아니라 신경전이었고 훨씬 더 긴박한 사활이 걸린 문제였다.

아마도 5분이나 6분, 길어봐야 10분 정도 되는 짧은 순간이었다. 그 후로 몇 년을 두고두고 떠올려 보지만 매번 생생하고 급박한 당시의 느낌이 생생하다. 또한 뭔가 굉장한 것을 배웠다는 의미, 어떤 소중함이 남아 있다.

그동안 뱀과 나는 함께 있었다. 온 세상으로부터 홀로 떨어져서 함께. 우리가 공유하고 있는 공포의 감정이 우리를 하나로 결합시켰다. 우리는 마법에 걸려 넋을 잃은 듯이 하나가 되었다.

그건 일반적인 시간을 벗어나는 순간이었다. 일반적인 감정에서도 벗어났다. 그 상황은 우리 둘 모두에게 위험이었고, 아무 연관 없는 두 생물의 유대였다. 둘 다 본능적으로 서로에게서 도망가려고도 하지 않고, 자기방어를 위해 상대방을 죽이고 싶어 하지도 않았다.

여러모로 그 순간을 성스러운 순간이었다고 생각해도 그리 틀리지 않을 거라 본다.

신성과 희극은 그리 먼 관계가 아니다. 푸에블로 인디언들은 그 점에 대해 우리보다 훨씬 잘 알고 있었다.[76]

찰스와 더니스가 숨을 헐떡이며 진입로를 내려왔다. 아연 도금

---

76   푸에블로 인디언이 인형처럼 만들어 성물로서 집에 두는 카치나 인형의 우스꽝스러운 모습에 대한 간접적 표현. — 옮긴이

이 된 커다란 쓰레기통과 5미터 길이의 탄력 있는 하얀 플라스틱 배관을 들고 있었다. 배관은 더니스가 가지고 온 건데 이런 경험이 있어 방법을 잘 알고 있었다. 더니스는 유명한 예술가이자 동화책 작가였다. 그는 1년 내내 나파벨리에서 머물며 전에는 '방울뱀 터'라고 불렸던 작고 예쁜 영지에 집을 짓고 살았다.

뱀은 계속해서 나만 쳐다보았고 나도 녀석만 보고 있었다. 더니스가 쓰레기통을 옆에 내려놓고 입구를 뱀 쪽으로 향하게 했다. 녀석으로부터 6미터 정도 되는 곳에 더니스가 있었기 때문에 아마 그의 행동이 훤히 보였을 것이다. 더니스는 쓰레기통 뒤로 숨어 배관을 들고 최대한 뻗었다. 배관 끝이 녀석의 머리 근처에서 휙휙 움직였다. 그러자 마법이 풀렸다. 나는 뱀에게서 눈을 떼고 배관을 바라보았다. 뱀도 내게서 눈을 떼고 배관을 노려봤다. 그리고 허공에서 휘청거리는 배관으로부터 순식간에 물결처럼 멀어지더니 쓰레기통의 어두운 동굴을 향해 직진했다. 녀석이 곧장 그 안으로 들어갔다. 찰스가 서둘러 쓰레기통을 세웠고 뚜껑을 덮어 손바닥으로 눌렀다.

통 안에서 엄청난 분노에 찬 움직임이 일었다. 몸을 떨고 몸부림을 치고 갖은 시도를 다 해보는 것 같았다. 우리는 경이로운 마음으로 가만히 서서 진정한 분노에서 나오는 방울뱀의 격정의 울림을 들었다. 그리고 마침내 녀석이 잠잠해졌다.

"이제 어떻게 해요?"

"집에서 멀리, 어디 좋은 곳에 풀어줘야죠."

"도로 끄트머리에 백만장자가 사는데." 더니스가 말했다.

"전에도 몇 마리 잡아서 거기에 풀어줬어요."

재미있는 생각이었다. 백만장자 같은 건 없다. 그 아름다운 언덕에는 아무도 살지 않는다. 방울뱀 집으로 안성맞춤이었다. 세 사람과 쓰레기통을 태운 차는 도로를 따라 달렸다. 쓰레기통에 든 뱀이 낮은 쉭 쉭 소리를 내며 내내 비난을 그치지 않았다. 우리는 도로 끝에 쓰레기통을 내려놓았다. 그리고 소중한 플라스틱 배관을 이용해서 뚜껑을 열었다. 뱀은 순식간에 4평방킬로미터의 야생 귀리밭으로 사라졌다.

그때 썼던 우리 집 쓰레기통은 아직도 진입로 입구, 쓰레기 청소 업체가 월요일이면 수거해가는 장소에 서 있다. 그 일이 있고 나서 나는 몇 년간 쓰레기통을 볼 때마다 안에 들어 있었던 뱀을 생각했다. 항상.

교훈이든 천운이든 기이한 방식으로, 우리가 기대하지 않았던 방식으로 일어나는 일들이 있다. 우리의 통제를 벗어나고 우리가 반기지도 않고 이해할 수도 없는 방식으로 말이다. 그것에 관해 생각해 보는 건 우리의 몫일 것이다.

스라소니

2010년 11월

　지난주에는 내 친구 로저와 함께 오리건 동쪽에 있는 도시인 벤드(Bend)에 갔었다. 1990년대부터 은퇴한 사람들이 햇빛과 건조한 기후를 찾아 많이들 가서 정착한 곳이다. 포틀랜드에서 최단 거리로 가려면 후드산을 지나고 웜 스프링스 보호구역을 통과해야 한다. 10월 말의 화창한 날씨였다. 커다란 단풍 활엽수가 상록수 숲에 순금처럼 흩날렸다. 우리가 산꼭대기에서 내려올 즈음에는 맑은 공기와 드넓게 펼쳐진 오리건의 건조 지대 위로 파란 하늘이 한층 짙어져 있었다.

　벤드라는 이름은 생동감 있게 굽이쳐(bend) 흐르는 강에서 유래한 것이 아닐까 싶다. 서쪽으로는 '세 자매(The Three Sisters)'를 비롯한 캐스케이드산맥의 눈 쌓인 봉우리가 솟아 있고 동쪽으로는 광활하게 사막이 뻗어 있다. 최근 몇 년간 인구 유입이 많아지고 번창하면서 도시가 커졌으나 불경기로 어려운 시기를 보내고 있었다. 도시의 발달 가능성이 건설업에 너무 치중되어 있었고 시내는 여전히 활기차지만 격차가 있었다. 몇몇 고급 음식점들도 문을 닫는 바람에 겉보기에는 배철러산(Mount Bachelor)을 바라보고 지은, 정체기를 벗어나지 못하는 신설 휴양지 같다.

우리는 강의 서쪽에 자리 잡은 어느 모텔에 묵었다. 향나무 숲과 산쑥 평원의 사이에 있는 저지대에 지어진 모텔이었다. 길고 넓은 도로들이 뻗어가다가 서너 개의 출구가 있는 로터리에서 서로 교차되고 있었다. 마치 도로를 놓는 사람들이 바닥에 떨어뜨린 국수를 보고 똑같이 만들어 놓은 것 같았다. 카말리 서점의 티나는 우리 모텔을 드나들 때 꼭 알아야 할 길의 이름과 로터리 출구를 세심하게 가르쳐 주었다. 나는 2~3킬로미터나 되는 산봉우리들이 만들어내는 스카이라인이 충분히 길 안내를 해줄 거라고 생각했다. 하지만 우리는 호텔을 나설 때마다 항상 길을 잃었다.

나는 올드 밀 구역이 무서워졌다. **올드 밀 구역**이라는 표지판이 보이면 우리가 길을 잃었다는 증거다. 벤드가 그냥 외진 도시가 아니라 일반적인 대도시였다면 우리는 아직도 올드 밀 구역에서 빠져나오려고 몸부림을 치고 있었을 것이다.

로저와 나는 토요일 오후에 우리 책 『여기 바깥에(Out Here)』[77]

의 낭독회와 사인회가 열리는 하이 사막 박물관에 가기 위해서 이곳에 왔다. 박물관은 97번 고속도로에서 몇 킬로미터 남쪽에 위치한 동네에 있다. 거기에서 조금 더 가면 가장 오래되고 규모도 제일 큰 휴양지 중 하나인 선리버가 나온다. 로저가 선리버에서 점심을 먹자고 제안했다. 그런 리조트에서 흔히들 쓰는 비용 규모를 고려하여 나는 미식가들이 먹는 수준의 음식이 나오리라 기대했다. 하지만 우리가 갔던 식당 겸 술집에서는 부담스러운 음식 더미를 팔고 있었다. 가벼운 점심으로 나초칩 500그램이나 900그램을 떠올리는 미국이라면 어디에서든 먹을 수 있는 흔한 음식이었다.

선리버에서 숙박을 하지는 않았지만 근 지역에 있는 다른 고급 휴양지에서 며칠을 묵었다. 여기 건물들은 소박하고 아름다운 자연환경에 정교하게 어우러진다. 나무를 이용해 건물을 짓고 은은한 색으로 페인트칠을 하여 야단스러워 보이지 않았다. 건물 주변 공간에 여유를 많이 남겨두어 나무들이 건물들 사이에 그대로 서 있었다. 길은 하나같이 모두 굽이져 있었다. 곧게 뻗은 길은 휴양지의 정신에 위배된다. 직각은 도시를 의미한다. 리조트는 시골스러움을 강조하느라 여념이 없다. 그래서 강의 서쪽에 있는 대

---

77 『Out Here: Poems and Images from Steens Mountain Country』(2010). 르 귄이 쓴 26개의 시와 직접 그린 23개의 그림을 로저 돌밴드(Roger Dorband)의 컬러 사진 59장과 함께 수록한 책. — 옮긴이

로들이 모두 우아하게 돌고 도는 것이다. 마치 국수 가락처럼. 문제는 향나무와 산쑥과 건물들, 길과 대로들이 모두 비슷비슷해 보인다는 점이다. 만약 여러분이 캐스케이드 도로로 가는 로터리 출구가 나오기 전에 센추리 도로와 이어지는 콜로라도 도로가 어디에 있는지 기억하지 못한다면, 방향감각을 타고 났거나 GPS를 가지고 있는 게 아니라면, 여러분은 길을 잃게 된다.

몇 년 전, 아는 사람의 콘도에 있는 노인용 별채 안의 이런 리조트에 묵은 적이 있다. 그 당시 90미터 내외의 리조트 안에서도 길을 잃은 나였다. 만곡한 길과 도로들이 고상하고 차분한 흙빛의 집들에 면하여 나 있고, 다른 쪽을 보아도 그와 똑같이 고상하고 차분한 흙빛의 집들에 면하여 길과 도로가 나 있다. 눈에 띄는 건물도 없고 길에는 보도도 없이 ─ 차를 운전해서 집에 들어가고 밖으로 나오는 것이 당연한 곳이니까 ─ 계속해서 똑같은 길이 이어지는 것처럼 보인다.

벤드는 대중교통 수단이 없는 도시 중에 미국에서 제일 큰 도시인 것 같다. 건축업의 수요가 바닥을 쳤을 때 그 점을 고쳐보려는 시도도 있었다.

산책을 하러 나왔다가, 차분하고 고상한 흙색 집들 중에 어느 집이 내가 있던 집인지, 어느 길이 맞는 길인지 알 수가 없어서 몇 번이고 길을 잃었다. 그 후로는 외출하기가 불안해졌다. 노인들이 산책을 나가지 못하면 노인용 별채에 갇힌 거나 다름없다. 그건 정말 좋지 않은데. 처음 들어올 때는 '오! 정말 좋다!'하고 생각할 것이다. 왜냐하면 건물 내부의 벽이 거울로 되어 있고 그 거울에 방의 모습과 커다란 창문이 비치며 공간을 더 크고 밝게 보이도록 만들기 때문이다. 사실 방의 크기는 매우 작아서 침대만으로도 거의 다 찬다.

침대 위에는 장식용 베개가 쌓여 있었다. 몇 개인지 세어봤는데 몇 개였는지 정확히는 기억이 나지 않는다. 대략 스물에서 스물다섯 개의 장식용 베개가 있었고 엄청나게 커다란 곰 인형도 네 개인가 다섯 개가 있었다. 침대를 사용하려고 그 위에 있던 베개와 곰 인형을 치우면 그것들을 놓을 공간이 없어서 침대 주변의 바닥에 놓아야 한다. 그렇게 되면 쓸 수 있는 바닥 공간이 없는 거나 마찬가지다. 방 안의 칸막이 반대편에는 자그마한 부엌이 있다. 책상도 의자도 없지만 커다란 창가에 창턱 의자가 놓여 있어서 나무들과 하늘을 감상할 수 있었다. 나는 그 창턱 의자에서 살다시피 했다. 그러다 잘 시간이 되면 곰 인형과 베개 틈을 헤치고 침대로 갔다. 잠금 장치가 없는 문을 통해 복도로 나가면 집 주인용 아파트가 나오는데 당시에는 사람이 살고 있었다. 나는 여행용 가방과 여덟 개인가 열 개나 되는 베개, 고도 비만의 곰 인형을 문에 기대어 놓았다. 누군지도 모르는 집 주인이 아무 생각 없이 들어올 때를 대비하여 장벽을 쳐 놓은 것이다. 하지만 그 곰 인형이 지켜줄 거라는 믿음은 없었다.

나는 이처럼 고심해서 계획된 주거형 고급 리조트보다 일개 호텔을 더 좋아하게 되어 알 수 없는 가책이 들었다. 죄책감은 모호했지만 선호도는 명확했다. 나는 모텔이 좋다. 고급스러운 것은 나와 맞지 않는다. '제한 주택지'라는 말은 어느 모로 봐도 '주택지'가 아니다. 리조트를 소유하거나 시간별로 나누어 사용하거나 임대를 하는 많은 사람들은, 다른 백인 중산층과 함께 모여 살기 위해서가 아니라, 좋은 공기와 하이 사막의 햇볕, 스키 슬로프와 넓은 공간, 그리고 고요함 때문에 그곳으로 간다고 들었다. 그것참 좋은 일이다. 나더러 거기서 살라고만 하지 않으면 된다. 특히 커다란 곰 인형이 점령하고 있는 집은 더욱더.

어쨌든 이 모든 이야기는 어느 스라소니 이야기를 하기 위한 준비에 불과하다.

그 스라소니는 하이 사막 박물관에 산다. 간단히 말하자면, 녀석이 새끼였을 때 누군가 발톱을 뽑아버렸다. ('발톱 제거'라는 것인데 사람이라면 손발톱을 뽑아내거나 손가락과 발가락의 마지막 관절을 잘라내는 행위이다.) 그리고 커다란 네 개의 어금니도 뽑아버린 것이다. 게다가 녀석을 아주 작은 고양이인 척 길렀다. 그래 놓고는 녀석이 지겨워졌는지 아니면 겁이 났던지 내다 버렸다. 스라소니는 굶주린 채로 발견되었다.

하이 사막 박물관에 있는 다른 모든 조류를 비롯한 동물들과 마찬가지로 녀석도 야생에서 생존하지 못하는 야생 생물이다.

녀석의 우리는 중앙 건물에 있다. 세 개의 단단한 벽과 하나의 유리벽으로 밀폐된 긴 공간이었다. 나무들도 있고 숨을 만한 장소도 있다. 지붕이 없이 하늘이 그대로 보이고 날씨의 영향을 그대로 받는다.

녀석을 처음 보기 전에는 한 번도 스라소니를 본 적이 없었다. 아름다운 동물이었다. 쿠거보다 땅딸막하고 크기도 더 작았다. 두툼하고도 빽빽하게 난 꿀 빛 털로 덮인 다리와 옆구리에는 어두운 점들이 흐르듯 흩뿌려져 있었다. 배와 목, 그리고 턱에 난 털은 새하얀색이었다. 커다란 발은 너무나 부드러워 보였다. 하지만 여러분은 그 발의 공격 대상이 되고 싶지 않을 것이다. 녀석의 날카로운 갈고리 같은 무기가 뜯겨져 나갔다 해도 말이다. 꼬리는 짧고 몽당하다. 꼬리 이야기를 하자면 쿠거가 스라소니나 보브캣보다 볼 만하다. 스라소니의 귀는 끝이 길어서 좀 이상한 매력이 있다. 녀석의 오른쪽 귀는 약간 찌그러진 듯 구부러져 있었다. 커다란 사각형의 얼굴에 침착하고 불가사의한 고양잇과의 미소가, 멋진 황금빛 눈과 함께 들어 있다.

유리벽은 편면 유리가 아닌 것 같았다. 정확히 물어볼 기회가 없었다. 유리벽의 반대편에 사람이 있다는 걸 스라소니가 안다면 그걸 티 내지 않을 것이다. 녀석은 이따금 눈길을 주었지만 유리벽 밖에 있는 무언가에 시선을 고정하거나 어떤 움직임을 따라 시선을 옮기지는 않는 것 같았다. 녀석의 시선은 사람들을 뚫고 더 먼 곳을 응시한다. 사람들은 여기에 없다. 녀석이 여기에 있을 뿐이다.

나는 몇 년 전에 갔던 문학 학회의 마지막 날 밤에 그 스라소니에 대해 알게 되면서 녀석과의 사랑에 빠졌다. 당시 학회에서 어느 작가가 나를 박물관의 연회에 초대했다. 학회를 지원하기 위해 기부한 사람들과의 친목을 목적으로 한 연회였다. 이런 모임은 사람들이 베푼 관용을 보상해 주려는 합리적인 시도라 할 수 있으나, 작가들이 어떤 사람들인가, 종종 기부자들을 크게 실망시키게 마련이다. 또한 많은 작가들은 그런 모임을 시련으로 인식한다. 나처럼 혼자 일하는 사람들은 내향적이고 투박한 경향이 있다. 만약에 여리게(*piano*)가 세게(*forte*)의 반대말이라면 낯선 사람들과 우아하게 대화하는 건 나의 여린 점이다.

저녁 식사 전에 기부자들과 작가들이 모두 박물관의 대강당에 모여 와인과 치즈를 먹으면서 담소를 나누고 있었다. 나는 사람들과 어울리거나 대화를 나누는 데에 소질이 없다. 그래서 대강당에서 떨어진 어느 복도에 사람이 없는 걸 보고 몰래 빠져나와 둘러보기로 했다. 제일 먼저 내 눈에 들어온 것은 보브캣이었다. (지금은 분명 깨어 있겠지만 지금껏 나는 녀석이 자는 모습밖에는 보지 못했다.) 그리고 사람들에게서 더욱 멀어져 어두침침하고 조용한 곳으로 가다가 그 스라소니를 만났다.

녀석은 가만히 앉아 어둠과 고요를 황금빛 눈으로 응시하고 있었다. 릴케가 말했던 '동물의 순결한 시선'이었다. 상대를 관통하는, 순전히 바라보는 응시. 나의 존재는 그런 순간을 맞기에 미흡하고 부적절하게 느껴졌다. 예상치 못한 근사한 동물의 존재, 그 아름다움, 그 완벽한 자기 충족감은 내게 신선함이자 위안이자 평화였다.

나는 사람들에게로 돌아가야 할 때까지 스라소니와 함께 있었다. 파티가 끝날 무렵, 다시 녀석을 보러 갔다. 녀석은 위풍당당한 모습으로 작은 나무집에서 잠을 자고 있었다. 커다랗고 부드러운 발을 가슴 앞에 포갠 채였다. 나는 그 모습에 완전히 넋을 잃었다.

그 스라소니를 다시 보게 된 건 작년이었다. 내 딸 엘리자베스가 차를 몰고 나흘 동안 오리건 동부 곳곳을 구경시켜 준 것이다. (대단한 여행이었다. 그때 남긴 글과 사진을 내 웹사이트에 올려놓으면 하고 바랄 정도였다. 엘리자베스와 내가 그걸 올리느라 서로 신경을 긁지 않는다면 가능할지도 모르겠다.) 우리는 전시를 비롯하여 수달, 올빼미,

호저 등 그 박물관에 있는 온갖 것들을 다 섭렵했다. 그리고 마지막으로 그 스라소니를 아주 오랫동안 바라보았다.

그리고 지난 주, 낭독회가 열리기 전에 로저가 사인할 책들을 박물관으로 옮기느라 애쓰는 동안 나는 녀석과 함께 또 한 번 30여 분을 보낼 수 있었다. 스라소니는 아주 당당하고도 분주하게 돌아다니고 있었다. 휘두를 만한 길이의 꼬리를 가졌더라면 분명히 꼬리를 채찍질하듯 흔들었을 것이다. 몇 분이 지났을까, 녀석이 쇠로 된 커다란 문으로 들어가 사라졌다. 사람들에게는 보이지 않는 뒷방 같은 것이 있는 모양이었다. 그럴 만도 하지. 나는 그 녀석이 혼자 있고 싶어 한다고 생각했다. 나는 계속해서 살아 있는 나비 전시를 구경했다. 그 또한 근사했다. 오리건 하이 사막 박물관은 내가 아는 가장 만족스러운 곳들 중 하나다.

내가 스라소니를 보러 돌아갔을 때 녀석은 꽤 커다란 새 한 마리를 먹으며 유리벽에서 제법 가까운 곳에 앉아 있었다. 뇌조 같았다. 어쨌든 야생 새였지 닭 같은 것은 아니었다. 스라소니의 턱에 꼬리 깃털이 매달려 있었다. 보는 사람 입장에서는 녀석의 위신이 꺾일 일이었지만 녀석은 보는 사람이 있다는 걸 몰랐다.

녀석은 상당히 주의를 기울여 세심하게 새를 먹었다. 양갈비를 먹는 사람들을 두고 쓰는 표현처럼, 새에 몰두하고 있었다. 스라소니는 새에 몰두하느라 정신이 없었다. 어금니 네 개가 없다 보니 앉니 빠진 사람이나 매한가지였다. 녀석은 뒤어금니를 쓰느라 새를 주둥이 양 옆으로 가져갔다. 제법 솜씨 있게 먹을 줄 알았다. 속도가 더디기는 해도 결코 성급하게 굴지 않았다. 심지어 입 안에 깃털이 잔뜩 들어가더라도 말이다. 녀석은 커다랗고 부드러운 꿀 빛 발바닥을 점심 식사 위에 올리고는 다시 먹기 시작했다. 스라소니가 한참 새의 내장을 먹고 있을 때 어린아이들이 꺅 소리를 내며 다가왔다.

"우웩! 속에 있는 걸 먹어!"

다른 아이들도 만족스럽게 웅얼거리며 가까이 왔다.

"와, 봐봐! 내장을 먹고 있어."

낭독회와 사인회 때문에 가봐야 해서 스라소니가 식사를 끝내는 모습은 볼 수 없었다.

한 시간 정도 뒤에 작별인사를 하려고 돌아갔더니 스라소니는 나무집 침실에서 몸을 웅크리고 편안하게 잠을 자고 있었다. 유리벽 근처 흙 위에 날개 한 짝과 부리 하나가 보였다. 세 개의 그루터기 위에는 직원이 올려놓은 세 마리의 죽은 쥐가 보였다. 고급 음식점에서 말하는 우아한 후식이었다. 나는 박물관이 문을 닫았을 때를 상상해 보았다. 마침내 영장류들이 모두 가고 없으면 저 커다란 고양잇과 동물은 일어나서 하품을 하지 않을까. 녀석은 건들건들 기지개를 켜며 나무집에서 내려와 잘 차려진 후식을 하나씩 조용히 먹을 것이다. 어둠 속에서 혼자 힘으로.

    내가 연결해 보려는 것이 있다. 리조트들과 스라소니 사이의 관련성이다. 우리를 한 장소에서 다른 장소로 데려다주는 국수 같은 길의 연결이 아니라 공동체 및 고독과 관련된 정신적인 연결을 뜻한다.

    리조트들은 도시도 아니고 시골도 아니다. 반(半)공동체다. 대부분의 리조트는 인구밀도가 간헐적이거나 일시적이다. 낮에 일하는 사람들이라고는 정원사와 경비원뿐이다. 그 사람들은 그 좋은 집에 살지 않는다. 그곳에 사는 사람들 대부분은 직장이 그곳에 있어서가 아니라 직장으로부터 멀어질 수 있기 때문에 그곳에서 산다. 그곳에 나와 공통의 관심사를 가진 사람들이 있어서가 아니라 사람들로부터 달아나기 위해서 그곳에서 산다. 아니면 골프나 스키 등의 스포츠를 즐기기 위해서 가는데 그건 각 개인을 자기 자신으로부터 소외시키는 셈이 된다. 어떤 이들은 거친 자연 속의 고독을 찾으러 가기도 한다.

    하지만 인간은 고독한 종이 아니다. 좋든 싫든 우리는 천성적으로 사교적이다. 그리고 오직 공동체 속에서 번성한다. 인간이 오랜 기간을 완전한 고독 속에 사는 것은 전적으로 부자연스럽다. 그렇기 때문에 군중 속에서 염증을 느끼고 공간과 고요함을 갈망할 때 우리는 반(半)공동체나 가짜 공동체를 멀리 떨어진 장소에 만든다. 그리고 애석하게도 그곳에, 그 사막에 몰려감으로써 우리 모두는 너무나도 흔히 깨닫게 된다. 진정한 공동체가 아니고서는 우리가 찾고 있는 고독을 파괴할 뿐임을.

고양잇과 동물도 그들 종의 대부분은 전혀 사교적이지 않다. 고양이들의 사회에 가장 가까운 형태라면 아마도, 새끼 사자들과 나태한 수컷들을 돌보는, 활동적인 암사자 무리를 꼽을 수 있을 것이다. 농장 고양이들은 헛간을 공유하며 그때그때 사회적 질서를 만든다. 하지만 수컷들은 그 사회의 일원이 되기보다 위협이 되는 편이다. 성체가 된 수컷 스라소니는 혼자 지내기를 좋아한다. 그들은 홀로 걷는다.

스라소니의 기묘한 운명은 녀석을 인공적인 환경에서 살도록 만들었다. 인간 공동체는 스라소니에게 아주 이질적이다. 자연스럽고 복잡한 야생의 서식지로부터의 고립은 비통하고도 부자연스럽다. 하지만 녀석의 초탈함과 고독은 스라소니 본성의 참모습이다. 녀석은 그 본성을 간직하고 인간들 사이에서도 변함없이 지켜나간다. 우리에게 자기가 가진 파괴할 수 없는 고독을 선물로 준 것이다.

오리건 하이 사막 목장에서의 한 주

2013년 8월

우리가 머물렀던 집은 산에서부터 힘 있게 깎아지른 계곡에 자리한 자그마한 소 방목장이었다. 경사가 심한 산등성이에 버드나무와 수풀이 바람 부는 오아시스를 이루고 있고 그 장관은 총구멍을 낸 것 같은 현무암 벽에서 잘린다. 경계석이다.

계곡 아래 개울을 건너 오래된 거대한 버드나무 밑에 목장주의 집이 있다. 집 뒤로 동쪽 산등성이가 솟아올라 있는 것이 보인다. 반면 우리가 있는 집의 바로 뒤에서부터는 서쪽 산등성이가 시작된다. 평평하고 풀이 우거진 목초지가 두 산등성이 사이의 좁다란 땅을 가득 채우고 있다. 경사 위에는 산쑥, 토끼 덤불, 맨 땅과 돌이 보인다. 긴 계곡 위에 있는 목장들은 대부분 여름 농장이라 집 근처는 아주 조용하다. 가장 가까운 시내는 북쪽으로 4킬로미터 되는 거리에 있다. 올해 인구는 5명이다.

첫째 날

제비 다섯 마리가 근처 전선 위에 앉았다.

맹렬하게 흥분한 딱따구리가 다른 전선 위에 앉자 제비가 탁탁
하는 소리를 내며 울었다.

비가 하늘을 덮고 산등성이 위로 세차게 내린다.

암탉 한 마리가 계란을 하나 낳았다. 뿌듯한 만족감이 폭발했
다. 수탉 두 마리가 경쟁적으로 꼬끼오하고 울어댄다.

공작새가 멋지고도 구슬픈 고양이 울음 같은 집합 나팔소리를
낸다.

해가 뜬 지 한 시간이 지나 곧 해가 산등성이 경계석 위로 솟아
오를 것이다.

찌르레기 떼들이 동쪽과 서쪽 경계석 사이로 차갑고 그늘진 공
기를 가르며 지나갔다. 한 무리에 십여 마리, 각 무리가 내는 수많

은 날갯짓 소리가 다급하고도 황홀하게 공중에 울렸다. 때때로 깃털 사이로 나지막한 울음소리가, 지저귀는 소리가 들린다.

고요한 와중에 제비들이 사냥감을 뒤쫓는다. 가장 포식자 같지 않은, 가장 사랑스러운 포식자여.

동쪽 산등성이에 비행운이 하얀 깃털을 그린다.

내 눈이 견디지 못해 느린 해돋이에서 고개를 돌릴 수밖에 없자, 나는 눈을 감고 눈꺼풀 안에서 긴 곡선의 산등성이를 본다. 검붉은, 아주 검붉은. 그 위로 초록색의, 투명한 초록색의 선이 그어진다. 바라볼 때마다 매번 눈을 감는다. 초록색의 선이 점점 넓어지며 투명하게 타올라 에메랄드의 완전한 불로 화한다. 그리고 그 한가운데 희미하게 이 세상 것이 아닌 파란 원이 모습을 드러낸다.

나는 눈을 뜨고 그 원천을, 태양을 본다. 언뜻 바라보다 눈이 멀어 겸허하게 아래를 내려다 본다. 땅으로. 칙칙한 검은 용암이 깔린 길 위로.

나의 얼굴에 빛이 비치자마자 태양의 온기가 내려앉는다.

오후에 엄청난 뇌우가 지나간 뒤, 몸이 떨리는 비의 높은 탑이 목장을 쓸었다. 거대하고 늙은 제비가 파도 속 미역처럼 바람에 몸을 비틀었다. 마침내 비가 그치고 조용한 황혼이 산등성이 사이의 공기와 활발하게 뛰노는 말들 위로 내려앉는다. 어린 밤색 말 한 필과 암갈색 말 세 필이 깨물고, 차고, 달리고, 가슴과 가슴을 들이받는다. 심지어 등이 굽은 늙은 우두머리 '대릴'도 어린 망아지와 노닌다. 그들은 장난치고 목장을 가로질러 질주하며 야생의 음악을 땅에 울린다. 속도를 줄이더니 북쪽으로 방향을 틀어 개울로 간다. 늙은 말의 하얀 옆구리가 제비 같은 어둠 속에서 반딧불이 되어 빛난다.

밤중에 깨어, 비에 젖은 풀 위에 서 있는 그들을 생각한다. 제비들 사이에서 밤중에.

깊은 밤, 문간에 앉아 불타는 땅의 창공을 건너 지나가는 구름으로 된 베일을 본다. 동쪽 산등성이 위로 빛나는 형체가, 플레이아데스 성단이 떠 있다.

둘째 날

둘째 날의 밤, 모든 생명이 깨어나고 잠 없는 귀뚜라미가 불현 듯 침묵한다. 산등성이 사이에서, 계곡 사이에서, 멀리, 그러다 조금 더 가까이에서 천둥이 말을 한다. 어둠이 열려 갈라지며 속에 숨겼던 것을 드러내 보인다. 순식간에 생명들의 눈앞에 끔찍한 빛이 내리는 세상이 펼쳐진다.

셋째 날

오후에, 서쪽 산등성이에 사는 큰 까마귀가 새끼들을 데리고 계곡 사이를 날았다. '까' 소리가 가득한 그들만의 언어로 서로를 부른다. 가장 어린 새끼가 말을 한없이 하면 어른들은 짧게 답한다. 그러다 갑자기 다섯 마리의 까마귀로 보인다. 여섯 마리인가? ─ 아니다. 독수리다. 하늘에서 열하나, 열둘, 아홉, 여덟 나타난다. 높이와 거리를 자유자재로 하나씩 하나씩 놀랍고도 고요하게 날아오르고, 사라지고, 나타났다가 빙빙 돈다. 그러고는 침묵이 결코 깨지지 않는다.

잠시 후, 모두 방향을 바꾸어 산이 있는 남쪽으로 돌아간다. 따뜻한 공기의 탑에 말없이 군림하는 영주들이여.

저녁을 먹고 다이아몬드에서 걸어 돌아오는 길, 들판을 건너 날카롭고 기괴한 합창을 들었다. 밤도둑의 콧소리, 코요테 가족이다. 어설프게 뛰어오르다 발길 닿은 곳에 쉬 울리는 소리가 크게 난다. 암컷은 땅거미 속으로 밀려가는 파도처럼 달아난다. 그러자 어둠을 비축한 키 큰 미루나무 고목에서부터 부드럽고도 권위 있는 목소리가 말한다. 구름 아래로 붉은 태양이 빛을 내며 나왔다가 가라앉고 사라진다. 올빼미는 더 이상 말이 없다. 고목은 마침내 어둠을 풀어놓는다.

넷째 날의 아침

햇빛이 2킬로미터 멀리에서 열려 있는 계곡을 채운다. 하지만 내가 자리 잡은 경계석 사이에는 바람 부는 그늘이 내렸다. 문간의 햇살은 30분 더 기다려야 하는데 어제의 천둥비가 내린 빗물이 홈통 없는 처마에서 내 머리로, 그리고 책으로 떨어진다. 어두운 산등성이의 위로 밝은 빛이 모이고 태양의 중심 속에서 스스로 빛을 낸다.

크고 검은 소가 집 근처 나무 울타리 바로 밖에서 비의 선물을 받은 풀을 부지런히 씹는다. 털갈이하는 8월 내내 공작새 한 마리가 가련하고 지저분한 제 꼬리를 뽑는다. 자부심은 푸른색의 머리 크기로 줄어들고 쉿소리 섞인 고양이 울음소리 같은 음울한 정글의 비명이 들린다.

밴텀 수탉이 날카롭게 외친다. '이-것-은-분명한-요청! 이-것-은-분명한-요청!'

커다란 수탉이 굵은 목소리로 정당하지 않은 거만을 떤다. 암탉들은 관심을 주지 않고 흩어져서 풀숲 위에 떠 있는 보트처럼 돌 긁기를 한다. 이제는 재잘거리기 시작했다. 모두 암탉 마당으로 모인다. 그레첸이 모이를 뿌리러 나온 것이었다.

비행운이 매일 아침 있던 곳에서 빛난다. 방향을 바꾸어 북쪽과 동쪽으로, 해가 뜨는 쪽으로 꾸준히 나아간다. 점차 무지개운으로 바뀌어 산등성이 뒤로, 빛이 밝아오는 것만큼 어두운 곳으로 사라진다.

해가 떠올랐다. 아름답게 떠올랐다.

믿을 만한 기적인 태양은, 몇 분 늦게 그리고 날마다 약간 남쪽으로 더 멀리 뜬다.

보다 적은 기적, 용암이 순식간에 일으킨 검은 실체변화인 현무암이 빛나는 붉은-보라색과 파란-초록색 빛으로 변하여, 지켜보고 있던, 내 눈을 기쁘게 하는 찰나, 일어났던 기적은, 끝이 났다. 거친 검은 돌은 그 비밀을 간직하고 있다.

벌새는 매일 그럴 것 같지 않은 존재를 공격한다.
녀석이 나의 오렌지 차 머그잔에 이끌렸다.

크고 까맣고 육중한 소가 풀을 뜯으며 콧김을 내뿜는다. 작은 검은 새들이 각자 소를 따른다. 살아 있는 모든 것들은 삶을 사느라 열심히 일한다.

거칠고 검은 화강암 계단에 앉아 그것들이 품은 비밀을 말해보려 했다. 하지만 나는 할 수 없다.

비밀은 그것들이 품고 있다.

탈피 중

공작이 멀찍이 걸어간다.
의식의 속도에 맞추어: 내딛고, 멈추고:
내딛고, 멈춘다:
대관식으로 향하는 왕인가, 참수 되는가
그의 영광의 하나 남은 자투리
벌거벗겨져, 뼈처럼 하얗네,
그의 뒤로 흙 위에 흔적만 남네.

다섯째 날의 오후

수백 마리의 찌르레기가 집의 남쪽 목초지에 모였다. 키가 껑충
했던 풀이 완전히 사라졌다. 그리고 잔물결과 파도처럼 날아올
라, 혹은 물줄기처럼, 산등성이 아래 나무 한 그루로 흘러간다. 아
래쪽 가지들이 잎의 초록색보다 더욱더 새들로 까맣게 될 때까지.
그러다 저 아래 갈대밭으로 공중을 가로질러 멀리 날아 내려갔다.
넘실거리며 부유하는 하나의 파도처럼. 독립체란 무엇인가?

〈끝〉

옮긴이 | 진서희

좋아하는 일을 제대로 하면서 살고 싶은 번역가. 옮긴 책으로 『달콤하게 죽다』, 『제인 오스틴이 블로그를 한다면』, 『종말일기Z: 암흑의 날』, 「개를 데리고 다니는 남자」 등이 있다.

남겨둘 시간이 없답니다

1판 1쇄 펴냄 2019년 1월 29일
1판 8쇄 펴냄 2023년 6월 30일

지은이 | 어슐러 르 귄
옮긴이 | 진서희
발행인 | 박근섭
편집인 | 김준혁
펴낸곳 | 황금가지

출판등록 | 2009. 10. 8 (제2009-000273호)
주소 | 06027 서울 강남구 도산대로 1길 62 강남출판문화센터 5층
전화 | 영업부 515-2000 **편집부** 3446-8774 **팩시밀리** 515-2007
홈페이지 | www.goldenbough.co.kr

도서 파본 등의 이유로 반송이 필요할 경우에는 구매처에서 교환하시고
출판사 교환이 필요할 경우에는 아래 주소로 반송 사유를 적어 도서와 함께 보내주세요.
06027 서울 강남구 도산대로 1길 62 강남출판문화센터 6층 민음인 마케팅부

한국어판 © ㈜민음인, 2019. Printed in Seoul, Korea

ISBN 979-11-5888-492-5 03840

㈜민음인은 민음사 출판 그룹의 자회사입니다.
황금가지는 ㈜민음인의 픽션 전문 출간 브랜드입니다.